Catherine Bybee

Fast ein Date

amazon crossing

Das Buch

Jessica ist alleinerziehende Mutter und Pragmatikerin. Sie hat keine Zeit auszugehen, um jemanden kennenzulernen, und wenn, dann müsste es schon ein reicher Mann sein.

Eines Tages kommt Jack Morrison in das Restaurant, in dem sie arbeitet. Er trägt Cowboyhut und Jeans, ist sehr sexy und er scheint nur wenig Geld zu haben. »Jessie« versucht sich gegen seine Flirtversuche zu wehren, denn als unbekümmerter Träumer könnte er ihr die finanzielle Sicherheit, die sie braucht, nicht bieten. Doch bald fällt es Jessie immer schwerer, dem Cowboy aus Texas zu widerstehen.

Jack ist als reicher Erbe der Morrison Hotels daran gewöhnt, dass ihm die Frauen zu Füßen liegen. Aber er möchte eine Frau, die ihn liebt. Er verliebt sich in Jessie, obwohl ihre Abwehrhaltung wenig Erfolg verspricht. Jack hält seine wahre Identität geheim und bietet Jessie bei der Suche nach einem reichen Mann seine Hilfe an.

Die Autorin

Catherine Bybee sagt über sich selbst: »Zuerst und vor allem bin ich Ehefrau und Mutter. Danach kommt das Schreiben – über alles, was prickelnd und romantisch ist. Wenn es kein Happy End hat, will ich nichts damit zu tun haben. Seien wir ehrlich: Das Leben ist voller ... na ja ... Leben.« Nach einem Jahrzehnt als Krankenschwester in städtischen Notaufnahmen möchte sie in eine schönere Welt abtauchen, wenn sie ein Buch in die Hand nimmt. Inzwischen erschafft sie selbst solche Welten, solche kleinen Fluchten vom Alltag.

Band 1

Catherine Bybee

Fast ein Date

Übersetzt von Stephanie von der Mark

Die Originalausgabe erschien 2012 unter dem Titel
»Not Quite Dating« bei Montlake Romance, Las Vegas.

Deutsche Erstveröffentlichung bei AmazonCrossing,
Luxemburg, 2014

Lektorat: Daphne Grossmann
Umschlaggestaltung: bürosüd⁰ München, www.buerosued.de
Satz: Monika Daimer, www.buch-macher.de

Printed in Germany
by Amazon Distribution GmbH, Leipzig

ISBN 978-1-477-82536-5

www.amazon.com/crossing

Für meine Oma
Shamrock Bybee

Seit du nicht mehr da bist,
ist die Welt ein bisschen trüber

Kapitel Eins

»Auf das Fest«, erhob Mike das Tequilaglas und leerte es schwungvoll. »Und dieser hier ist für die goldenen Fesseln«. Er spülte mit Bier nach. »Du bist dran.«

Jack lehnte sich zurück, während Mike Dean zur nächsten Runde aufforderte. Dean, der Junggeselle des Wochenendes, war schon blau wie ein Veilchen, trank aber fleißig weiter.

»Wwwieviel Uhr isses?«, wollte Dean wissen.

»Du darfst bis Sonntag nicht fragen«, erinnerte ihn Tom.

»Isses noch nich Sonntag?« Dean folgte mit seinen Blicken einer Kellnerin mit hautengem Minirock.

Jack, Tom und Mike fingen gleichzeitig an zu lachen. »Mensch, Moore, ich glaube, wir müssen eine ganze Woche in deinem schicken Hotel bleiben, um Deans Junggesellenflausen aus seinem Kopf zu kriegen.«

Jack Morrisons Freunde nannten ihn Moore, weil er mehr hatte als die anderen, mehr Geld, mehr Frauen und aufgrund seiner Familiengeschichte auch mehr Zeit. Seine Kumpel, die mit ihm hier am Tisch saßen, kannten ihn seit der Highschool. Wenn sie in Las Vegas ins Casino gehen und im Morrison Hotel wohnen wollten, eine Woche, einen Monat oder egal wie lange, machte Jack es möglich. Seine Freunde waren Manager oder führten ein eigenes Unternehmen und so war es schier unmöglich, einen gemeinsamen

Termin zu finden. Nun aber hatten sie ein ganzes Wochenende für den Junggesellenabschied.

Jack hatte darauf bestanden, mit dem Auto in die kalifornische Wüste zu fahren, anstatt zu fliegen. Da nun Dean der Gang zum Galgen – beziehungsweise Altar – kurz bevorstand, würden sie diese einmalige Gelegenheit nie wieder haben. Dean war der erste von den vieren, der heiratete. Das war also ihr letzter Ausflug als ledige Männer. Das letzte Mal, dass keiner nach Hause zu Frau und Kindern musste. Das letzte Mal, dass sie sich volllaufen lassen konnten, ohne sich vor einer Frau rechtfertigen zu müssen. Ein letztes Mal, mit allem Drum und Dran, Las Vegas und ein Roadtrip ... was wollte man mehr? Wenn Dean erst mal »Ja, ich will« gesagt hatte, dann würde sich alles ändern. Darüber war sich Jack im Klaren und hatte sich darauf eingestellt. Das Leben war eine Reihe von Kapiteln und dieses Kapitel würden sie mit viel Stil schließen, wenn er ein Wörtchen mitreden durfte.

»Mann, ist das etwa Heather?« Tom stieß Jack an und deutete mit einem Kopfnicken zu den Casinotischen hinüber.

Jack folgte Toms Blick und fand zielsicher den Rücken einer Frau, die er nur allzu gut kannte. Ihre platinblonden Haare waren hochgesteckt, ihre Schultern nackt, bis auf die dünnen Spaghettiträger des eng anliegenden Kleids, durch das man alle Kurven sehen konnte, denen schönheitschirurgisch ein bisschen nachgeholfen worden war. Gerade als sich Jack abwenden wollte, damit sie ihn nicht bemerkte, blickte sie über die Schulter und setzte sofort ein falsches Lächeln auf.

»Woher zum Teufel wusste sie, dass wir hier sind?« Wenn es eine Frau gab, mit der Jack nie mehr zu tun haben wollte, dann war es Heather. Als sie mit aufreizendem Hüftschwung zu ihnen herüberkam, war Jack allerdings klar, dass ihm dieser Wunsch nicht erfüllt werden würde.

»Wahrscheinlich hat sie Wind davon bekommen, dass Dean hier seinen Junggesellenabschied feiert. Und dir gehört schließlich das Hotel, falls ich dich daran erinnern darf. Wo sonst sollte die Party stattfinden?«, schmunzelte Tom.

»Jack, mein Süßer, was für eine Überraschung, dich hier anzutreffen.«

Heathers liebreizender Tonfall war alles andere als aufrichtig.

Jack stand auf, da er ihr sowieso nicht entkommen würde. Sie gab ihm einen Kuss auf die Wange. Schnell zeigte Jack auf seine Freunde.

»Du erinnerst dich sicher noch an Tom, Mike und Dean?«

»Aber natürlich«, sagte sie mit dem falschesten Lächeln. Sie musterte Dean kurz, dann wandte sie sich wieder Jack zu.

»Und was bringt dich nach Las Vegas?«, erkundigte sich Jack, als wüsste er es nicht bereits.

»Du hast mir mal erzählt, das hier sei eines deiner schönsten Hotels. Da dachte ich mir, es ist höchste Zeit, es sich mal anzuschauen.«

»Die Casinos gehören meinem Vater, Heather, nicht mir.«

Bei Heather ging es nur ums Geld. Es war ihr völlig egal, woher es kam, solange sie Zugriff darauf hatte.

Sie winkte ab. »Das ist doch Halmspalterei.«

»Haar… Man sagt Haarspalterei.«

Sie legte die Hand auf seinen Arm und kniff ihn. »Du weißt doch, wie sehr ich es hasse, wenn man mich korrigiert«, erinnerte sie ihn.

Du weißt doch, wie sehr ich es hasse, wenn du irgendwo einfach auftauchst. Und das war schon so, als sie miteinander ausgegangen waren. Jack hatte sich im Sommer von ihr getrennt.

Jetzt war es November.

Sie flüsterte ihm ins Ohr: »Können wir irgendwo allein sein?«

Jack lockerte seine Krawatte, rückte den Cowboyhut zurecht. »Wir sind hier mitten in einer Junggesellenparty, Heather.«

Dean kippte den nächsten Tequila und lutschte an einer Limette.

»Dauert nur eine Minute, Herzchen.«

Lächeln ist schmerzhaft, wenn man dabei den Kiefer verkrampft. Ihre zuckersüße, falsche Freundlichkeit machte es schwer, locker zu bleiben. Jack erinnerte sich an den Tag, an dem er ihrer kurzen Beziehung ein Ende gesetzt hatte. Sie waren auf einer Benefizveranstaltung in einem Club in Houston gewesen und Jack hatte einer hübschen Brünetten hinterhergesehen. Heather hatte ihn mit piepsiger Stimme gescholten: »*Jack, mein Lieber, versuch doch bitte deine Augen bei mir zu halten, wenn wir zusammen sind. Wenn wir erst mal verheiratet sind, kannst du tun und lassen, was du möchtest. Aber sich so offensichtlich nach anderen umzusehen, wenn wir nebeneinanderstehen, finde ich doch sehr flegelhaft, Schätzchen, du nicht auch?*«

Wie Heather auf die Idee kam, sie würde irgendwann Mrs Jack Morrison sein, war ihm unerklärlich, aber in jenem Moment war ihm bewusst geworden, wie oberflächlich seine aufgetakelte Begleiterin wirklich war. Auf gewisse Weise tat sie ihm sogar leid.

»Also?«, fragte Heather und riss ihn damit aus seinen Gedanken.

Jack fiel ein, wie er sie nun endgültig loswerden konnte.

Er nickte Tom zu. »In zehn Minuten vor der Tür?«

Tom grinste. »Okay, bis dahin laufen wir noch mit dem hier spazieren und versuchen, ihn ein bisschen nüchterner zu kriegen.«

Mike half Dean auf die Beine, während Jack Heather zur Tür begleitete, vorbei an den vielen Leuten, die an den einarmigen Banditen saßen. An einem der Würfelspieltische stieß ein Crapsspieler einen Freudenschrei aus und die Leute um ihn herum applaudierten. Eine ältere Dame lehnte sich gerade in ihrem Stuhl zurück und stieß dabei Heather, die gerade hinter ihr vorbeilaufen wollte, aus Versehen an. Heather murmelte etwas Unflätiges mit saurer Miene.

»Entschuldigung, Miss«, sagte die ältere Dame, der es offensichtlich leidtat. Doch Heather hob die Nase nur etwas höher und lief ohne etwas zu sagen weiter.

Jack schämte sich ihretwegen. Er führte Heather am Arm nach draußen ins helle Licht des Valet Parkservices. Einer der Hoteldiener sah Jack und wollte sogleich zu ihm eilen. Aber Jack winkte dankend ab.

»Also, was machst du *wirklich* hier, Heather?«

Sie neigte den Kopf zur Seite und setzte wieder ein Lächeln auf.

»Es gefällt mir nicht, dass wir uns in letzter Zeit nicht gesehen haben. Ich vermisse dich.«

Als sie ihm näher kam, rührte sich Jack nicht. »Ein ›wir‹ gibt es nicht mehr. Ich dachte, ich hätte mich deutlich genug ausgedrückt.«

»Ich habe dir nur eine Pause gegönnt, aber die ist nun vorüber.« Sie legte ihm eine Hand auf die Brust.

Er stoppte sie, hielt sie am Handgelenk.

»Ich habe nicht nach einer Beziehungspause gefragt. Ich habe gesagt, dass es vorbei ist. Wir wollen nicht das Gleiche.« Er wollte keine Frau, die ihm als Zierde diente, und das war das Einzige, das Heather ihm bieten konnte.

Sie machte eine beleidigte Schnute. »Wir kennen die gleichen Leute, bewegen uns in den gleichen Kreisen. Wir sind perfekt füreinander.«

»Nein, das sind wir nicht. Ich möchte mit jemandem zusammen sein, der nicht nur an meinem Geld interessiert ist. Wir wissen beide, dass du nicht die Frau dafür bist.« Jacks Blick fiel auf das Diamantarmband an ihrem Handgelenk. An Heathers Geburtstag waren sie noch ein Paar gewesen. Jack hatte ihr den Schmuck geschenkt, aber jetzt bereute er es.

Heathers künstlich aufgesetzter Schmollmund verschwand und machte einem verärgerten Gesichtsausdruck Platz. »Jede Frau wird nur an deinem Geld interessiert sein, Jack. Ich mache nur keinen Hehl daraus.«

Ihre Worte trafen ihn, wahrscheinlich, weil ein Fünkchen Wahrheit darin steckte. Es war nicht leicht, über die Milliarden seines Vaters hinwegzusehen. Doch die blonde Frau vor ihm hatte nur allzu deutlich gezeigt, dass sie an ihm selbst überhaupt kein Interesse hatte. Das war zu viel.

Er winkte dem Chef des Parkservices, der sofort herbeieilte.

»Ja, Mr Morrison?«

»Könnten Sie bitte mein Auto holen?«

Der Angestellte warf einen Blick auf Heather, dann sah er wieder Jack an. »Einen Hotelwagen, Sir?«

»Nein, bitte mein eigenes Auto. Das, mit dem ich gekommen bin.«

»Selbstverständlich, Sir. Sofort, Sir.«

Heather lächelte ihn an, wahrscheinlich vermutete sie, dass sie etwas erreicht hatte.

»Wo soll dich mein Chauffeur hinbringen?«, erkundigte sich Jack. »Oder wohnst du hier im Hotel?«

»Ich habe eine Suite im Bellagio gemietet. Aber ich kann sehr gerne umziehen«, antwortete sie gekünstelt freundlich.

Jacks Freunde kamen durch die schwere Drehtür aus dem Casino.

»Das Bellagio ist perfekt für dich. Ich schlage vor, du bleibst dort.«

Sie ließ ihre aufgesetzte Maske fallen und kniff verärgert die Lippen zusammen. »Das wirst du eines Tages noch bereuen, Jack. Du wirst irgendeine Frau heiraten und denken, dass sie dich liebt. Doch dann wirst du enttäuscht feststellen, dass sie deinen Investmentfonds noch mehr liebt.«

Aus dem Augenwinkel sah er, dass sein Wagen vorgefahren wurde. Er öffnete die Beifahrertür des uralten Pick-ups, ein Pritschenwagen mit offener Ladefläche und einer Fahrerkabine, in der fünf, sechs Leute Platz hatten. Der Wagen hatte seine besten Zeiten deutlich hinter sich und starrte von der langen Fahrt vor Schmutz.

»Was soll das denn?«, zischte sie angewidert und wich entsetzt zurück, als wäre der Wagen eine giftige Schlange.

Jetzt musste Jack lachen. Ihr entgeisterter Gesichtsausdruck war eine Entschädigung dafür, dass er ihre Gegenwart hatte ertragen müssen. »Dein Taxi ins Bellagio.«

»Da steige ich sicher nicht ein. Was hast du damit gemacht, bist du etwa den ganzen Weg von Texas bis hierher gefahren?«

Nun, in Wirklichkeit hatte er ihn für sein neues Projekt nach Kalifornien bringen lassen und dann entschieden, mit den Jungs nach Las Vegas zu fahren. »So ähnlich. Hopp, steig ein.«

»Kommt überhaupt nicht in Frage.«

»Bitteschön, wie du willst.« Jack hielt die Tür noch ein Stückchen weiter auf und forderte winkend seine Freunde zum Einsteigen auf. »Los, Jungs. Wir müssen noch einen Junggesellen verabschieden.« Jack wandte sich an den jungen Mann, der seinen Pick-up gebracht hatte. »Hi. Wie heißen Sie?«

»Russell, Sir. Ich bin neu hier.« Er war höchstens vierundzwanzig.

»Kennen Sie sich in Las Vegas aus?«

»Ja, bin hier aufgewachsen.«

Jack klopfte ihm freundschaftlich auf den Rücken, während Mike dem betrunkenen Dean auf die Rückbank half. Tom stieg nach ihnen ein. »Also, lieber Russell, meine Freunde und ich brauchen heute Abend einen Fahrer. Wir haben alkoholtechnisch noch viel vor und könnten jemanden brauchen, der nüchtern bleibt. Sind Sie dabei?«

»Ich muss leider arbeiten.«

»Und ich zahle dafür.« Jack winkte den Parkservicechef zu sich.

»Hallo Carrington, so heißen Sie doch, oder?«, fragte er ihn.

»Ja, Sir.«

»Carrington, wir bräuchten Russell für ein paar Stunden heute Abend. Das ist doch kein Problem, oder?«

»Natürlich nicht, Mr Morrison. Ganz nach Ihren Wünschen.«

Jack zwinkerte dem Mann zu und ging zum Wagen. Als er gerade einsteigen wollte, rief Heather: »Und was ist mit mir?«

Jack warf ihr einen Blick zu. »Ich habe dir meinen Pick-up angeboten, meine Liebe. Aber vielleicht möchtest du lieber mit einem richtigen Taxi fahren. Carrington, könnten Sie bitte ein Taxi für die Dame organisieren?«

Carrington blickte ein paarmal zwischen Heather und Jack hin und her, dann ließ er eines der vielen Taxis kommen, die schon auf die nächsten Passagiere warteten.

Heather hob empört die Arme. »Jack!«, schrie sie, als er die Tür schloss.

Er lüpfte zum Abschied den Cowboyhut, während Russell losfuhr.

»Jack Morrison!«, hörte er durch das geschlossene Fenster.

»Ui-ui-ui, ist die sauer«, meinte Tom, über die Schulter blickend. »Ich habe sowieso nie verstanden, was du an der gefunden hast.«

»Sie war ein Fehler.« Ein Riesenfehler. Jack war froh, dass sein Herz nie wirklich involviert gewesen war.

»Jack Morrison. He, aber Sie sind nicht irgendwie mit Gaylord Morrison, dem Hotelbesitzer, verwandt, oder?«, wollte Russell wissen, als er auf den Las Vegas Boulevard fuhr.

Dean, Mike und Tom lachten los.

»Habe ich irgendetwas Lustiges gesagt?«

Jack schnallte sich an und lehnte sich entspannt zurück. »Das ist nur mein Vater.«

★★★

»Mahnung ... Mahnung ... oh super, eine Warnung, dass sie uns das Wasser abstellen werden.« Jessica Mann legte seufzend die mit Leuchtstift markierte Rechnung auf den Stapel. Sie saß in dem Pausenraum des Diners, einem Imbisslokal, das rund um die Uhr geöffnet hatte. Der Raum war genauso trist wie ihre Zukunft. Sie musste wirklich etwas in ihrem Leben ändern, und zwar bald.

Leanne, die andere Kellnerin, die mit ihr zusammen Nachtschicht hatte, steckte ihren Kopf zur Tür herein. »Du bist auf, gut. Es sind gerade vier Leute reingekommen. Sitzen auf der Zwölf.«

Jessie sah auf die Uhr. Es war zwei Uhr zwanzig in der Nacht. Bald würden die Leute kommen, die genug von den Bars hatten und einen schwarzen Kaffee vor dem Heimweg brauchten. Sonntagnacht war am schlimmsten. Die Dümmsten von ihnen dachten, sie könnten nach einer durchfeierten Nacht noch schnell ein Käffchen trinken und dann pünktlich in der Arbeit erscheinen. Jessie steckte die Rechnungen in ihre Tasche und ging durch den kurzen Gang zurück ins Restaurant zu Tisch zwölf. Wenn sie Glück hatte, war wenigstens einer von den vieren nüchtern genug, dass er zumindest das Trinkgeld nicht vergaß.

Sie hörte sie schon lachen, bevor sie um die Ecke bog, um ihre neuen Gäste zu begrüßen.

Zwei von ihnen waren hinter der geöffneten Speisekarte verborgen, die beiden anderen blickten sie an, als sie kam.

»Oha, wow, bis' du für unsern Tisch zuständig?«, fragte einer von ihnen mit dunkelblondem Haar. Nach dieser Frage senkten auch die beiden anderen Männer die Speisekarten und sahen sie an.

Ein kurzer Blick sagte ihr, dass die Kerle eine kleine Sauftour hinter sich hatten. Nach ihren Bartstoppeln zu urteilen, waren sie schon eine ganze Weile unterwegs.

Der Straßenköterblonde lächelte unschuldig wie ein kleiner Junge und zeigte dabei eine Reihe weißer Zähne. Der Mann links von ihm stieß ihn in die Seite. »Hören Sie nicht auf ihn. Er ist seit drei Tagen nicht mehr nüchtern gewesen.«

»Du musst gerade reden, Mikey«, sagte ein anderer mit Baseballkappe und stoppligem Kinn, das mindestens zwei Tage keine Rasierklinge gesehen hatte.

»Jack ist der Einzige von uns, der noch einigermaßen nüchtern ist«, meinte Mikey.

Tja, wieder mal ein paar Partyjungs.

Derjenige, den sie Jack nannten, hatte seine Speisekarte nur sehr langsam weggelegt und blickte erst jetzt zu Jessie auf. Auf seinem dunkelbraunen Haar saß ein Stetson-Cowboyhut. Der Dreitagebart sah an ihm sexy aus. Er musterte sie mit rauchfarbenen Augen – eine Augenfarbe, die Jessie noch nie gesehen hatte. Er ließ sich viel Zeit, betrachtete ihre Haare, dann ihr Gesicht. Schließlich sah er ihr direkt in die Augen und wandte den Blick nicht wieder ab. Als ob er sich seiner Wirkung bewusst wäre, breitete sich langsam ein hinreißendes Lächeln samt Grübchen auf seinem Gesicht aus. Ein Lächeln, das nur für sie bestimmt war.

So ein Lächeln sollte mit einem Warnhinweis kommen. Seine geballte Aufmerksamkeit verursachte ein Flattergefühl in ihrer Bauchgegend. Sie bekam eine Gänsehaut. Sie schluckte und ihre Haut prickelte, als ob er sie gestreichelt hätte.

Jessie musste mehrere Male blinzeln. Schließlich war sie diejenige, die den Blickkontakt zuerst unterbrach. »Wollen Sie als Erstes einen Kaffee?«

»Ja, das wäre toll«, antwortete Jack mit einem Akzent, der zu seinem Cowboyhut passte.

Sein texanisches Amerikanisch war wie eine warme, kuschelige Decke. Die Sprachfärbung der Leute in Südkalifornien war nicht so stark ausgeprägt, deshalb fiel ihr der Akzent sofort auf.

Jessie steckte ihren Notizblock in die Schürze und ging die Kaffeekanne holen.

»Die ist aber eine Augenweide«, bemerkte einer der Partyjungs.

Jessie wusste, dass sie nicht hässlich war, aber sie sah auch nicht wirklich etwas Besonderes, wenn sie in den Spiegel blickte. Ihr hellbraunes Haar war zu einem Knoten im Nacken zusammengebunden. Sie hatte dunkle Ringe unter den haselnussbraunen Augen, weil sie nicht genügend Schlaf bekam. Wenigstens wurde sie nicht fett, wenn das Geld gerade so ausreichte, um über die Runden zu kommen und ihren Sohn Danny großzuziehen.

Die vier Männer ... oder sagen wir lieber Jungs ...

an Tisch vier hatten wahrscheinlich alle zusammen weniger Verantwortung zu tragen als sie alleine. Sie hatten alle Jeans und T-Shirt an und zwei von ihnen stanken nach Bier.

Ehemalige Studenten, die nicht erwachsen wurden. Möglicherweise studierten sie immer noch, obwohl sie sicher schon Ende zwanzig waren.

Jessie kam wieder zum Tisch zurück, stellte Tassen darauf ab und schenkte Kaffee ein. »Vielen Dank ... Jessica«, sagte Jack mit den geheimnisvollen grauen Augen nach einem kurzen Blick auf ihr Namensschild.

»Sagen Sie lieber ›Jessie‹. Waren Sie unterwegs?«, fragte sie, um ein bisschen Small Talk zu betreiben.

»Wir kommen von einem Wochenendtrip nach Las Vegas«, antwortete derjenige, den sie Mikey genannt hatten.

Hätte sie sich denken können.

»Unser Kumpel hier, Dean, heiratet in ein paar Wochen, deshalb haben wir ihn stilvoll verabschiedet.«

»Las Vegas kann aber auch ein gefährliches Pflaster für einen Junggesellenabschied sein«, meinte sie.

»Schau, was hab ich gesagt?«, meldete sich Jacks Sitznachbar. »Aber hört irgendwer auf den lieben Tom? Natürlich nicht. Da denkst du, alles läuft bestens und hinterher siehst du dich auf YouTube mit nacktem Hintern mit einem Mädel tanzen und kannst dich an nichts erinnern.«

»Ich habe aber nich' nackt mit 'nem Mädel getanzt ... oder?« Dean rieb sich den Nacken, runzelte zweifelnd die Stirn.

Jack grinste und zeigte dabei seine Grübchen. »Na ja, du warst schon ziemlich dicht.«

»Ich erinner' mich aber nich' an Nackttanzen.«

»Beruhig dich«, sagte Mikey zu ihm. »Es hat dich ja niemand beim Nackttanz *gefilmt*.«

Jessie schmunzelte. Die Jungs zogen ihren Freund auf und es war witzig, ihnen zuzusehen. Dem zweifelnden Gesichtsausdruck von Dean nach zu schließen, war er sich nicht ganz sicher, ob er vielleicht wirklich nackt getanzt hatte.

»Wissen Sie schon, was Sie wollen oder brauchen Sie noch ein paar Minuten?«, fragte Jessie.

»Ich weiß schon, was ich will«, sagte Tom und legte die Speisekarte auf den Tisch.

Die anderen taten es ihm nach. Jessie nahm die Bestellung auf und ging zur Küche.

Leanne warf Jessie einen Blick zu, während sie dem Koch die Bestellung weitergab. »Mit denen hast du was zu tun, oder? Aber sehen alle vier ganz süß aus«, seufzte Leanne.

»Und zwei von ihnen sprechen wie Cowboys.«

»So, so, bist also nicht uninteressiert.«

»Nee, danke. Das Letzte, was ich brauchen könnte, ist so ein Playboy, der mein Leben durcheinanderbringt.«

Jessie wandte sich einem anderen Gast an der Theke zu und schenkte ihm Kaffee nach. »Wie sind die Pancakes, Mr Richman?«

»Ganz okay.«

Leanne ließ ihr keine Ruhe. »Wer sagt denn, dass sie alle Playboys sind?«

»Ex-Studenten, die nicht erwachsen werden.«

»Playboys, Ex-Studenten, ist doch egal. Einer von ihnen könnte der reiche Held deiner Träume sein.«

Jessie zog eine Augenbraue hoch. »Sicher.« Sie packte Leanne an der Hand, zog sie zum Fenster, von dem man auf den Parkplatz schaute. »Schau mal genauer, Süße. Siehst du da irgendwo einen teuren Schlitten stehen?«

Nur die Autos der Angestellten standen dort und der Wagen von Mr Richman. Und dann war da noch ein Pick-up älteren Datums. Wahrscheinlich Baujahr 1995. Der fahrbare Untersatz der Cowboys von Tisch zwölf.

»Das muss noch lange nichts heißen.« Leanne befreite sich aus Jessies Griff und fügte hinzu: »Außerdem wird man zum Essen und ins Kino eingeladen, wenn man mit jemandem ausgeht. Dagegen ist doch nichts einzuwenden.«

»Essen gehen und Filme anschauen bedeutet in meiner Welt McDonalds und SpongeBob Schwammkopf im Fernsehen. Ich habe Danny zu Hause, da kann ich nicht so einfach mit jemandem ausgehen.«

»Aber deine Schwester kann doch auf ihn aufpassen.«

»Schon, aber warum sollte ich meine Zeit mit jemandem vergeuden, der nur von einem guten Leben träumt, statt es selbst zu leben? Weißt du, meine Mom ist vielleicht nicht die weiseste Frau auf Erden, aber sie hat mir mal gesagt, es ist genauso leicht, sich in einen reichen Mann zu verlieben wie in einen armen.«

»Aha. Und?«

»Und deshalb geht man besser nicht mit armen Männern aus.«

Von der anderen Seite des Restaurants hatte Jack seine grauen Augen auf Jessie gerichtet und beobachtete sie über den Rand des Kaffeebechers hinweg. Als sich ihre Blicke trafen, grinste er und zeigte dabei seine Grübchen. Dann zwinkerte er ihr zu, ohne Provokation.

»Himmel.« Jessie sah weg und versuchte, sowohl den flirtenden Playboy als auch das Kribbeln, das seine Aufmerksamkeit verursachte, zu ignorieren.

»Mr Cowboy ist aber auch sexy«, kicherte Leanne.

»Wetten, dass Mr Cowboy einen seiner Freunde die Rechnung übernehmen lässt?«

»Ach, komm, so schlimm ist es sicher nicht.«

»Hallo? Er flirtet mit 'ner Kellnerin in einem Imbissrestaurant, Leanne. Er hat wohl keine sonderlich großen Ambitionen ...«

★★★

»Die lässt dich abblitzen«, lachte Mike und knuffte Jack dabei in den Oberarm.

»Die Kellnerin steht wohl nicht auf dich.«

»Liegt vielleicht an deinen Klamotten, Moore.«

»Warum, was soll mit meinen Klamotten sein?« Eigentlich fand er es ganz gut, dass Jessie, die sexy Kellnerin mit dem schrecklichen braunen Uniformrock, keine Ahnung hatte, wer er wirklich war. Jack versuchte, sich stets aus dem Rampenlicht zu halten, wenn es ging. Im Gegensatz zu Houston kannten ihn in Kalifornien nur die wenigsten Leute vom Sehen. Mit der Kellnerin zu flirten, ohne mit dem dicken Geldbeutel zu winken, war gerade nach der gestrigen Begegnung mit Heather gar keine so dumme Idee.

Jack nahm sein Portemonnaie aus der Hosentasche und steckte Tom einen Zwanziger zu.

»Wofür ist das denn?«

»Frühstück.«

»Und warum gibst du mir das jetzt?«

»Steck es einfach ein. Wenn wer fragt, dann bin ich nur ein Handlanger, der ein durchzechtes Wochenende hinter sich hat«, sagte Jack, der Jessie weiter beobachtete, bevor sie um die Ecke verschwand.

Warum auch nicht, schließlich blieb er noch einige Wochen in Ontario in Kalifornien, um den Bau des neuen Hotels neben dem

Kongressgebäude zu beaufsichtigen. Er hätte Lust, für die Zeit hier jemanden kennenzulernen. Dann könnte er auch endlich das Bild von allen Heathers, die er kannte, ein für alle Mal aus seinem Gedächtnis streichen – künstliche und selbstsüchtige Frauen, die statt mit ihm nur mit seiner Brieftasche flirteten. Früher hatten ihn solche Frauen nicht gestört, doch seit Neuestem suchte er eine Frau, mit der er sprechen konnte, mit der er seine Träume und Gedanken teilen konnte. Vielleicht sogar jemanden wie diese bodenständige Kellnerin hier, die sich nicht zu fein war, sich die Hände schmutzig zu machen und für ihren Lebensunterhalt zu arbeiten. Oder der es nichts ausmachen würde, in einem alten Pick-up mitzufahren.

Auch Jack war sich nicht zu fein für körperliche Arbeit auf der Ranch oder für Büroarbeit. Seit Ende des Studiums war er für Fusionen und Übernahmen zuständig und bemühte sich redlich, in seinem Job zu glänzen. Im Gegensatz zu seiner Schwester Katie, die sich wahrscheinlich zum Essen mit Paris Hilton traf, wollte Jack tatsächlich arbeiten und für sich selbst sorgen. Er wollte nicht vom Geld seines Vaters leben. Wenn er eines Tages die Geschäfte für seinen Vater übernahm, würde man ihm nicht vorwerfen können, dass er ein Faulenzer sei, der den Job nur geerbt hatte, ohne zu wissen, was er tun musste.

»Ach so, jetzt verstehe ich«, ging Tom ein Licht auf.

»Ach ja?«, fragte Jack.

»Ja, ich habe dich am Wochenende gesehen, wie du diese Frau im Hotel abgewimmelt hast. Für einen Augenblick habe ich gedacht, dass du es bist, der nächsten Monat heiratet, nicht Dean«, sagte Mike. »Du bist es leid, dass alle nur auf dein Geld aus sind, oder?«

»Ich bin es leid, dass alle nur lügen.«

»Kann ich mir vorstellen«, stimmte Tom zu.

»Meine Maggie is' das Beste, das mir je passiert is'«, lallte Dean.

»Au weh, jetzt wird er gleich wieder emotional«, Tom schob ihm die Kaffeetasse zu. »Hier, trink. Maggie, deine holde Maid, mag es nicht, wenn du nach Kneipe stinkst.«

Dean stützte die Ellbogen auf den Tisch und legte den Kopf in die Hände. »Sie is' die Beste. Und erst der Sex!«

»Haben wir alles schon gehört, Dean.«

»Das ganze verdammte Wochenende lang«, fügte Tom hinzu.

»Ihr seid ja bloß eifersüchtig.«

Jack nippte an seinem Kaffee und sagte nichts. Er freute sich zwar für seinen Freund, fand aber, dass er mit Maggie nicht die richtige Wahl getroffen hatte. Dean liebte seine Freizeitaktivitäten wie Motorradfahren, Camping und Segeln. Harte Arbeit scheute er auch nicht. Aber seit Maggie in sein Leben getreten war, hatte sich Dean mit jedem Tag ein Stückchen mehr aufgegeben.

»Maggie hat Angst, dass ich mit dem Motorrad einen Unfall bauen könnte.«

»Maggie mag Boote nicht, sie wird seekrank.«

»Maggie möchte lieber in einem Hotel übernachten statt im Wohnmobil.«

Vielleicht machte Maggie Dean glücklich, aber wie lange noch? Irgendwann würde es ihm über die Hutschnur gehen, dass sie ihn nach ihren Vorstellungen zu formen versuchte.

Jessie erschien. Sie balancierte mit choreographierter Leichtigkeit die vielen Teller mit englischem Frühstück, servierte sie den Männern und holte Senf und Ketchup aus den Taschen ihrer steifen, hässlich braunen Uniform.

»Riecht lecker, Jessie«, sagte Jack.

»Ich gebe es an den Koch weiter, danke.«

Tom und Dean fingen gierig an zu essen.

Jessie verschwand wieder, kam mit der Kaffeekanne zum Nachschenken zurück. »Fehlt noch irgendetwas?«, erkundigte sie sich.

»Ich glaube, wir haben alles, vielen Dank.« Jack suchte Blickkontakt mit ihr, aber sie vermied ihn.

»Geben Sie mir Bescheid, wenn Sie noch etwas brauchen. Sie sehen ja, hier ist wahnsinnig viel los.«

Jack sah zu dem einzigen anderen Gast an der Theke. »Ich bin mir sicher, dass Sie einiges über die Nachtschichten hier erzählen könnten.« Jack versuchte alles, um irgendetwas aus ihr herauszubekommen.

»Meistens ist es einfach schwierig, sich wach zu halten. Ab vier Uhr dreißig ist wieder mehr los.«

»Ziemlich unchristliche Zeit«, murmelte Tom zwischen zwei Bissen.

»Man glaubt kaum, wie viele Geschäftsmänner in Anzug und Krawatte für ein schnelles Frühstück hier anhalten, bevor sie nach Los Angeles weiterfahren. Sie fahren so früh los, um den Stau zu vermeiden.«

»Ich habe zwar schon gehört, dass der Verkehr in Los Angeles schlimm ist, aber wirklich *so* schlimm?«, fragte Jack.

»Ja, Sie wohnen wohl nicht hier, sonst würden Sie das nicht fragen.«

»Ich komme aus Texas, hauptsächlich. Aber mein neuer Job hat mich hierher gebracht, in die Nähe des Flughafens.« Der Flughafen in Ontario entlastete die beiden anderen Flughäfen im Großraum von Los Angeles, wo es kaum noch Wachstumsmöglichkeiten gab, weil bereits alles verbaut war, aber in Ontario gab es noch Platz für neue Hotels.

Mike boxte ihn freundschaftlich in den Arm. »Pennt immer bei mir auf der Couch, wenn er mal gut schlafen will.«

Das war nicht wirklich gelogen, dachte Jack. Mike wohnte in Claremont und manchmal kam Jack bei ihm vorbei und übernachtete dort, wenn er mal eine Pause von seinem Hotel brauchte. Das Morrison war ein Fünf-Sterne-Luxushotel, mit Champagner und Kaviar. Manchmal wollte Jack aber einfach nur Pizza essen, Bier trinken und sich bei Freunden ein Baseballspiel im Fernsehen ansehen.

Jessie schien diese Information etwas länger zu verarbeiten, dann zuckte sie leicht enttäuscht die Schultern. »Lassen Sie es sich schmecken«, sagte sie und ging.

Dean lachte. »Gar nich' so einfach, oder?«

»Ich bin noch nicht fertig«, sagte Jack und nahm seine Gabel. *Noch lange nicht.*

Um drei Uhr morgens hatten sie fast alles aufgegessen und es waren neue Gäste erschienen, die nun Jessies Aufmerksamkeit in Anspruch nahmen.

Ein älterer Herr um die siebzig versuchte gerade aufzustehen. Sofort eilte Jessie zu ihm. »Ich habe Ihnen doch gesagt, dass ich Ihnen helfe, Mr Richman.«

»Es geht schon«, antwortete der Mann. Aber er schwankte beim Aufstehen.

»Die Luftfeuchtigkeit. Schlägt mir auf die alten Knochen«, erklärte er.

Jessie legte einen Arm um seine Hüfte und half ihm zur Tür, wo er seinen Gehwagen abgestellt hatte. Aber auch dann wich sie nicht von seiner Seite.

»Ab hier geht es schon«, sagte er zu ihr.

»Bin mir sicher, dass es geht, aber ich könnte ein bisschen frische Luft vertragen. Dieser Fettgeruch macht mich ganz fertig. Begleiten Sie mich nach draußen?«, fragte sie ihn.

Mr Richman lächelte, als sie ihm die Tür aufhielt und ihn zu seinem Auto begleitete.

Wenige Minuten später kam sie mit einem zufriedenen Gesichtsausdruck zurück.

»He, Jessie«, rief die andere Kellnerin von der Kasse herüber.

»Was gibt's?«

»Dein Freund hat schon wieder nicht genügend Geld dagelassen.«

Jack beobachtete Jessie. Sie blickte zur Tür, zuckte die Schultern und holte Münzen aus der Rocktasche, in der sie das Trinkgeld aufbewahrte. »Ich zahl das, Leanne.«

Leanne schüttelte den Kopf. »Ich verstehe echt nicht, warum du das immer für ihn übernimmst.«

»Sind ja nur Pancakes, Leanne. Außerdem hat er niemanden. Da muss man halt ein Auge zudrücken.«

Jessie beglich den Rest der Rechnung für ihn und arbeitete weiter.

Irgendetwas in Jacks Inneren machte Klick. Er musste einfach mehr über Jessie erfahren.

Jedes Mal, wenn sie an ihren Tisch kam, um Kaffee nachzuschenken, versuchte Jack, sie in ein Gespräch zu verwickeln. Aber sie biss nicht an. Jack dachte schon fast, sie sei nicht an ihm interessiert. Doch sie mied den Blickkontakt mit ihm und wurde rot, wenn er ihr ein Kompliment machte. Das bedeutete, dass sein Charme durchaus ankam.

Jessie räumte den Tisch ab und legte die Rechnung in die Mitte. »Lassen Sie sich Zeit. Rufen Sie mich, wenn Sie fertig sind«, sagte sie zu ihnen.

Fast hätte Jack seine Kreditkarte auf den Tisch gelegt und für alle gezahlt, damit Jessie ihm endlich Beachtung schenkte. Aber Tom war schneller.

»Ich nehme an, dass ich mal wieder für dich zahlen muss, was, Jack?«

»Also, ich bin schließlich gefahren.«

»Aber wir haben den Sprit gezahlt.« Was der Tatsache entsprach. Jack hatte die Übernachtung im Morrison Hotel und den Aufenthalt im Casino in Las Vegas übernommen.

Tom, Dean und Mikey holten Geldscheine hervor und reichten Jessie den vollständigen Betrag. »Danke, stimmt so«, sagte Tom.

Nachdem Jessie gegangen war, meinte Mike: »Die kannst du wohl abhaken.«

»Mann, bei mir dreht sich immer noch alles«, gab Dean bekannt.

Jack holte den Autoschlüssel aus der Hosentasche.

»Hier, Mike. Ich schlage vor, du fährst Tom zum Flughafen und ich bleibe mit Dean hier, damit er noch ein Käffchen trinken kann.«

»Das is' ne gute Idee. Autofahren wäre noch nichts für meinen Magen.« Dean war tatsächlich etwas grün im Gesicht.

»Wann geht dein Flug?«

»Um sechs«, sagte Tom.

»Dann machen wir uns jetzt besser auf den Weg. Es dauert ewig, um durch die Sicherheitskontrollen zu kommen.«

Sie standen auf und verabschiedeten sich.

»Ich sehe euch nächsten Monat zu Hause«, sagte Jack zu seinen Freunden.

Tom klopfte ihm auf den Rücken. »Viel Glück, Moore.«

Jack setzte sich wieder, als Tom und Mike gegangen waren. Dean stützte seinen Kopf auf. »Warum habt ihr mich so viel trinken lassen? Maggie hasst es, wenn ich zu viel trinke.«

»Ich krieg dich schon noch nüchtern, bevor ich dich heimbringe.«

Jessie konnte nicht glauben, dass nur zwei von ihnen gingen. Jack winkte sie zu sich an den Tisch.

»Warum gehen Ihre Freunde ohne Sie?«

»Tom fliegt nach Texas zurück und unser lieber Dean hier braucht dringend noch einen Kaffee, um nüchtern zu werden, bevor wir ihn zu seiner Verlobten nach Hause lassen.«

»Verstehe.« Jessie hielt schon die Kaffeekanne bereit und schenkte beiden nach.

Bevor sie wieder ging, ließ Jack sein gewinnendes Lächeln aufblitzen. »Also, Jessie, wie wäre es, wenn Sie mit mir ausgingen?«

Sie legte den Kopf schief. »Ist das eine Anmache?«

Leicht gekränkt schüttelte Jack den Kopf. »Also, wenn Sie das fragen müssen, dann lasse ich wohl ganz schön nach.«

Dean musste lachen, sagte aber nichts.

»Ich fühle mich geschmeichelt, Jack. Sie heißen doch Jack, oder?«

Er nickte. »Warum kommt jetzt gleich ein *aber*?«

Jessie legte die freie Hand auf den Tisch und sah ihn an. »*Aber* ich bin eine viel beschäftigte Frau. Wenn Sie also kein Scheckbuch haben, das genauso groß ist wie Ihr Ego – und ich vermute, dass das nicht der Fall ist, weil ja Ihre Freunde die Rechnung und den Sprit gezahlt haben – dann bin ich nicht interessiert.«

Dean pfiff durch die Zähne.

Jack war sprachlos.

Jessie starrte ihn herausfordernd an, bis er schließlich stammelte: »Also, das hat noch niemand zu mir gesagt.«

Jessie richtete sich auf und zog die Augenbrauen hoch.

»Na ja, wenigstens bin ich ehrlich. Sie sind süß, Cowboy, das muss ich ja zugeben. Aber süß zu sein hilft Ihnen in dieser Stadt nicht viel weiter. Vielleicht ist das in Texas anders. Versuchen Sie es dort mal bei einer Kellnerin.«

»Ich bin aber nicht in Texas. Außerdem möchte ich ja mit Ihnen ausgehen.«

»Ich sage es noch mal: Ich fühle mich geschmeichelt, aber nein danke.«

»Sie finden mich also süß.« Das war zwar nicht unbedingt das herausragendste Kompliment, das man ihm in letzter Zeit gemacht hatte, aber es war ein Anfang.

Ein Lächeln umschmeichelte Jessies Lippen. »Sie lassen sich aber wirklich nicht so leicht unterkriegen, oder?«

»Stimmt.«

»Okay, dann lassen Sie es mich anders ausdrücken: Ich bediene in dieser Absteige hier in der Nacht, damit ich mehr Zeit mit meinem fünfjährigen Sohn verbringen kann.«

Jack blickte auf ihre linke Hand. Kein Ring. »Warum sagen Sie denn nicht, dass Sie verheiratet sind?«

Sie schüttelte den Kopf. »Schön wär's. Mein Lieber, ich bekomme noch nicht mal Unterhalt für mein Kind gezahlt. Nicht, dass Sie das etwas anginge.«

Nicht verheiratet, alleinerziehend und musste nachts als Kellnerin arbeiten. Kein Wunder, dass sie eher einen dicken Geldbeutel als die große Liebe suchte. Heathers Worte kamen ihm wieder in den Sinn. *Jede Frau wird nur wegen deines Geldes mit dir zusammen sein, Jack.* Aber diese Frau, Jessie, wusste nichts von seiner prall gefüllten Brieftasche. Und wenn sie tatsächlich nur auf Geld aus war, warum bezahlte sie dann regelmäßig die Pancakes ihrer Gäste? In dieser schönen Frau steckte mehr, als sie zugab. Plötzlich war er von dem Wunsch, diese Frau für sich zu gewinnen, ganz besessen.

Jessie wollte wieder gehen, aber Jack hielt sie auf: »Kinder lieben mich.«

Jessie blieb mit offenem Mund stehen. »Der gibt wohl nie auf?«, wandte sie sich an Dean.

»Nö.«

»Und er kriegt jede Frau rum?«

»Schon.«

Im Fortgehen murmelte sie etwas Unverständliches.

»He Mann, gibs auf. Bei der bist du auf dem Holzweg. Die steht nicht auf dich.«

»Nein, sie *will* nur nicht auf mich stehen.«

»Sie hat ein Kind, Jack. Sie ist klug, wenn sie nicht mit einem Mann ausgehen will, der vortäuscht, ein Versager zu sein.«

Ihr Hüftschwung zog ihn in seinen Bann. Es war schon lange her, dass er für eine Frau wirklich hatte kämpfen müssen. »Richtig. Ich *täusche es vor.*« Jack kratzte sich das stoppelige Kinn und musste lächeln. *Ich täusche vor, ein Versager zu sein.*

Kapitel Zwei

Jessie warf die Schlüssel auf die Küchentheke und hängte ihre Tasche über die Stuhllehne. Im Badezimmer hörte man Wasser rauschen. Ihre Schwester Monica machte sich also bereits für die Arbeit fertig. Monica war mit ihren einundzwanzig Jahren erwachsener als die meisten anderen Mädchen in ihrem Alter. Sie war nun im letzten Ausbildungsjahr zur Krankenschwester am College. Jessie hatte versprochen, sie zu unterstützen. Monica passte nachts auf Danny auf, wenn Jessie arbeitete, und dafür durfte Monica umsonst mit ihnen in dem kleinen Apartment wohnen.

Monica arbeitete als Schwesternhelferin achtzehn Stunden in der Woche im kleinen Krankenhaus am Ort und trug ein bisschen zum Lebensunterhalt bei, aber den Großteil der Rechnungen zahlte Jessie. Vor einigen Jahren hatten die beiden Schwestern eine Abmachung getroffen: Als Erstes würde Monica mit Jessies Hilfe ihre Ausbildung machen und wenn sie fertig war, kam Jessie an die Reihe.

Jessie hatte anfangs auch überlegt, Krankenschwester zu werden, auch wenn man mit diesem Beruf wirklich nicht reich werden konnte. Doch der Gedanke, ständig von kranken und verletzten Menschen umgeben zu sein, war letztendlich doch nicht so reizvoll.

Nicht, dass sie dauerhaft als Kellnerin arbeiten wollte, aber vielleicht wäre ein Serviceberuf in einer Führungsposition in einem gehobenen Etablissement eher etwas für sie. Vielleicht würde sie auch Events organisieren oder große Veranstaltungen. Die Vorstellung, als Hochzeitsplanerin zu arbeiten, gefiel ihr. Das war auf jeden Fall besser, als Krankenschwester zu werden und ständig mit Blut und anderen Körperflüssigkeiten zu tun zu haben.

Jessie schaffte es, einen Fernstudienkurs im Semester zu belegen, damit sie einen kleinen Vorsprung hatte, wenn es richtig losging. Sie hatte noch ein Jahr, um herauszufinden, was sie beruflich machen wollte.

Aber natürlich würde es nicht schaden, einen reichen Freund zu haben.

Jessie musste wieder an die Gäste im Diner in der Nacht von neulich denken. Besonders an den einen ... Jack. Der Typ mit dem sexy Lächeln, der nicht aufgeben wollte. Er war bis fünf Uhr morgens geblieben. Dann war er in seinen uralten Pick-up gestiegen und davongetuckert. Er hatte gesagt, er würde wiederkommen.

Jessie hatte ihm keine Hoffnungen gemacht, ihm nicht einmal ihren Dienstplan verraten, als er danach fragte. Bis zum Ende der Nacht hatten sie sich gegenseitig mit witzigen Bemerkungen und schlagfertigen Antworten aufgezogen.

Sie wollte es sich nicht eingestehen, doch ihre Schicht war wie ihm Flug vergangen und sie war gut gelaunt nach Hause gefahren. Es war nicht gerade unangenehm, als Frau wahrgenommen zu werden, statt nur als Mutter.

Sie hörte leises Tapsen im Flur. Danny kam mit verstrubbeltem Haar in seinem Rennautoschlafanzug herein und rieb sich die Augen: »Morgen, Mami.«

»Guten Morgen, mein Schatz. Hast du gut geschlafen?« Jessie kniete sich hin und nahm ihn in die Arme. Danny schlang einen Arm um sie, den anderen brauchte er, um sich mit der freien Hand die Augen zu reiben. »Ja, gut«, gähnte er. »Auntie Monica hat uns riesige Eisbecher gemacht, als du in die Arbeit gefahren bist.«

»Wirklich? Waren die gut?«

»Wir hatten keine Nüsse zum Drüberstreuen, aber sie waren trotzdem gut.«

Danny wand sich aus der Umarmung und kletterte auf den Stuhl an der Küchentheke.

Jessie holte Schüsseln und die Cornflakespackung vom Kühlschrank.

»Ich kaufe auf jeden Fall Nüsse, bevor wir unsere Weihnachtsplätzchen backen. Dann hast du wieder welche für den nächsten Eisbecher«, sagte sie ihm.

Er musste erneut gähnen. »Okay.«

Während Danny über seinem Frühstück langsam wach wurde, ging Jessie ins Schlafzimmer und zog sich das Nachthemd an.

Das Bett war noch zerwühlt, weil Monica immer darin schlief, wenn Jessie arbeite. In den anderen Nächten schlief sie auf dem Ausziehsofa im Wohnzimmer. Sie hätten durchaus ein größeres Apartment mit einem weiteren Zimmer brauchen können, aber das war ein Luxus, den sie sich nicht leisten konnten. Sie kamen finanziell gerade so über die Runden.

Monica kam ins Schlafzimmer. Sie hatte schon ihr Schwesternkleid an. Bei den meisten Leuten würde die steife, weiße Uniform nach nichts aussehen, aber Monica stand sie sehr gut. Das Kleid betonte ihre schlanke Figur und passte zum naturblonden Haar. »Ach gut, du bist schon wieder da«, sagte sie, als sie durch das Zimmer lief und herumliegende Kleidungsstücke aufhob.

»Die Frühschicht ist endlich mal pünktlich erschienen«, antwortete Jessie.

»Gut. Ich muss heute nämlich schon um acht Uhr dreißig im Krankenhaus sein.«

Jessie blickte auf die Uhr. »Hast du trotzdem noch Zeit, Danny zur Schule zu bringen?«

»Klar, kein Problem.«

Gut. Danny ging seit ein paar Monaten in die Vorschule und so konnte Jessie wenigstens ein paar Stunden ohne Unterbrechung schlafen. Schlaf war himmlisch. Nur wenn sie nicht arbeitete, brachte sie es auf mehr als fünf Stunden.

»Heute Nacht arbeitest du auch wieder, oder?«, erkundigte sich Monica.

»Ja. Und morgen habe ich dann frei.«

»Und was ist mit Thanksgiving?«

»Ich kann auf den Dienst nicht verzichten. Ich bekomme das Eineinhalbfache gezahlt und das kann ich gut gebrauchen, wenn Danny etwas zu Weihnachten kriegen soll.« Jessie musste sowohl Mittwoch- als auch Donnerstagnacht arbeiten und hatte wenig Zeit, den Feiertag zu genießen.

Monica lehnte sich gegen die Kommode. »Du weißt aber schon, dass Mom uns um vierzehn Uhr erwartet, oder?«

Jessie rollte die Augen. »Ja, ich weiß. Ist Pat wieder aufgekreuzt oder können wir ihn ein für alle Mal von der Liste für die Weihnachtskarten streichen?« Pat war der letzte Freund ihrer Mutter gewesen.

Renee Effinger, die Mutter von Jessie und Monica, war zum dritten Mal geschieden und heiratete nun die Männer in ihrem Leben nicht mehr. Sie ging mit ihnen aus, ließ sie auch mal für ein paar Monate bei sich einziehen, aber dann schmiss sie sie wieder hinaus, wenn sie die Nase voll von ihnen hatte. Diesmal aber hatte Pat sie verlassen, kurz vor Halloween. Renee hatte es nicht kommen sehen und seit er fort war, hockte sie in ihrem Mobile Home, einem Wohncontainer, und blies Trübsal. Zu schade, dass sie nicht ihren eigenen Rat befolgt und einen Reichen geheiratet hatte. Nein, Renee Bradly-Mann-Smith-Effinger hatte sich drei Mal in ihrem Leben verliebt und alle drei Männer waren Verlierer, Träumer oder Hallodris gewesen.

William Mann, der Vater von Jessie und Monica, hatte Renee geheiratet, als sie schwanger war. Die Ehe hielt bis zu Monicas erstem Geburtstag. Jessie war drei Jahre alt gewesen, als sie ihren Vater das letzte Mal gesehen hatte. Sie konnte sich nicht an ihn erinnern. Es gab nur ein paar Fotos, die den Mann zeigten, der ihr Vater war.

Jessie wollte um jeden Preis vermeiden, in die Fußstapfen ihrer Mutter zu treten, aber so ungern sie es zugab, sie war Renee doch nur allzu ähnlich.

Jessies Freund aus der Highschool, Rory, hatte sie noch auf den Abschlussball begleitet. Als Jessie schwanger wurde, hatte sie gehofft, dass Rory die Verantwortung mittragen würde.

Aber diese Wunschvorstellung zerplatzte wie eine Seifenblase. An dem Tag, an dem Rory seinen Highschool-Abschluss in der Tasche hatte, machte er sich aus dem Staub und ward nie mehr gesehen. An manchen Tagen hasste Jessie ihn dafür. An anderen war sie fast dankbar, dass er nicht mehr da war und Danny das Leben schwer machte. Ein Vater, dem seine Kinder egal waren, war schlimmer als gar keiner. Ein paar Jahre, nachdem Danny zur Welt gekommen war, lernte Jessie den nächsten Taugenichts kennen. Jessies letzter Freund, Mathew, hatte ihr eingeredet, sie solle ihn bei sich einziehen lassen, weil er dann zum Lebensunterhalt »beitragen« könne. Aber nach zwei Monaten war er mit dem Geld für die nächste Monatsmiete verschwunden. Damals hatte sich Jessie geschworen, sich künftig nur noch mit einem Mann einzulassen, der sein Zeug geregelt bekam.

»Pat ist weg, für immer«, berichtete Monica, die gerade ihre Ohrringe anlegte.

»Woher weißt du das?«

»Mom hat erzählt, dass ein Freund seine ganzen Sachen geholt hat. Das bedeutet wohl, er kommt nicht mehr zurück.«

Jessie setzte sich auf die Bettkante und streifte sich mit den Füßen die Schuhe ab.

»Echt schade. Den habe ich wirklich gemocht.«

»Ich auch. Aber na ja, du kennst ja Mom. Bis Weihnachten oder spätestens Silvester hat sie einen Neuen.«

»Ja, ohne Zweifel. Hör mal, Danny hat gefragt, ob Opa Pat an Thanksgiving da sein wird.«

»Oh je.«

»Ja, aber ich habe ihm gesagt, dass Pat nicht sein Opa ist, sondern nur ein Freund von Oma, und dass Pat an den Feiertagen seine eigene Familie besucht.« Monica war sehr schlau.

»Ich wusste, dass das irgendwann mit den Männern in Moms Leben passieren wird. Vielleicht muss ich mehr darauf achtgeben, wen sie Danny vorstellt.«

Auch wenn Jessie das nicht gefiel, aber sie würde ihre Mutter wohl nicht mehr besuchen können, wenn sie wieder einen neuen

Freund hatte. Sie wollte nicht, dass Danny eine Bindung zu jemandem aufbaute, der irgendwann plötzlich wieder fort war.

Wenn Danny erst mal in der Schule war, würden die Fragen nach dem Vater und dem Großvater zunehmen. Er hatte beides nicht.

»Mom?«, rief Danny aus der Küche.

Müde raffte sich Jessie auf, um nach ihm zu sehen.

»Was gibt's?«

»Weißt du eigentlich, dass morgen das Schulfest ist?«

Jessie musste lachen. Zwei Einladungen, auf denen Pilger und Kürbisse abgebildet waren, hingen am Kühlschrank. Danny freute sich schon seit Tagen auf das Fest. »Selbstverständlich!«

»Gut. Unsere Lehrerin hat gefragt, ob ein paar Mamas was mitbringen könnten. Vielleicht kannst du wieder diese Kekse machen, die wir an Halloween gebacken haben?«

Jessie wuschelte durch seine hellbraunen Haare und lächelte. »Aber sicher, mein Schatz.« Das bedeutete, sie würde vor der nächsten Schicht eine Stunde weniger schlafen können, um Zutaten zu kaufen und besagte Kekse zu backen.

Am Tag des Festes würde sie auch erst dann schlafen können, wenn sie mit Danny aus der Schule kam. Dann hatte sie nur einen Tag frei bis Thanksgiving. Sie würde also insgesamt nicht mehr als fünf, sechs Stunden Schlaf abbekommen.

»Komm, jetzt ziehen wir dich mal an, damit dich Auntie Monica zur Schule bringen kann.«

Wacher als zuvor hüpfte Danny in sein Zimmer und zog Kleidungsstücke aus der Kommode. Innerhalb von zehn Minuten war er fertig, und als beide endlich gegangen waren, fiel Jessie erschöpft ins Bett.

★★★

»Himmel, was macht denn *der* schon wieder hier?«, fragte Jessie Leanne, als die Türglocke das Eintreten eines Gastes ankündigte und Jack aus der Kälte von draußen hereingeschlendert kam. Er traf ihren Blick, lächelte und hob zur Begrüßung den Hut.

»Ich habe ihm erzählt, dass du heute arbeitest«, erklärte Leanne.

»Warum das denn? Du sollst ihm doch keine Hoffnungen machen.«

»Ich finde ihn süß. Und du doch auch, versuch es gar nicht erst zu leugnen.« Leanne holte einen dampfenden Teller aus der Küchendurchreiche und ging.

»Hallo, Darling«, grüßte Jack, als er sich auf einen Drehhocker an der Theke setzte.

»Was machen Sie denn hier, Jack?« Jessie verschränkte die Arme und ignorierte ihr schnelles Herzklopfen.

»Ich wollte nur mal nach Ihnen sehen.«

»Ich dachte, ich hätte mich letzte Nacht klar ausgedrückt. Ich bin nicht interessiert.«

Nicht im Geringsten beleidigt grinste Jack und zeigte wieder seine Grübchen.

»Danke, ich nehme gerne einen Kaffee, Miss Jessie, danke der Nachfrage.«

Jessie murmelte etwas vor sich hin, während sie eine Tasse und den Kaffee holte.

Sie bediente ihn, so schnell es ging, und wandte sich dann einem anderen Gast zu. Ihre Schicht hatte erst vor Kurzem begonnen und das Diner war voll mit Gästen, die für ein spätes Abendessen gekommen waren. So konnte sie hoffentlich den Cowboy an der Theke so lange ignorieren, bis er endlich wieder ging.

Aber das geschah natürlich nicht. Selbst nachdem sie ihm fast eine Stunde keine Beachtung geschenkt hatte, lächelte Jack immer noch und wartete, bis sie ihn nicht länger ignorieren konnte. »Ich hätte sehr gerne ein Stück Nusstorte zum Kaffee.«

»Möchten Sie die Torte mit einer Kugel Eis?«

»Oh ja, jetzt sprechen wir dieselbe Sprache.«

Jessie bereitete die Bestellung vor, spürte dabei seinen Blick im Nacken.

Als sie ihm den Kuchen servierte, rieb er sich voller Vorfreude die Hände. »Ich liebe diese Torte mit Pekannüssen, Sie auch?«

»Na ja, mit ungefähr zweitausend Kalorien pro Stück esse ich die lieber nicht so oft.«

»Sie sehen aber nicht so aus, als müssten Sie Kalorien zählen.« Er musterte sie von oben bis unten. Nicht unbedingt die Reaktion, die sie haben wollte.

»Jede Frau macht sich Gedanken über ihre Figur.«

»Ach, ich weiß nicht. Mir wurde gesagt, dass schlanke Frauen überhaupt nicht darüber nachdenken.«

»Die lügen.«

Er zog die Augenbrauen hoch. »Echt?«

»Echt. Frauen würden alle Steaks und Nusstorten der Welt essen, aber sie wissen auch, dass sie dann gegen den Speck ankämpfen müssten, wenn sie dreißig sind.«

»Aber der Pekannusstorte meiner Tante Bea könnten selbst Sie nicht widerstehen. Die ist die Beste. Die hier ist auch nicht schlecht, aber kein Vergleich zu der von Tante Bea.«

Jessie musste wider Willen lachen. »Und wo wohnt diese Tante Bea?«

»In Texas.«

»Heißt das, dass Sie über das lange Wochenende nach Hause fahren?«

»Meinen Sie wegen Thanksgiving?«

»Ja.« Sie schenkte ihm Kaffee nach.

»Nein, dieses Jahr nicht. Aber vielleicht Weihnachten.«

»Fahren Sie oft heim?«

Er ließ sich Zeit mit der Antwort. »Manchmal.«

Vage Antwort. Nicht, dass sie das interessieren sollte.

Jack aß die Torte auf, während Jessie zwei andere Tische abräumte. Als nur noch sehr wenige Gäste anwesend waren, schlug Jack vor, dass sich Jessie kurz zu ihm setzte und eine Pause machte.

Doch Jessie lehnte sich stattdessen nur an die Theke und verschränkte die Arme. »Hören Sie, Jack, ich fühle mich geschmeichelt.«

»Das haben Sie schon letzte Nacht gesagt.«

»Und Sie haben offensichtlich nicht richtig zugehört. Ich fühle mich geschmeichelt, aber ich werde nicht mit Ihnen ausgehen.«

Er nickte. »Ja, ja, ich weiß.«

Sie ließ ihre Arme sinken, stützte die Hände in die Hüften. »Wenn Sie das wissen, warum sind Sie dann hier?«

»Na endlich fragen Sie mich«, antwortete er. Er klopfte auf den freien Sitz neben sich. »Setzen Sie sich, ich erkläre es Ihnen.«

Die Art und Weise, wie er sie ansah, sie beobachtete, sagte ihr, dass er die Hoffnung auf ein Date noch nicht ganz aufgegeben hatte. Vielleicht konnte sie ihm schneller klarmachen, dass sie kein Interesse hatte, wenn sie sich setzte. Andernfalls lenkte sie Jack sonst noch die ganze Nacht ab und sie würde am Ende mit weniger Trinkgeld nach Hause kommen.

Als Jessie sich auf dem Stuhl neben ihm niederließ, roch sie sein Rasierwasser. Es roch männlich, nach Moschus und sehr nach Jack.

Sie ignorierte das Flattern in ihrem Bauch und sagte: »Gut. Erklären Sie.«

Er schob den Hut nach hinten und drehte sich auf seinem Hocker zu ihr, um ihr seine volle Aufmerksamkeit zu schenken. »Ich habe mich dazu entschlossen, Ihnen zu helfen.«

»Helfen? Mit was?« Sie hatte nicht um Hilfe gebeten.

»Ihnen helfen, den reichen Mann Ihrer Träume zu finden.«

Jessie blieb der Mund offen stehen. »Wie bitte?«

»Sie haben doch gesagt, dass Sie nur mit reichen Männern ausgehen möchten. Nun ja, ich weiß, wo die zu finden sind, und ich werde Ihnen helfen, einen kennenzulernen.«

Sie hatte noch niemals etwas Lächerlicheres gehört als das. Ihr fiel keine Antwort ein. Jessie wollte gerade aufstehen, doch Jack hielt ihren Arm fest. »Ich meine das ernst.«

»Sie sind lächerlich«, schnappte sie zurück und versuchte, seiner warmen Hand keine Beachtung zu schenken.

»Bleiben Sie noch kurz sitzen und hören Sie mir zu.«

Widerwillig blieb sie sitzen und schüttelte seine Hand ab.

»Ich habe verstanden, dass Sie nicht mit mir ausgehen möchten. Das ist jammerschade, weil wir hervorragend zusammenpassen würden, aber wenn ich Sie nicht zum Ausgehen überreden kann, dann könnten wir immerhin Freunde werden. An einer Freundschaft wäre doch nichts auszusetzen.«

»Sie und ich ... Freunde?«

»Genau, Freunde. Sie haben doch Freunde, oder?«

»Natürlich habe ich Freunde.« Sie war ja keine totale Versagerin. Wenn sie allerdings genauer darüber nachdachte, gab es neben ihrer Schwester und ein paar Kolleginnen nicht wirklich viele Freunde. Die meisten ihrer Schulfreunde waren fortgegangen, um zu studieren, oder hatten gemacht, was junge Mütter eben nicht taten. Es war traurig, aber Jessies Freunde waren rar gesät.

»Großartig. Freunde helfen sich gegenseitig.«

»Und Sie möchten mir helfen?«

»Genau. Sie kennen doch das Morrison Hotel in der Nähe des Flughafens, oder?«

»Das große Hotel?«

»Genau.«

»Ja, ich weiß, wo das ist.«

»Am Samstagabend findet dort eine große Vorweihnachtsfeier, eine Cocktailparty statt. Zufällig weiß ich, dass da viele gut betuchte Männer kommen werden.«

Sie schüttelte den Kopf. »Worauf wollen Sie hinaus?«

»Ich bringe Sie hinein und zeige Ihnen, welcher Mann Ihre Wünsche erfüllen könnte.«

Das Morrison war ein Luxushotel und Jessie hatte noch nie das Vergnügen gehabt, es zu betreten. Sie konnte sich höchstens eine Nacht in einem billigen Motel leisten. »Moment. Sagen wir mal, dass Sie mich da reinbringen könnten – nicht, dass ich etwas Passendes zum Anziehen hätte – aber nehmen wir mal an, Sie verschaffen mir Eintritt. Warum sollte denn ein Kerl, der mit mir ausgehen will, mich einem anderen Mann vorstellen wollen?«

»Ich habe es Ihnen doch gesagt ... Ich bin sehr gekränkt, dass Sie nicht mit mir ausgehen möchten, aber ich habe es akzeptiert.«

Sehr gekränkt. Das war aber dick aufgetragen.

»Ich bin nicht Ihr Typ«, fuhr er fort. »Aber wenigstens könnte ich jemanden für Sie finden, damit *Sie* glücklich werden.«

Das klang zwar schön und gut, aber da stimmte doch etwas nicht. »Und wie möchten Sie mich bitteschön einschleusen?«

»Ich bediene an dem Abend. Ich kann Ihnen eine Einladung besorgen.«

Er verdiente sich sein Geld also auch mit Kellnerei. »Aber riskieren Sie dabei nicht Ihren Job?«

Er zuckte mit den Schultern. »Ich habe keine Angst. Es ist ja nur eine kurzfristige Beschäftigung.«

Trotzdem, irgendetwas stimmte immer noch nicht. Jessie stand auf und sagte: »Also, vielen Dank, aber ich habe einfach nichts zum Anziehen.«

»Und was ist, wenn ich Ihnen das auch besorgen kann?«

Sie legte sprachlos den Kopf zur Seite. »Wie denn?«

»Sie können sich nicht vorstellen, was die Leute alles in solchen Tophotels zurücklassen. Ich habe mal eine Uhr gefunden, die war an die zweitausend Dollar wert. Irgendwer hat sie am Waschbecken liegen lassen.«

»Haben Sie denn nicht versucht, sie zurückzugeben?«

»Es war auf der Herrentoilette im Empfangsbereich. Wir haben sie monatelang im Fundbüro liegen gehabt, aber niemand hat sie abgeholt.«

»Und Sie haben sie dann genommen?«

»Nein. Ich habe sie ein paarmal getragen und dann wieder zurückgegeben.«

Er hatte sie sich ausgeliehen. »Wollen Sie sagen, dass Frauen ihre Abendgarderobe zurücklassen?«

»Passiert öfters, ja.« Sein freches Lächeln gefiel ihr immer besser. Schließlich würde sie einen reichen Ehemann beziehungsweise Freund wohl nicht in einem Diner kennenlernen.

»Ich weiß nicht ...«

Jack stand auf. Er war einen halben Kopf größer als sie, obwohl Jessie selbst relativ groß war.

»Welche Kleidergröße tragen Sie? Achtunddreißig, vierzig?«

»Achtunddreißig, nicht, dass Sie das was –«

»Anginge, ich weiß.« Weiße Zähne blitzten auf. »Schuhgröße?«

Sie konnte kaum glauben, dass sie gerade einem Fremden ihre Kleidergröße mitgeteilt hatte. Mit eins dreiundsiebzig war Kleidergröße achtunddreißig perfekt, aber irgendwie war es trotzdem komisch, es laut zu sagen.

»Also?«

»Wie war die Frage?«

»Schuhgröße?«

»Werden auch Schuhe zurückgelassen?«

»Manchmal.«

»Auch Achtunddreißig.« Das war schon einfacher.

»Gut, dann haben wir ja alles.«

»Ich weiß nicht.«

»Kommen Sie, Jessie. Was haben Sie denn zu verlieren? Mal schick auszugehen, mit Champagner, Wein, Garnelencocktails, Obst, Käse und so weiter. Und alles gratis.«

»Ich weiß nicht.«

»Sie müssen an dem Abend auch nicht arbeiten, das hat mir Leanne schon verraten.«

Jessie warf Leanne über den Gastraum hinweg einen strengen Blick zu. »Verräterin«, flüsterte sie.

Jack stieß sie sanft mit dem Ellbogen an. »Ich bringe das Kleid Donnerstagmorgen vorbei.«

»Also wirklich, hat Ihnen Leanne meinen ganzen Dienstplan verraten?«

»So gut wie. Ich liefere das Kleid und die Einladung. Sie müssen nichts tun, außer zu kommen.«

»Ich kenne aber niemanden.«

»Sie kennen mich.« Er zwinkerte ihr zu und ihr Magen hüpfte. Was hatte sie zu verlieren? Sie konnte hingehen, ein Glas Wein trinken und wieder gehen, wenn Sie sich fehl am Platz vorkam.

»Also gut. Ich komme.«

»So ist es recht, meine Liebe.« Jack zückte sein Portemonnaie und legte einen Zehn-Dollar-Schein auf die Theke.

»Ich bin nicht Ihre Liebe.«

Jack schmunzelte. »Schon gut. Ich sehe Sie an Thanksgiving, Jessie.«

Kapitel Drei

Samuel Fields, der Manager des Morrison Hotels in Ontario saß mit kerzengeradem Rücken und einem angestrengten Lächeln hinter dem Schreibtisch. Vor ihm saß Jack. Der Manager trug einen dreiteiligen Anzug, die Krawatte saß perfekt. Er war seit der Eröffnung des Hotels vor mehr als zehn Jahren der Manager. Wenn er keine Veränderung anstrebte, dann würde er das sicher auch noch in den nächsten zehn Jahren sein. »Es ist komisch, dass Sie vor dem Schreibtisch sitzen und nicht dahinter, Mr Morrison.«

»Das sollte Sie aber doch nicht stören. Schließlich ist das Ihr Büro.«

»Das stimmt wohl.«

»Ich bin nicht jemand, der alles bestimmen muss. Ich werde hier in Ontario auch über die Feiertage bleiben. Wenn die erste Bauphase für »More for Less« beendet ist, gehe ich wieder nach Texas zurück.«

»Es ist schon eine Weile her, dass jemand von Ihrer Familie in der Penthouse-Suite gewohnt hat. Ich hoffe, es ist alles zu Ihrer Zufriedenheit.«

Die Penthouse-Familiensuite umfasste fast die Hälfte des obersten Stockwerks im Westflügel. Wie in den anderen Hotels war die Familiensuite das, was ihr Name besagte: eine Suite, in der die Familie wohnen konnte, wenn sie über Nacht blieb. Die

Hotelapartments der Familie wurden oft auch den wichtigen Leuten, mit denen Jack und sein Vater Gaylord rund um den Globus zu tun hatten, zur Verfügung gestellt. Die Morrisons informierten die Hotels, wenn sie eine der Suiten benötigten, ansonsten waren sie für normale Gäste zu mieten. Die Suite war mit drei Schlafzimmern, drei Badezimmern, einer Profiküche, einem Esszimmer und einem Wohnzimmer ausgestattet. Von der Dachterrasse aus hatte man einen beeindruckenden Blick auf den Flughafen und die blinkenden Lichter des Inland Empires. Die Wohnfläche bot genügend Platz für eine Party mit hundert Gästen, auch wenn Jack so eine Veranstaltung niemals planen würde. Die Böden im Wohnzimmer und im Essbereich waren aus edlem Mahagoniholz. Zwei Plüschsofas standen sich gegenüber, dazwischen Tische mit dicken Holzplatten und schmiedeeisernen Tischbeinen, hier und da standen Stühle. In den Ecken der Räume gab es echte Pflanzen und der Eingangsbereich und die Küche waren mit frischen Blumen in Vasen geschmückt. Abends, wenn die großen Fenster, die von der Zimmerdecke bis zum Boden reichten, nicht mehr genügend Licht einließen, konnte man, je nach Stimmung, direkte, indirekte oder gedimmte Beleuchtung wählen.

Im Gegensatz zu jedem anderen Zimmer im Hotel fühlte sich die Suite wie ein Zuhause an.

In Houston erstreckte sich seine Wohnung über das gesamte obere Stockwerk und war fast doppelt so groß wie diese Suite. Er hatte eigentlich nicht geplant, ständig im Hotel zu wohnen. In Wirklichkeit tat er das auch nur die Hälfte des Jahres. Wenn er nicht in seiner Hotelwohnung oder wie jetzt in einem der anderen Hotels war, verbrachte er seine Zeit bei seinem Vater.

Sein Vater wohnte auf einer typisch texanischen Ranch mit einer Fläche von mehr als zweihundert Hektar. Jack liebte es, dort zu sein. Allerdings wollte er als erwachsener Mann auch nicht ständig bei seinem Vater wohnen.

Jack hatte vor, eines Tages seine eigene Ranch zu kaufen. Er liebte die weiten Ebenen von Texas und hoffte, dass er irgendwann mal eine Frau an seiner Seite haben würde, die das Land genauso liebte wie er. Dann hätte er seine eigene Oase, zu der er nach seinen ständigen Aufenthalten in Hotelsuiten zurückkehren konnte.

»Ich habe die Einladungen, wie Sie es gewünscht haben, herausgeschickt«, teilte ihm Sam mit.

»Haben Sie es auch den Hotelangestellten ermöglicht, sich Abendgarderobe zu mieten?«

»Ja«, bestätigte Sam. »Der Smokingverleih und die Damenboutique hier haben die Anweisung erhalten, jedem Angestellten, der eine Marke hat, einen Anzug beziehungsweise ein Abendkleid für das Wochenende zur Verfügung zu stellen.«

Gut. »Sam, ich würde sagen, wir stellen diesen Ausleihservice während der gesamten Weihnachtszeit zur Verfügung.« Jack dachte an Jessie. »Es wäre schön, wenn unsere Angestellten diesen Service in Anspruch nehmen könnten, auch wenn sie an diesem Samstag nicht zur Benefizparty kommen können. Vielleicht haben sie dann später noch einmal die Gelegenheit.«

Sams Gesicht verdunkelte sich. »Sind Sie sicher? Was ist, wenn die Kleidung beschädigt wird? Das würde das Hotel teuer zu stehen kommen.«

Jack schnaubte. »Ach, Sie müssen ein bisschen Vertrauen haben. Die meisten Leute passen auf das Eigentum anderer besser auf als auf ihr eigenes. Wir kümmern uns um Einzelfälle, wenn etwas sein sollte.«

»Wie Sie wünschen, Sir.«

»Ach bitte, nennen Sie mich Jack. Übrigens, ich nehme am Samstag natürlich auch an unserer Party mit vertauschten Rollen teil. Ich brauche wie die anderen Vorgesetzten auch eine Kellneruniform.«

Sam sah ihn überrascht an. »Also, Mr Morrison, äh, ich meine Jack, sind Sie sich da sicher?«

»Ja, das ist gut für das Arbeitsklima. Jeder leitende Angestellte, der normalerweise Anzug und Krawatte trägt, wird eine Kellneruniform tragen und Reinigungskräfte und Dienstpersonal tragen Abendgarderobe. Es kommen lediglich noch ein paar Gäste, die eingeladen wurden und die wissen, dass wir an diesem Abend unsere Rollen getauscht haben. Auf meinem Namensschild wird Jack stehen, also nennen Sie mich bitte nicht Mr Morrison. Es wird lustig werden, glauben Sie mir. Sie werden womöglich das eine oder andere über Ihre Angestellten und auch über sich selbst an diesem Abend erfahren. Wann haben Sie das letzte Mal Essen serviert?«

»Ich hatte noch nie das Vergnügen.« Seinem verzerrten Gesichtsausdruck nach zu urteilen, war schon der Gedanke daran für ihn alles andere als ein Vergnügen.

»Nun, Sie werden erstaunt sein, welchen Druck unsere Servierkräfte aushalten müssen.« Jack ignorierte Sams saure Miene. Im letzten Jahr hatte Jack eine ähnliche Party in dem Hotel, in dem er sonst wohnte, veranstalten lassen. Am nächsten Tag war jeder wieder seiner gewöhnlichen Arbeit nachgegangen, doch mit mehr Verständnis für die Arbeit der Kollegen.

Es war die perfekte Gelegenheit, Jessie dazuzuholen. Sie würde denken, er sei Aushilfskellner, und er würde zur Abwechslung dieses Mal sie bedienen. Er dachte an die alleinstehenden Männer auf der Gästeliste, die er ihr zeigen wollte. Zugegeben, er glaubte nicht, dass irgendeiner davon ihr Typ war, aber wenn sie sah, wen sie zur Auswahl hatte, würde sie vielleicht doch mit ihm ausgehen.

Es könnte auch schiefgehen, wenn ihn jemand verriet, aber Jack hoffte, dass er seine Identität so lange geheim halten konnte, bis er die echte Jessie kennenlernte. Sie hatte vielleicht eine harte Schale, aber jede Wette hatte sie einen weichen, sanften Kern. Er musste nur immer wieder versuchen, zu ihr vorzudringen, bis sie ihm nicht mehr widerstehen konnte.

Jack stand auf und schüttelte Sam die Hand.

»Wir dekorieren das Hotel am Freitag. Möchten Sie in Ihrer Suite einen Weihnachtsbaum?«

»Ja, gerne. Aber nichts Extravagantes, lieber traditionell in Rot und Grün.«

»Ich werde mich darum kümmern, Sir.«

Jack ging an den Aufzügen vorbei und machte einen Abstecher zur Damenboutique. Es war Zeit, für Jessie einzukaufen. Nur wusste er noch nicht, was er suchte.

Die Verkäuferin war eine ältere Dame, vermutlich um die sechzig, mit grauem Haar und einer Brille, die weit unten auf der Nase saß. Sie sah ihn hereinkommen und lächelte freundlich. »Kann ich Ihnen behilflich sein?«

Jack zog sein Anzugjackett aus und hängte es über eine Stuhllehne. »Das können Sie sicher«, antwortete er. »Ich suche ein Abendkleid.«

Sie nahm die Brille von der Nase und legte sie auf die Kassentheke. »Davon haben wir eine Menge. Haben Sie an etwas Bestimmtes gedacht?«

»Irgendetwas Klassisches, nicht allzu ausgefallen.«

»Möchten Sie es mieten oder es für Ihre Freundin kaufen?«

Jack blickte auf die vielen langen Kleider. »Kaufen.«

»Schön. Ich heiße übrigens Sharon.«

»Jack«, sagte er und verschwieg mit Absicht seinen Nachnamen.

»Welche Kleidergröße trägt die Dame denn?«

»Achtunddreißig. Sie ist ungefähr so groß.« Er hielt die Handkante an die Nase. »Sie hat hellbraune Haare und braune Augen. Schuhgröße achtunddreißig.«

»Gut. Darf ich Ihnen ein paar Vorschläge unterbreiten, da sie selbst ja nicht hier ist?«

»Natürlich, Sharon, genau dafür bin ich gekommen.«

Sie schmunzelte. »Bodenlange Abendkleider müssen mit Schuhen genau bis zum Boden reichen. Da die Dame für die Anprobe nicht hier ist, schlage ich vor, dass Sie ein Kleid mit Dreiviertellänge wählen, das ebenso elegant ist.«

»Heißt das, das Kleid zeigt etwas von ihren Beinen?« Jessie hatte wunderschöne Beine – so viel er von ihnen bisher unter der hässlichen Denny's-Uniform zu sehen bekommen hatte.

»Richtig.«

»Klingt gut.«

»Nehmen Sie doch Platz, Jack, und ich zeige Ihnen ein paar Kleider. Gibt es ein Budget, in dessen Rahmen wir bleiben sollten?«

Jack lehnte sich zurück. »Zeigen Sie mir einfach, was Sie haben, egal wie viel es kostet.«

Sharon zog freundlich die Augenbrauen hoch und verschwand hinter dem Vorhang, der das kleine Lager vom Ausstellungsraum abtrennte. Als sie zurückkam, hatte sie eine rollbare Kleiderstange mit sechs Kleidern dabei.

»Etwas Farbe bringt braune Augen zum Leuchten«, erklärte sie. Sie nahm ein smaragdgrünes, schulterfreies Kleid mit Pailletten am Ausschnitt von der Stange.

»Nein, das nicht.« Es erinnerte ihn an einen Christbaum, nur ohne Stern an der Spitze.

Das Nächste hatte auf der einen Seite einen Ärmel, der über die Schulter ging, die andere Seite blieb schulterfrei. Ihm gefielen die rote Seide und der lange Schlitz auf der Vorderseite, der seine Fantasie anregte. »Möglicherweise«, sagte er.

Sharon hängte es an eine andere Stange als das grüne.

Ein cremefarbenes, hautenges Kleid mit weitem V-Ausschnitt war auch schön, aber seine Erfahrung sagte ihm, dass die meisten Frauen Weiß eher mieden. Ein Kleid mit silbernen Pailletten wäre perfekt für eine Silvesterparty, aber für diesen Samstag war es für Jessie nicht das Richtige.

»Und was ist hiermit?« Sharon hatte sich das Beste für zuletzt aufgehoben.

»Frauen tragen gerne Schwarz und dieses hier hat den asymmetrischen Schnitt, bei dem nur eine Schulter frei ist, der Ihnen schon bei dem roten gefiel. Ein einfacher Schlitz hinten ermöglicht es der Dame, die es trägt, die ganze Nacht lang zu tanzen. Ich hätte sogar eine passende Stola dazu, die sie sich über die Schultern legen kann, wenn ihr kühl wird.«

Perfekt. Nicht zu gewagt oder zu aufreizend. Elegant und mit leichtem Understatement, aber mit Jessies Figur würde es einfach nur toll aussehen. »Haben Sie auch passende Schuhe?«

»Natürlich. Ich habe sogar auch noch sehr schöne, hängende Ohrringe für Ihre Herzensdame. Eine Kette wäre bei diesem Ausschnitt eher ungünstig. Wenn Sie Modeschmuck nicht so gerne mögen, können Sie natürlich auch echte beim Juwelier Mitch gleich hier am Ende des Gangs besorgen.«

Er stellte sich Jessie vor, wie sie in diesem Kleid auf ihn zukam. Er konnte es kaum abwarten. »Ich kaufe es.«

»Und die Ohrringe?«

»Darüber muss ich noch nachdenken«, sagte er. Wenn er mit Diamantohrringen ankam, würde Jessie am Ende denken, er hätte sie gestohlen. Das fehlte ihm noch. Sie würde sich mit Modeschmuck wohler fühlen. Doch zu Jessie passte nichts Unechtes.

Er stand auf und holte die Brieftasche heraus. Im selben Moment kam Sam mit einem Telefon in den Laden. »Ach, hier sind Sie, Mr Morrison. Tut mir leid, dass ich Sie stören muss.«

Als Sharon den Namen hörte, blickte sie überrascht auf.

»Kein Problem, Sam«, antwortete Jack.

»Mr Morrison ist dran und muss dringend mit Ihnen sprechen.«

Jack nahm Sam das Telefon ab, während er gleichzeitig Sharon die Kreditkarte reichte: »Könnten Sie bitte alles darauf buchen?«

Sie sah die Karte an, dann blickte sie wieder zu ihm. »Selbstverständlich.«

»Hallo, Dad«, sagte Jack ins Telefon. Er wandte sich ab und wappnete sich für das, was gleich kommen würde.

»Jack, was muss ich da hören, du kommst an Thanksgiving nicht nach Hause?«, tönte Gaylords barsche Stimme so laut aus dem Hörer, dass Jack ihn von seinem Ohr weghalten musste.

»Ich habe hier sehr viel zu tun. Es wäre nicht klug, wenn ich jetzt fahre.«

»Dummes Zeug, Sohn. An Thanksgiving arbeitet niemand.«

»Viele Leute arbeiten am Feiertag«, berichtigte er. »Die Hotels haben schließlich auch nicht geschlossen.«

»Heißt aber nicht, dass du dableiben musst. Die Hotels laufen von alleine.«

»Ich versuche dafür Weihnachten heimzukommen«, sagte Jack beschwichtigend.

»Versuchen? Versuchen ist nicht gut genug. Tante Bea wird nichts mit sich anzufangen wissen, wenn sie dich nicht bekochen kann.«

Jack dachte an seine Tante mit ihrer liebevollen, ruhigen Art. Es war ihm ein Rätsel, wie sie und sein Vater als Kinder derselben Eltern so verschieden sein konnten. »Ist Katie zu Hause?«

»Kaum. Sie ist zwar hier, aber meistens nicht da.« Gaylord Morrison klang enttäuscht. Weder Katie noch Jack verbrachten so viel Zeit auf der Ranch, wie es seinem Vater lieb gewesen wäre.

»Ich werde sie anrufen und heimschicken. Mitte des Monats ist es hier ruhiger, da werde ich mal für ein paar Tage heimkommen. Sag Tante Bea, sie soll ein Stückchen Torte für mich aufheben.«

Sein Vater grummelte noch ein bisschen, aber schließlich gab er nach und legte auf.

Eigenartig, wie sich die Dinge im Laufe der Zeit änderten. Gaylord war in Jacks Kindheit kaum anwesend gewesen. Er hatte seine Hotelkette aufgebaut und andere Hotels oder schwächere Ketten aufgekauft, was über die Jahre all seine Zeit in Anspruch genommen hatte. Mit zunehmendem Alter war plötzlich die Erkenntnis gekommen, dass er vieles verpasst hatte. Das wollte er nun aufholen, vermutete Jack. Hätte Jack ihm den wahren Grund verraten, warum er am Feiertag nicht nach Texas kommen würde, hätte Gaylord sicher seinen Piloten das Flugzeug startklar machen lassen, um Jacks Freundin kennenzulernen.

Jack konnte das nicht gebrauchen.

»Dann hätten wir alles, Mr Morrison«, sagte Sharon und reichte ihm die Kreditkarte zurück und die große Schachtel. »Ich habe die Ohrringe dazugelegt, ohne sie zu berechnen. Es ist ja sowieso verrückt, Ihnen irgendetwas zu berechnen, wenn man bedenkt …«

»Schon gut, Sharon. Es war mir ein Vergnügen.« Jack klemmte sich die Schachtel unter den Arm und verließ die Boutique mit einem zufriedenen Grinsen.

Im Gegensatz zu früher, wenn er etwas für eine Frau gekauft hatte, die er attraktiv fand, wollte er sie dieses Mal mit dem Geschenk nur glücklich machen. Er tat es nicht, um eine Geliebte zu finden … zumindest nicht nur. Tatsächlich hatte er seit Heather keine Geliebte mehr gehabt. Nicht, weil Heather ihn verletzt hatte, sondern weil er nicht hinter die Plastikfassade der Frauen, die er seitdem kennengelernt hatte, sehen konnte.

Und Plastik war ohnehin nicht mehr anziehend.

Jessie hatte etwas in ihm verändert, sodass Sex ohne Liebe aus seinen Gedanken gelöscht worden war.

Er holte den Fahrstuhl und angelte den Sonderschlüssel aus der Tasche. Er musste seine Jack-Moore-Kleidung anziehen, damit er einer bestimmten Kellnerin den Tag ... oder besser gesagt die Nacht versüßen konnte. Er konnte es kaum erwarten, Jessie am Wochenende in dem Kleid zu sehen, und freute sich schon auf ihren Gesichtsausdruck, wenn sie das Kleid zum ersten Mal sah.

Er konnte es kaum erwarten!

★★★

Jessie wischte sich die Hände ab, dann führte sie Jack in den Pausenraum. »Ich weiß nicht recht«, zögerte sie mit einem Blick auf die große Schachtel, die er bei sich hatte.

»Warum machen Sie sich Sorgen? Ich habe Ihnen doch gesagt, der Typ, der das Kleid gekauft hat, hat es nie abgeholt.«

»Aber warum sollte jemand ein Kleid kaufen und es dann im Laden lassen?« Das war verrückt. Allein der Anblick der Schachtel verursachte prickelnde Vorfreude in ihr. Wie lange war es schon her, dass sie ein schönes Kleid getragen hatte? Eine Ewigkeit!

»Keine Ahnung, vielleicht hat seine Freundin ihn verlassen.«

»Und warum gibt er es dann nicht zurück und holt sich sein Geld wieder?«

Jack zuckte die Achseln. »Vielleicht war es ihm peinlich. Die Reichen geben ihr Geld aus, als ob es auf Bäumen wächst. Man schießt sich nicht selbst ins Knie.« Sie fand es lustig, dass Jack ein Klischee nach dem anderen verwendete. Vielleicht war das typisch für Texas. »Sind Sie nicht neugierig auf das, was in der Kiste ist?«

Neugierig? Sie hatte sogar feuchte Hände.

Jack wedelte mit der Schachtel unter ihrer Nase und sang: »Jessielein ... öffnen Sie die Schachtel.«

»Geben Sie schon her.« Sie riss sie ihm aus den Händen und legte sie auf den Tisch. Sie zerrte am Deckel, bis sie ihn endlich hochziehen konnte. Ihr Atem stockte.

Dort, auf noblem, goldenem Seidenpapier, lag ein wunderschönes, schwarzes Kleid, das ein Vermögen gekostet haben musste.

»Du liebes bisschen. Das ... Das kann ich nicht tragen. Das ist zu viel.«

Noch während diese Worte ihre Lippen verließen, nahm sie bewundernd das Kleid und hielt es hoch, um es besser sehen zu können.

Der Stoff glitt ihr dabei fast aus den Händen. Wahrscheinlich Seide. So etwas Edles hatte sie noch nie besessen oder getragen. Ihr Herz hüpfte bei der Vorstellung, es anzuprobieren.

»Es ist wundervoll, Jack. Warum würde jemand so etwas im Laden zurücklassen?«

»Gefällt es Ihnen?«

»Gefallen? Ich liebe es!« Sie drängte sich an ihm vorbei, um sich mit vorgehaltenem Kleid in dem langen Spiegel anzusehen, der an den Spinden hing. Die Haare hochgesteckt oder doch vielleicht offen, ein bisschen mehr Lidschatten ... Das war nicht einfach nur ein schwarzes Kleid. Es war das kleine Schwarze, das jede Frau wollte, aber nie hatte. Für das Kleid brauchte man einen trägerlosen BH. Sie hatte einen. Aber was dachte sie sich da? Sie konnte unmöglich ein Kleid tragen, das für jemand anderen gedacht war.

Oder vielleicht doch?

Sie strahlte ihr Spiegelbild an ... das Kleid. »Sind Sie sich sicher, dass Sie keinen Ärger bekommen?«

Er lehnte schmunzelnd mit einer Schulter am Türstock und sah ungemein sexy aus. »Ja, da bin ich mir sicher.«

Würde er wohl auch kaum zugeben, wenn nicht. Sie beobachtete ihn im Spiegel und sah ihn fragend an.

»Haben Sie die Schuhe schon gesehen?« Er deutete mit einem Kopfnicken auf die andere Schachtel.

Jessie blickte über die Schulter und sah zwei Riemchensandalen mit hohem Absatz, verziert mit winzigen Strasssteinchen. Perfekt zum Kleid.

»Sind sie in meiner Größe?«

»Sie haben achtunddreißig gesagt, oder?«

»Ja.«

Sie nahm die Kleiderschachtel und legte das Kleid behutsam zurück. »Ich weiß nicht, Jack. Das ist teuer. Es wäre schlimm, wenn man Sie erwischte, weil Sie es sich ausgeliehen haben, und dann wird man Sie wegen mir entlassen.«

»Ich sage Ihnen doch, niemand wird davon erfahren. Dieses Kleid liegt dort schon seit Monaten. Ich wundere mich eher, dass nicht schon eine dicke Staubschicht darauf liegt. Es ist doch schade, wenn es in der Schachtel verkommt, statt von einer schönen Frau getragen zu werden.«

Jessie zog die Stirn kraus: »Sie sind unverbesserlich.«

»Man hat schon Schlimmeres zu mir gesagt.«

»Trotzdem.«

Jack half ihr, den Deckel wieder aufzusetzen. »Die Party beginnt um zwanzig Uhr diesen Samstag.« Er holte eine Karte aus der Jackentasche. »Hier ist Ihr Ticket.«

Sie blickte auf die Karte, auf der in vornehmer Prägeschrift Ort, Datum und Uhrzeit gedruckt waren. In einer Ecke war ein Stechpalmenzweig. Sehr elegant.

Pam, eine andere Kollegin aus der Nachtschicht, steckte den Kopf zur Tür herein. »Wird langsam voll«, meinte sie.

»Ich gehe jetzt, damit Sie wieder arbeiten können«, sagte Jack. »Ich sehe Sie am Samstag.«

»Aber nur, wenn Sie sich ganz sicher sind, dass Sie keine Probleme bekommen.«

Jack rollte die Augen. »Werde ich nicht. Versprochen.«

Jessie legte die Schachtel auf den Spind und wandte sich zur Tür.

»Hey, Jack«, fiel ihr ein.

Er zeigte seine Grübchen.

»Hm?«

»Danke.«

»Zwanzig Uhr«, erinnerte er sie zwinkernd.

»Ja, ja.«

Er salutierte scherzhaft mit der Hand am Hut und bewegte sich und seinen knackigen Jeanshintern zur Tür hinaus.

»Wer war das?«, erkundigte sich Pam.

»Ein, äh, Bekannter.«

»So, so. Bekannter nennen wir so was heutzutage?«

Jessie tat beschäftigt. »Hör auf, nicht du auch noch.«

»Wenn er noch mehr *Bekannte* braucht, kannst du ihm gerne meine Nummer geben.«

»Du hast doch einen Freund«, erinnerte Jessie sie.

»Ha, genau.« Pam ging an ihr vorbei und murmelte: »Bekannter ... so, so.«

Kapitel Vier

»Du schindest Zeit«, kicherte Monica.

»Tu ich nicht.«

»Doch.«

Jessie schnitt ihrer Schwester eine Grimasse und sah noch ein letztes Mal in den Spiegel. Das Kleid passte wie angegossen. Der Schnitt betonte ihre schlanke Taille und zeigte ihre Waden.

Sie hatte die Haare hochgesteckt, einzelne Strähnen fielen ihr auf die Schultern. Jack hatte sogar ein Paar Ohrringe zum Kleid gelegt. Oder vielleicht waren sie auch von dem Mann, der es ursprünglich einmal gekauft hatte, und Jack wusste gar nichts von ihnen.

»Du siehst umwerfend aus.« Monica lag auf dem Bett, warf sich Popcorn in den Mund und musterte Jessie.

Jessie legte sich die Hände auf den Bauch, ihr Magen flatterte vor Nervosität. Sie drehte sich zur Seite. »Gar nicht so übel, oder?«

»Erzähl mir mehr von diesem ... Jack.«

Vielleicht gehe ich jetzt lieber? »Habe ich dir doch schon alles erzählt. Er ist einfach ein Kerl, den ich im Restaurant kennengelernt habe und der mir hilft, einen netten, reichen Mann zu finden, der mich aus diesem Loch hier rausholt. Und dann kann ich endlich auch studieren.«

»Ist er süß?«

»Wer, Jack?«

Monica rollte die Augen. »Nein, der reiche Mann, den du noch nicht kennst! Natürlich meine ich Jack, wen denn sonst?«

Wenn sie eine ehrliche Antwort gab, würde Monica ihr keine Ruhe mehr lassen. »Na ja, er ist ganz okay.« *Wenn man einen Mann suchte, der sexy, gut aussehend und selbstbewusst war.* Jessie dachte an seine Grübchen und lächelte unweigerlich.

»Und er kommt aus Texas?«

»Ja.«

»Akzent?«

»Einer, der zu dem Cowboyhut passt, den er ständig aufhat.«

»Und wann darf ich ihn mal kennenlernen?«

Jessie wandte sich zu ihrer Schwester, die Hände in die Hüften gestemmt. »Es ist nicht so, wie du denkst, Mo. Jack ist nur ein Freund. Das ist alles. Ich habe ihm gesagt, dass ich nicht mit ihm ausgehen werde.«

»Also steht er auf dich!«

»Und wenn schon? Er ist schließlich nur ein Kellner in einem Hotel. Anscheinend behält er keinen Job sehr lange und dann schnorrt er sich wieder bei seinen Freunden durch. Ich brauche einen Mann, der mich unterstützt, und nicht einen, der mir auch noch auf der Tasche liegt.«

Monica spitzte nachdenklich die Lippen. »Ist Jack einer, der seinen Hintern nicht hochbekommt?«

»Nein, so ist es auch nicht«, antwortete Jessie impulsiv, fuhr aber dann ruhiger fort: »Ich weiß nicht. Ich glaube, er kommt ganz gut zurecht, so wie er lebt. Aber jetzt sollte ich wirklich gehen.«

Ihre Schwester erhob sich langsam vom Bett und reichte ihr die Stola, die zum Kleid gehörte.

»Ich habe hier alles im Griff. Kannst also so lange wegbleiben, wie es dir gefällt. Du hast dir mal einen netten Abend verdient.«

»Danke.« Jessie umarmte ihre Schwester und ging aus dem Zimmer.

Danny lag mit seiner Schüssel Popcorn zusammengerollt auf der Couch. »Du siehst schick aus, Mami.«

»Danke, mein Hase. Und sei schön lieb zu Tante Monica.« Danny war immer lieb zu ihrer Schwester.

»Wir schauen uns eine DVD an«, erzählte er.

»Na, meinetwegen. Aber um neun geht es ins Bett.«

»Na gut.«

Jessie nahm ihre Tasche. An der Tür drehte sie sich noch einmal um.

»Und danke, Mo. Ich schulde dir was.«

»Jetzt geh endlich. Viel Spaß.«

★★★

Jack blickte schon zum dritten Mal innerhalb der letzten fünfzehn Minuten auf die Uhr. Immer wieder kamen neue Gäste herein, aber noch hatte er die Frau, die er suchte, nicht gesehen.

Vielleicht hatte sie es sich doch anders überlegt?

Er bot einem Gast, der gerade an ihm vorbeilief, eine Miniquiche von der Platte an, die er trug, und spielte seine Rolle als Kellner. Mit nur wenigen Ausnahmen wusste niemand, wer er war. Die Angestellten, die ihn kannten, hatten ebenfalls eine Kellneruniform an und machten seine Rolle glaubwürdiger.

Ein paar Angestellte vom Zimmerservice standen in einem Grüppchen und redeten. Zwei der Männer hielten gefüllte Gläser in der Hand, die Frauen blickten sich nervös um. Jack sah, dass Sam sich an der Bar herumdrückte und unverwandt das Tablett mit den Champagnergläsern anstarrte. Jack ging zu ihm hinüber. »Hallo, Sam.«

»Hallo, Mr …«

»Jack«, fiel Jack ihm schnell ins Wort. Solche Versprecher würden ihn entlarven, falls Jessie doch noch auftauchte.

»Hallo Jack.«

Jack deutete zu den nervösen Damen hinüber. »Sind das Louisa und Shelley vom Reinigungspersonal?«

Sam nickte. »Ja.«

»Sie könnten wahrscheinlich etwas zu trinken vertragen. Vielleicht helfen Sie ihnen mit einem Drink, damit sie sich nicht ganz so unwohl fühlen.«

Sam versuchte einen neutralen Gesichtsausdruck zu bewahren, was ihm aber nicht ganz gelang. Er stellte einige gefüllte Gläser zur Seite, dann nahm er das halb volle Tablett auf. Jack blickte auf Sams Kleidung, auf die schmale, schwarze Krawatte und die Weste zum weißen Hemd. Jack trug die gleiche Uniform und dachte: *Man kann ihn zwar wie einen Kellner aussehen lassen, aber man darf nicht erwarten, dass er dadurch einer wird.*

Sams Tablett schwankte bedrohlich, als er es schließlich in die Hand nahm. Er machte sich auf den Weg zu den Leuten, deren Vorgesetzter er war, allerdings im Schneckentempo. Wahrscheinlich würde er eine Stunde brauchen und die Gläser alle verschütten, wenn sie nicht vorher auf den Boden fielen.

Jack unterdrückte ein Lachen.

Dann spürte er, dass sie da war.

Er sah suchend zum Eingang und entdeckte Jessie. Bei ihrem Anblick verschlug es ihm schier den Atem. Sein Herz pochte, seine Augen brannten und in der Hose regte sich etwas, das ihn daran erinnerte, wie lange er schon keine Frau mehr gehabt hatte.

Ihre Schönheit war unbeschreiblich, so strahlend, so erfrischend. Sie lächelte ein bisschen schüchtern, während sie ihre Blicke durch den Raum schweifen ließ. Wie die Hände eines Liebhabers schien das Kleid ihren Körper zu liebkosen. Ihre langen Beine blieben zum größten Teil vom Stoff bedeckt, doch was von ihnen herausschaute, weckte in Jack den Wunsch, sie zu berühren. Jessie war die Frau seiner Träume und er musste sie einfach für sich gewinnen.

Auch Jessie schien seinen Blick gespürt zu haben, denn plötzlich sah sie zu ihm, lächelte und winkte verlegen.

Jack wäre am liebsten auf sie zugerannt. Aber stattdessen bewegte er sich betont langsam und gelassen auf sie zu. Er blieb bei einem Grüppchen stehen, bot Häppchen an, bis er schließlich vor Jessie stand.

»Sie sehen umwerfend aus«, sagte er.

Sie wurde rot. »Sie sehen auch gar nicht so übel aus, Jack. Ich habe Sie ohne Ihren Hut kaum erkannt.« Während sie sprach, richtete sie seine Krawatte gerade und tätschelte sie.

»Der Hut passt nicht zur Uniform.«

»Sie würden sich damit aber von der Masse abheben.«

Sam kam zu ihnen herüber. Jack hielt den Atem an und hoffte, dass er nichts sagen würde, was ihn verriet. »Es ist einfacher, das Tablett zu halten, wenn nicht so viel darauf steht«, meinte Sam.

»Ich habe doch gesagt, dass es ganz einfach ist.« Jack nahm das letzte Glas vom Tablett und reichte es Jessie. »Sam, das hier ist meine Bekannte, Jessie.«

»Freut mich, Sie kennenzulernen, Jessie.«

Jack nickte Sam zu und sagte: »Man sollte das Tablett immer gleich wieder auffüllen, sonst denkt der Chef, wir seien faul«, sagte er ihm.

»Zum Glück muss ich das nicht immer machen«, grummelte Sam. »Vollzeit könnte ich das nicht.«

»Es bildet den Charakter«, sagte Jack.

Sam nickte, dann ging er wieder zurück Richtung Küche.

»Ist er nur eine Aushilfe?«, wollte Jessie wissen.

»Während der Haupturlaubszeit stockt das Hotel die Zahl der Angestellten auf. Sam ist als Saisonkraft erst seit Kurzem dabei.« *Seit sehr Kurzem*!

Jessie nahm einen Schluck vom Champagnerglas. »Es ist sehr nett von Ihnen, dass Sie sich um ihn kümmern.«

Jack sah, wie sie ein Champagnertröpfchen von ihrer Unterlippe mit der Zunge auffing. Ihm wurde heiß. Mann, er war vielleicht verknallt. Jack riss sich vom Anblick ihrer Lippen los und sah ihr in die Augen. »Sam ist halt ein netter Kerl. Kommen Sie mal mit.« Er führte sie zur hinteren Seite des Raumes, von wo aus man einen guten Überblick hatte. »Perfekt, um Leute zu beobachten, nicht wahr?«

»Ja. Es ist wunderschön hier. Die Dekoration ist beeindruckend, sehr elegant.«

Jack blickte sich um. Der Raum war mit Lichterketten, Weihnachtssternen, Girlanden und Christbäumen geschmückt. »Das Dekorationsteam gibt sich viel Mühe. Man kann sich gar nicht vorstellen, dass es vor zwei Tagen ganz anders aussah, als noch die Dekoration für Thanksgiving hing.«

»Hat das Hotel wirklich ein eigenes Dekorationsteam?«

»Ja.«

»So ein Job muss ziemlich viel Spaß machen.«

»Unsere Koordinatorin schont das Team nicht gerade, aber die Leute kommen jedes Jahr wieder zurück.«

»Meine Schwester Monica wird dieses Jahr mit der Ausbildung fertig. Nächstes Jahr bin ich dran. Ich möchte vielleicht etwas mit Design machen.«

Sie hatte einen verträumten Gesichtsausdruck. Zum ersten Mal gab sie einen Einblick in ihre Wünsche.

»Was möchten Sie arbeiten?«

»Alles, nur nicht das, was ich gerade mache. Ich würde gerne als Eventmanagerin arbeiten oder als Hochzeitsplanerin. Ich hätte gerne einen Beruf, bei dem ich am Abend nicht abwaschen muss.«

»Emily ist hier die Koordinatorin, sie arbeitet sehr hart.«

Jessie schnaubte. »Aber wahrscheinlich stinkt sie am Abend nicht nach Frittenfett und klebt überall.«

Jack schüttelte den Kopf. »Stimmt, wahrscheinlich nicht.«

Sie trank und Jack beobachtete, wie sie mit der Zunge den Glasrand abschleckte. Sie hatte es unbewusst gemacht, nicht um sexy zu wirken, aber er konnte kaum den Blick abwenden.

»Also, wo sind denn nun all die reichen Junggesellen?«, erkundigte sie sich.

Jack wurde aus seinen Gedanken gerissen und suchte den Raum ab. »Ich sehe noch nicht sehr viele.«

»Wirklich?«

Nein, das stimmte nicht, aber er wollte ihr niemanden vorstellen, mit dem sie vielleicht ausgehen würde. »Warten Sie hier. Ich muss mal eine Runde mit dem Tablett drehen und meinen Chef zufriedenstellen. Ich bin sofort zurück. Hier, nehmen Sie sich ein paar.« Er hielt ihr die Häppchen vor die Nase.

»Quiche?«

»Ja.«

»Essen Cowboys Quiche?«

Er lachte und steckte sich eine in den Mund. »Nicht schlecht.«

Jessie sah sich um, dann knuffte sie ihn in den Arm. »Passen Sie lieber auf. Die sind für die Gäste.«

Er antwortete auf ihre Bedenken mit einem Augenzwinkern und reichte ihr ein paar Häppchen auf einer Serviette.

★★★

Jessie war mittlerweile bei ihrem zweiten Glas Champagner und Jack hatte ihr mehr Häppchen gereicht, als ihr zustanden. Sie bestand darauf, mit ihm durch den Raum zu schlendern, damit er keine Schwierigkeiten mit seinem Chef bekam, wenn er den ganzen Abend bei ihr stand.

Eine Weile glaubte sie, dass er ihr doch niemanden zeigen würde, der für ein Date infrage kam. Ein Zeichen, dass er sie für sich selbst wollte und dass er mit der Einladung zur Party etwas Bestimmtes beabsichtigt hatte. Sie wäre sicher verärgert gewesen, wenn Jack nur nicht so wahnsinnig attraktiv gewesen wäre, während er Häppchen servierte und mit den Gästen schäkerte. Wie lange war es schon her, dass sie abends ausgegangen war? Eine Ewigkeit.

Sie hatte den Gedanken an die reichen ledigen Männer schon fast aufgegeben, als Jack auf einen Mann zeigte, der allein an der Bar stand.

★★★

»Welcher?«, fragte sie und blickte dabei über Jacks Schulter. Dort standen mehrere Männer. Zwei saßen neben Frauen, ein anderer nippte an einem Martiniglas und einer hätte ihr Vater sein können.

»Nicht so auffällig.« Jack stellte sich vor sie und nahm ihr die Sicht. »Joe Richard. Geschieden, die Kinder leben bei seiner Exfrau.«

Hm, sie war sich nicht sicher, ob sie das gebrauchen konnte. Aber wer im Glashaus saß ...

»Welcher ist es?«

Jack drehte sich etwas. »Der mit dem schütteren Haar.«

Hätte sie sich denken können. Der Vaterersatz. »Ist der nicht ein bisschen zu alt für mich?«

»Er muss also nicht nur reich, sondern auch noch jung sein?«

»Dann würde es zumindest nicht so aussehen, als ob ich es nur auf sein Geld abgesehen hätte.«

Jack lehnte sich gegen die Wand. »Haben Sie es nur auf das Geld abgesehen?«

»Stellen Sie mir einen reichen Typen vor und ich sage es Ihnen in einer Woche.« Jessie blickte sich wieder im Raum um. »Der Große, bei der Uhr.« Sie zeigte auf einen Mann um die dreißig, der gerade über etwas lachte, das ein anderer Mann gesagt hatte.

Jack runzelte die Stirn. »Verheiratet.«

»Echt? Er trägt aber keinen Ring.«

»Genau das ist das Problem. Er ist ein Draufgänger.«

Jessie wandte den Blick ab. »Brauche ich nicht.«

»Vom Büffet aus der dritte Tisch. Dunkles Haar, Bauchansatz.« Jack stellte sich neben sie, damit sie sah, wen er meinte.

Bauchansatz? »Immerhin ist er nicht so alt wie mein Vater. Aber wirklich, Jack, er sieht aus wie ein Gangster.« Und das war noch untertrieben. Er war untersetzt, mehr als gut genährt und trug ein dickes Goldkettchen.

»Ist er wahrscheinlich auch. Er besitzt sogenanntes ›Familiengeld‹ und hat wahrscheinlich noch nie gearbeitet.«

»Ein Faulenzer mit dickem Geldbeutel«, fasste Jessie zusammen.

»Genau.«

»Bitte keinen Faulpelz, egal ob reich oder nicht. Ein Mann muss für seinen Lebensunterhalt arbeiten. Ich möchte niemanden haben, der untergeht, wenn die Aktienpreise sinken. Er muss in der Lage sein, sich wieder aufzurappeln.« Jessie ließ erneut den Blick schweifen.

»Also, Sie wollen reich, nicht zu dick, fleißig, jung ... habe ich etwas vergessen?«

»Er muss Kinder mögen.«

Jack stieß einen kurzen Pfiff aus. »Eine lange Wunschliste, meine Liebe. Sind Sie sicher, dass es so einen Mann überhaupt gibt?«

Es war eine stolze Liste. »Ich bin mir mit gar nichts sicher, Jack. Das war schließlich Ihre Idee.« Sie war eingeschnappt.

»Schon gut, schon gut. Der Abend ist ja noch jung.«

Sie blickte auf die Uhr. Es war schon nach elf und es kamen keine neuen Gäste mehr.

»Grauer Anzug, geht gerade zur Bar«, deutete Jack auf einen Mann.

Sie sah ihn nur von hinten und Jessie wartete darauf, dass er sich umdrehte. Als er es tat, blickte sie schnell in die andere Richtung. »Diese Nase. Himmel, was für ein Jammer.«

Jack lachte, sie musste auch kichern. »Das nenn ich mal einen Zinken.«

»Wie kann er damit überhaupt sehen?«, fragte sie.

»Kann er vielleicht gar nicht.«

Eine Frau ging auf Jack zu und nahm sich eine Garnele. »Die schmecken göttlich«, gurrte sie.

»Freut mich, dass es Ihnen schmeckt, Ma'am.«

»Du liebes bisschen, ›Ma'am‹, das hört sich so alt an.«

Jessie schätzte sie auf Mitte vierzig. Die Pailletten an ihrem Kleid glitzerten, wenn sie lief. An ihren Händen funkelten Diamanten. Anerkennend musterte die Frau Jack von Kopf bis Fuß und wieder zurück. Jessie musste sich beherrschen, dass sie nicht angewidert die Augen rollte. *Offensichtlicher ging es kaum.*

»Man hat mir beigebracht, höflich zu sein«, antwortete Jack, der sie ohne jegliches Interesse anblickte.

»Ach, wie süß, ein Akzent. Herrlich.«

Jessie unterdrückte ein Lachen. *Als* Nächstes *steckt sie ihm wahrscheinlich heimlich den Zimmerschlüssel zu.*

»Möchten Sie mehr?«, fragte Jack und hielt ihr das Tablett hin.

Sie verschlang ihn mit den Augen und hauchte: »Oh ja.«

Jessie hob die Hände und drehte sie vor ihren Augen, um zu prüfen, ob sie vielleicht durchsichtig geworden war.

»Ach Jack, müssen Sie sich nicht um die anderen Gäste kümmern?«, versuchte Jessie ihn vor der Frau, die wohl schon einige Male einen Schönheitschirurgen besucht hatte, zu retten.

»Ja, das muss ich«, antwortete er.

Jessie stupste ihn an. Er grinste frech und lachte im Fortgehen in sich hinein.

Die Dame blickte verlangend seinem Hintern nach. »Lecker«, flüsterte sie hörbar.

»Ist er nicht ein bisschen zu jung für Sie?«, fragte Jessie.

Die Frau schien Jessie erst jetzt wahrzunehmen. »Ach, da bin ich anderer Meinung. Bei mir kommen sie immer auf ihre Kosten.«

So wie sie sprach, wurde deutlich, dass diese Frau Männer wie Jack köderte und dass ihr egal war, wie es nach außen wirkte. Ihr teures Kleid und der Schmuck ließen darauf schließen, dass sie entweder ein volles Konto hatte oder ein hohes Limit auf der Kreditkarte. Jessie fragte sich, ob Jack manchmal auf das Angebot solcher Frauen einging, für Sex, Vergnügen und vielleicht auch für eine kleine Finanzspritze, die ein solches Arrangement versprach.

Aber war sie, Jessie, wirklich besser? Sie war hier, um nach jemandem mit einer dicken Brieftasche zu suchen, während diese Frau mit ihrem Geldbeutel auf Beutefang nach körperlicher Zuneigung ging.

Plötzlich schmeckte der Wein in ihrem Glas wie Essig. »Entschuldigen Sie mich bitte«, sagte sie, stellte das fast leere Glas ab und ging an der Frau vorbei.

Der Raum hatte sich aufgeheizt. Jessie schlenderte nach draußen, auf die beleuchtete Veranda, auf der einige Gäste standen. Sie hatte ein schlechtes Gewissen, war von sich selbst enttäuscht und wollte am liebsten heimfahren. Sie benutzte Jack und missbrauchte seine Gutmütigkeit, genau wie diese Frau auf Beutejagd. Wann war sie eigentlich so oberflächlich geworden?

Vielleicht war das alles ein Fehler?

Jessie versuchte, die aufkeimende schlechte Laune zu verdrängen, und lenkte sich mit der wunderschönen Aussicht auf den Park ab, wo in einem beleuchteten Teich Kois im Kreis schwammen. Gegen das Geländer gelehnt, beobachtete sie einen der orangefarbenen Fische, der zwischen zwei Steinen verschwand.

Als sie sich wieder aufrichtete, bemerkte sie, dass sich jemand neben sie gestellt hatte.

»Hallo«, sagte ein gut gekleideter Mann. Er war groß – ungefähr so wie Jack – und schlank, fast etwas zu mager. Er hatte lange Finger und sah aus wie jemand, der Klavier spielte.

»Hi«, sagte sie.

»Störe ich?« Er lächelte freundlich, aber nur kurz.

»Nein. Ich wollte nur ein bisschen frische Luft schnappen.«

»Ich heiße Brad.« Er streckte die Hand aus.

»Jessie.« Sie schüttelten die Hände. Er ließ schnell wieder los.

»Ja, es ist ein bisschen stickig drinnen. Warten Sie auf jemanden?«

Er checkte vorsichtig die Lage, dachte Jessie, und wenn sie sich nicht irrte, flirtete er mit ihr. Er hatte dunkleres Haar als Jack, aber es sah nicht schlecht aus. Er war offensichtlich nicht aus Texas, denn er hatte nicht den leisesten Anflug eines Akzents.

»Nein, nicht wirklich.« Es war komisch, das zu sagen. Vielleicht hätte sie sagen sollen, dass sie einen der Kellner kannte. Aber andererseits war sie schließlich hier, um jemanden kennenzulernen. Hatte Jack sie nicht genau dafür eingeladen?

»Gut. Vielleicht macht es Ihnen dann nichts aus, wenn ich Ihnen ein wenig Gesellschaft leiste?«

Wollte sie das? Brad war nicht unattraktiv, aber er hatte auch nicht viel, das sie auf den ersten Blick anzog. Wenn er lächelte, dann blitzte es nicht in seinen Augen wie bei Jack.

Sie sollte aufhören, diesen Mann mit Jack zu vergleichen. Jack war der Kellner. Dieser Mann war ein Gast. Doch der Gedanke,

Jack könnte um die Ecke biegen und sehen, dass sie sich unterhielt, war ihr unbehaglich. Sie hatte keinen Grund, sich deshalb schlecht zu fühlen, aber sie tat es. Es zeugte nicht von gutem Benehmen, mit einem Mann zu flirten, während sie ein Kleid trug, das ein anderer für sie ausgesucht hatte.

»Genau genommen wollte ich gerade gehen, aber es freut mich, Sie kennengelernt zu haben.«

Brad machte ein enttäuschtes Gesicht. »Sagen Sie das nur oder stimmt das wirklich?«, wollte er wissen.

»Es stimmt wirklich. Es ist schon spät und meine ... meine Babysitterin muss nach Hause.« Okay, das war gelogen. Monica musste nirgendwohin. Jessie wusste aber aus früherer Erfahrung, dass es hilfreich war, den Babysitter zu erwähnen, um durchblicken zu lassen, dass sie ein Kind hatte. Das ersparte die unangenehme Frage, ob der andere mit einer alleinerziehenden Mutter ausgehen wollte.

Brad blickte auf ihre linke Hand.

»Ich bin nicht verheiratet«, informierte sie ihn, weil er das ohnehin als Nächstes gefragt hätte. Er lächelte wieder. Keine Grübchen, kein Aufblitzen. Aber immerhin hatte er braune Augen, zumindest sah es in dem schwachen Licht so aus.

»Wie alt sind Ihre Kinder?«

Na gut, er war nicht schreiend fortgerannt. *Kein schlechtes Zeichen.*

»Kind. Ich habe einen Sohn, er ist fünf.«

Brad hob das Kinn. »Er ist sicher bezaubernd, ganz wie seine Mutter.«

Auweh, Zeit zu gehen. »Danke, er ist der Beste.« Sie machte sich auf den Weg. Nach ein paar Schritten blickte sie über die Schulter zurück.

»Darf ich Sie anrufen, Jessie? Wir könnten uns vielleicht mal auf einen Kaffee treffen oder so.«

Jessie wollte nein sagen. *Aber warum?*

Jack.

Shit.

»Ja, gerne«, überraschte sie sich selbst mit der Antwort. »Ich mag Kaffee.«

Er nahm einen Stift und eine Visitenkarte aus der Jacketttasche. »Diese Woche bin ich unterwegs, aber nächste Woche bin ich wieder hier.«

Jessie sagte ihre Nummer, die Brad eifrig notierte.

»Ich sollte jetzt wirklich gehen.«

Er zog die Augenbrauen hoch. »Bis bald.«

»Okay. Tschüss.«

Jessie fröstelte. Sie schlang die Stola enger um sich und ging wieder in den Ballsaal. Schon nach den ersten drei Metern im Raum spürte sie, dass Jack sie beobachtete. Er blickte hinter sie, hinaus auf die Veranda, dann wieder zu ihr zurück. Jessie zwang sich, sich nicht umzudrehen, um zu schauen, ob Brad ihr gefolgt war. Sie fühlte sich schuldig, aber das war dumm. Sie hatte überhaupt keinen Grund, sich schuldig zu fühlen.

Sie ging zu Jack hinüber und bemühte sich um ein ruhiges Lächeln.

»Hier sind Sie«, sagte er.

»Ich musste der Frau von vorhin entkommen.«

Jack blickte wieder zur Veranda.

Jessie trat von einem Bein auf das andere. »Ähm, Jack, ich glaube, ich sollte langsam aufbrechen.« Es war fast Mitternacht, die ersten Gäste gingen.

Jacks Gesichtsausdruck veränderte sich.

Jessie wandte sich um und sah Brad, der sie beide beobachtete. Er nickte ihr zu, gesellte sich dann zu einem Gast und unterhielt sich mit ihm.

»Wer war das?«, fragte Jack.

»Irgendein Kerl.«

»Irgendein Kerl?«

»Ja, er war auch draußen. Er heißt Brad. Kennen Sie ihn?«

Jack schüttelte den Kopf, während er Brad nicht aus den Augen ließ. »Nein, kann ich nicht behaupten.«

»Er ist ganz nett.« Und weil sie es nicht aushielt, ihm etwas zu verschweigen, platzte sie heraus: »Er hat mich nach meiner Nummer gefragt.«

Ruckartig drehte Jack den Kopf zu ihr. Sie hatte einen Kloß im Hals. Offensichtlich war er sauer und das war kein schöner Anblick. Das Funkeln in seinen Augen, dass sie so gern sah, wenn er lachte, bekam eine ganz neue Intensität, wenn er verärgert war.

»Ach, kommen Sie, Jack, Sie wissen doch, dass ich hier bin, um jemanden kennenzulernen.«

»Jemanden, der gut für Sie ist. Dieser Typ da –«

»Brad.«

»Brad? Wer heißt denn schon Brad? Sieht aus wie ein Jurist.«

Jack meinte das als Beleidigung, aber ein Jurist versprach Sicherheit. »Brad ist ein ganz normaler Name und ich weiß nicht, was er beruflich macht.«

»Was wissen Sie denn über ihn?«

»Eigentlich nichts.«

»Und Sie haben ihm einfach so Ihre Nummer gegeben? Er könnte auch ein Verrückter sein. Überlassen Sie die Partnervermittlung lieber wieder mir.«

Jessie musste lachen. »Hören Sie auf. Ich glaube nicht, dass er verrückt ist.«

Jack wandte sich schließlich wieder ihr zu und sah ihr in die Augen.

»Es ist ja nett, dass Sie sich um mich sorgen, aber ich bin ein großes Mädchen. Normalerweise kann ich Leute ganz gut einschätzen.« *Wenn man Rory oder Mathew nicht zählte.*

»Ich weiß nicht.« Wieder schaute er zu Brad.

Jessie baute sich vor ihm auf. »Machen Sie bloß keinen Blödsinn, wenn ich gehe. Man wird Sie rausschmeißen, wenn Sie einen Gast belästigen.«

»Sie wollen gehen?«

»Ja, haben Sie mir nicht zugehört?« Nein, natürlich nicht. Testosteron wirkte wie Gift auf Männerhirne.

»Stimmt was nicht zu Hause?«

»Nein, Danny schläft sicher schon.«

Jack stellte das Tablett auf einem Tisch ab. »Ich bringe Sie zu Ihrem Wagen.«

»Das ist nicht nötig.«

»Ich bestehe aber darauf.« Er legte die Hand auf ihren Rücken und begleitete Sie zur Tür.

»Was ist mit Ihrer Arbeit? Bekommen Sie keine Schwierigkeiten?«

Jack grinste. Fast alle Stirnfalten verschwanden und das Leuchten kehrte in seine Augen zurück. »Ab Mitternacht habe ich frei.«

»Es ist noch nicht ganz Mitternacht.«

Er ignorierte ihren Kommentar und ging neben ihr her, vorbei an den Leuten, bis sie endlich in der ruhigen Lobby am Ausgang angekommen waren. »Haben Sie den Parkservice genutzt?«

»Was glauben Sie denn?«, fragte sie und bog zum normalen Parkplatz ein.

Jack nickte kurz dem Portier zu und holte sie wieder ein. »Sie müssen mich wirklich nicht bis zu meinem Auto bringen.«

»Man kann mir nicht vorwerfen, kein Gentleman zu sein.«

Nein, das konnte man nicht. Jessie ging an den Autos vorbei, bis sie ihren alten Toyota Celica entdeckte. Zwischen den vielen neuen, teuren Wagen sah er ein bisschen verloren aus. Aber er fuhr noch, und das war alles, was zählte.

»Da sind wir«, verkündete sie, während sie die Schlüssel aus der Tasche fischte. Sie öffnete die Tür und warf ihre Tasche auf den Beifahrersitz.

»Noch mal vielen Dank, Jack – für alles.«

Jack steckte die Hände in die Taschen und wippte auf den Fersen vor und zurück.

»Keine Ursache. Ich freue mich, dass Sie gekommen sind.«

»Es hat Spaß gemacht. Und passen Sie auf, dass die Raubkatze Sie nicht erwischt, wenn Sie wieder reingehen«, warnte sie.

»Raubkatze?«

»Ja, die Frau auf Beutefang, die mit der Garnele. Sie verspeist Kellner zum Frühstück und sie hatte Sie im Visier.« Freunde warnten ihre Freunde vor einer schlechten Partie im Schlafzimmer, oder?

»Und Sie passen auf mit diesem Braaad.«

Jessie grinste, weil Jack seinen Namen so verunstaltete.

»Er hat gesagt, dass er mich nächste Woche anruft. Ich weiß noch nicht, ob ich mit ihm ausgehen werde.« Warum erzählte sie ihm das? Vielleicht weil er so komisch schaute, wenn er diesen Namen sagte. Plötzlich fühlte sie sich unwohl wegen des Abends.

Jack trat zurück. »Also dann, gute Nacht.«

Er machte die Tür zu. Jessie war dankbar für den einfachen Abschied. Kein Drama, kein Aufsehen.

Zu früh gefreut.

Als sie die Zündung drehte, ächzte der Motor, dann stotterte er, dann gab er ganz auf. Sie drehte den Schlüssel noch einmal und man hörte nur noch ein leises Klicken.

Na super, das hatte jetzt noch gefehlt. Jack beobachtete sie durch die Windschutzscheibe. Jessie warf die Hände hoch und versuchte es erneut.

Nichts.

Frustriert öffnete sie die Tür und schwang die Beine heraus. »Ich verstehe das nicht. Die blöde Karre hat doch vorher nichts gehabt.«

»Machen Sie mal die Motorhaube auf.«

»Kennen Sie sich mit Autos aus?« Jessie beugte sich hinunter und zog am Hebel.

Jack öffnete die Haube, aber im schwachen Licht konnte man noch nicht einmal richtig den Motor erkennen. Jack versuchte es trotzdem und machte irgendetwas. »Probieren Sie es jetzt noch mal.«

Jessie tat wie geheißen, aber nichts geschah. Sie stieg wieder aus und stellte sich neben Jack vor den altersschwachen Motor. »Ich hasse diese Kiste. Funktioniert das eine wieder, geht das nächste Teil kaputt.«

»Wie viele Kilometer hat die Karre schon drauf?«, wollte Jack wissen, während er den Deckel wieder zuklappte.

»Dreihundertzwanzig plus.«

»Tausend?«

»Es ist ein altes Auto, Jack.«

Er schüttelte den Kopf. »Hier, geben Sie mir den Schlüssel.«

»Warum?«

»Ich guck es mir morgen früh an, wenn man mehr sieht.«

»Das müssen Sie nicht. Ich kann es abschleppen und in die Werkstatt bringen lassen.«

Jack hielt weiter die gestreckte Hand aus. »Das Geld können Sie sich sparen. Lassen Sie es mich probieren.«

Jessie war sich unschlüssig. »Sie haben schon genug getan.«

»Jessie, meine Liebe, geben Sie mir schon den Schlüssel.«

Sie gab nach. »Aber wenn es nicht so leicht ist oder wenn die Reparatur Geld kostet, dann zahle ich es.«

Jack sah auf seine schmutzigen Hände.

Jessie öffnete die hintere Tür des Wagens und holte eine Packung Feuchttücher heraus, die sie für ihren Sohn immer dabei hatte. »Hier.« Sie reichte ihm ein paar Tücher.

Jack wischte sich die Hände ab. »Jetzt bringen wir Sie mal nach Hause.«

»Ich kann meine Schwester anrufen.«

»Und Ihren Sohn aufwecken? Kommen Sie lieber.« Er nahm sie am Ellbogen und führte sie zum Hotel zurück. »Ein Freund hat sich meinen Truck geliehen. Wir müssen ein anderes Auto nehmen, um Sie heimzufahren.«

»Sie haben einen Zweitwagen?«

»Nicht wirklich.«

Jessie musste sich beeilen, um mit Jack Schritt zu halten.

Er blieb vor einem der Parkserviceangestellten stehen und lächelte. »Hallo, Wes.«

Wes richtete sich auf. Er blickte zwischen ihr und Jack hin und her.

»Hallo, Mr –«

»Jack«, unterbrach er ihn. »*Mister* ist so förmlich.«

»Jack«, sagte Wes und blickte wieder zwischen beiden hin und her, als ob er nervös wäre.

»Wes, die Dame, ein Gast von uns, scheint Probleme mit ihrem Auto zu haben.«

»Oh, das tut mir leid, Miss.«

Jessie lächelte und Jack sprach weiter.

»Ist ein Auto verfügbar?«

Wes ging mit kurzen Schritten zu seinem Stehpult, um dort in dem Buch nachzusehen. »Ja, es gibt noch eins, aber Mr ... Jack, wir haben leider keinen Fahrer mehr. Die beiden bringen jeweils gerade Gäste nach Hause und man weiß nicht, wie lange es dauern wird.«

»Das macht nichts. Ich kann die Dame selber fahren. Könnten Sie jemanden das Auto bringen lassen?«

Wes nickte so eifrig, dass seine Wangen wippten. »Sofort, Sir.«

Jessie legte die Hand auf Jacks Arm und zog ihn ein paar Schritte zur Seite.

»Was machen Sie da?«

»Sie nach Hause bringen.«

»Mit einem Hotelwagen?«

»Ganz ruhig, Jessie, das machen wir immer so.«

Zuerst das Kleid, dann die Party und jetzt das? Jack würde sicher gefeuert werden und alles nur wegen ihr.

Wenige Sekunden später fuhr eine Stretchlimousine vor und ein Portier stieg aus. Wes öffnete die hintere Tür und machte eine einladende Geste zu Jessie.

Sie blieb wie angewurzelt stehen. Das konnte unmöglich das Auto sein, von dem Jack gesprochen hatte.

Jack stupste sie an und flüsterte: »Steigen Sie ein. Tun Sie so, als ob Sie das immer machen.«

Jessie setzte ein Lächeln auf und glitt auf den Rücksitz der Limousine.

Viele kleine Lichter leuchteten hinter der Verkleidung entlang der Türen und Sitze. Acht oder neun Leute konnten ohne Probleme hier hinten Platz nehmen. Unter einem Flachbildschirm befand sich eine Minibar. Durch ein großes Glasschiebedach sah man die Sterne am Himmel leuchten.

Als die Fahrertür geschlossen war und Jack auf einen Knopf drückte, fuhr die Glasscheibe herunter, die die Vordersitze von der

Passagierkabine trennte. Jessie hüpfte in einen anderen Sitz, der näher beim Fahrersitz war. »Jack, das ist einfach verrückt.«

»Ganz nett, oder?«

»Nett? Es ist unglaublich!«

Jack fuhr aus der Hoteleinfahrt und bog in die Straße ein, auf der um diese Uhrzeit in der Nacht kaum Verkehr war.

»Sie waren Gast im Hotel und im Morrison kümmert man sich angemessen um seine Gäste.«

»Ich war eine unaufrichtige Schwindlerin und Sie wissen das am besten«, ermahnte sie ihn, während sie mit der Hand über das weiche Leder strich und seufzte.

»Meine Liebe, nichts an Ihnen ist unaufrichtig. Nichts!«

Kapitel Fünf

Jack beobachtete sie im Rückspiegel. Jessie grinste wie ein Honigkuchenpferd, spielte mit den Knöpfen und untersuchte, welchen Luxus die Limousine bot.

Jessie war hinreißend, anders konnte man es nicht sagen.

»Sind Sie schon einmal in einer Stretchlimousine gefahren?«, fragte er, als er zum Flughafen abbog.

»Nein, kann ich nicht behaupten. Ich kann mir gar nicht vorstellen, dass manche Leute immer in so einem Luxus leben.«

»Doch, manche schon.«

»Können Sie sich vorstellen, immer in so einem Gefährt herumzufahren, wenn Sie wollen?«

Jack schluckte und hielt den Blick auf der Straße. »Ich habe genügend steinreiche Kinder ... und Erwachsene getroffen, die regelmäßig mit Limousinen chauffiert werden. Es würde Sie überraschen, dass viele von ihnen wie Sie und ich sind.« Jetzt blickte er wieder in den Spiegel, um ihre Reaktion zu prüfen.

Jessie zuckte nur mit den Schultern und streichelte das Leder, als ob es Fell wäre.

Was würde sie denken, wenn sie wüsste, dass er sogar schon vor seiner Geburt mit Stretchlimousinen gefahren war? Sein Dad hatte nicht immer für ihn da sein können und er musste schließlich zur Schule gebracht und wieder abgeholt werden. Es war ein Fahrer eingestellt worden, der ihn und Katie von klein auf fuhr. Als er damals in die Highschool kam, bat Jack seinen Vater, mit einem »normalen« Auto gefahren zu werden, damit sich die anderen Kinder nicht über ihn lustig machten. Gaylord hatte geantwortet, er solle wie ein Cowboy seinen Mut zusammennehmen und den anderen Kindern erklären, was Sache ist. Er war ein Morrison und die Morrisons hatten Geld – und das gaben sie auch aus.

Also hatte Jack einfach die anderen Kinder immer zum Mitfahren eingeladen. Statt gehänselt zu werden, feierte er mit ihnen Partys in der Limousine. Damals hatte Jack auch gemerkt, wer seine echten Freunde waren und wer ihn nur ausnutzte. Übrig blieben Mike, Tom und Dean.

»Wahrscheinlich kann man sich schnell daran gewöhnen. Ich hätte sicher kein Problem damit«, meinte Jessie.

Jack schmunzelte und wünschte sich, er könnte sie aufnehmen, zu Beweiszwecken, wenn er ihr irgendwann die Wahrheit erzählte. »Gibt es hinten Wein?«

»Champagner.«

»Wenn Sie wollen, parke ich hier bei der Startbahn und wir sehen durch das Glasdach den startenden Flugzeugen zu.« Das Morrison Hotel lag neben dem Konferenzzentrum und dieses wiederum war nur wenige Kilometer vom Flughafen entfernt.

»Müssen Sie den Wagen nicht zurückbringen?«

»Nein, es gibt ja sowieso keinen Fahrer.« Jack bog in die dunkle Straße ein, wo andere Leute parkten, um Flugzeuge zu beobachten. Die Umgebung des Flughafens in Ontario war noch relativ unbebaut, sodass man dort immer noch Flugzeuge beobachten konnte.

Er fand einen geeigneten Platz, stellte den Motor ab und stieg bei Jessie hinten ein. Als er saß, betätigte er einen Hebel und das Dach öffnete sich.

»Wow«, entfuhr es ihr mit glänzenden Augen.

Jack holte den Champagner und drehte den Metallbügel des Verschlusses.

Er stand auf, den Kopf durch das Dach gestreckt, und ließ den Korken mit lautem Knall ins Gestrüpp fliegen. Der Champagner schäumte auf. Jessie stieß einen kurzen Schrei aus.

»Hier.« Sie warf ihm ein Handtuch zu, bevor das Getränk auf den Boden tropfte.

»Sehr zu Dank verbunden, Ma'am.«

Jessie reichte ihm kichernd zwei Gläser, als er sich wieder gesetzt hatte.

Jack schenkte erst ihr ein, dann sich und stellte die Flasche wieder in den gekühlten Kübel.

Er hob das Glas: »Auf dich und unsere Freundschaft.«

»Darauf trinke ich gerne«, sagte Jessie und stieß klirrend gegen sein Glas. Sie nahm einen Schluck und lehnte sich entspannt zurück. Durch das Dach sah sie die Unterseite eines Jets, der gerade gestartet war.

»Wissen Sie ... weißt du, Jack, ich habe schon gesehen, dass hier Leute parken, aber ich habe nie daran gedacht, es selbst mal zu machen.«

»Es ist unvorstellbar, wie diese riesigen Metallkisten in der Luft bleiben können.«

»Ich verstehe das auch nicht. Es wundert mich, dass es nicht mehr Unfälle gibt.«

»Die sicherste Art zu reisen«, antwortete Jack.

»Da kann ich nicht mitreden. Ich bin nur einmal geflogen.«

»Wirklich?« Das schwer vorstellbar.

»Ich war damals zwölf und meine Schwester Monica neun. Mom hatte irgendeinen Typen kennengelernt, der aus Seattle kam. Sie hatte sich Hals über Kopf in ihn verliebt, als er im Sommer für zwei Wochen da war.«

»Ich nehme an, deine Mom ist geschieden.«

»Nicht nur einmal«, sagte Jessie, anscheinend wenig bekümmert. Sie hatte sich offensichtlich an die Eigenheiten ihrer Mutter gewöhnt. »Auf jeden Fall erzählte ihr dieser Typ, wie sehr er mit ihr und uns Kindern zusammen sein wolle, aber dass er unmöglich in Südkalifornien wohnen könne. Er hatte außerdem eine Firma in

Seattle. Und er könne meine Mutter ja unmöglich bitten, wegzuziehen und uns Mädchen mitzuschleppen und bla, bla, bla.«

»Und dann?«

»Mom kaufte Flugtickets, packte die Koffer und nahm uns mit nach Seattle.« Sie schüttelte bei dem Gedanken daran den Kopf.

»Hat wahrscheinlich dem Herrn Wichtigtuer nicht so gefallen.«

»Richtig. Mr Wichtigtuers Frau war auch nicht begeistert, als sie die Tür öffnete und wir davorstanden.«

»Autsch.«

»Monica und ich hatten noch nicht einmal die Gelegenheit, den berühmten Regen des pazifischen Nordwestens zu spüren. Mom ist mit uns postwendend zum Flughafen und dort blieben wir zwei Tage, bis wir einen Flug nach Hause bekamen.

»Zwei Tage? Warum so lange?«

»Meine Mutter hatte nicht die Weitsicht gehabt, einen Rückflug zu buchen, geschweige denn genügend Geld dafür mitzubringen. Eine Freundin musste ihr Geld schicken. Wir bekamen einen billigen Flug, mitten in der Nacht. Es war ein Chaos.«

»Nimmt einem wahrscheinlich auch den Spaß am Fliegen«, meinte er.

Jessie nippte wieder am Champagnerglas. »Und was ist mit dir? Sind deine Eltern noch verheiratet?«

»Äh, nein.«

»Das klingt, als ob du dir da nicht so sicher wärst.«

»Na ja, meine Mutter hat uns verlassen, als ich gerade ein Teenager war. Sie hat Kontakt gehalten, auf ihre Weise – mal hat sie angerufen, mal einen Brief geschickt. Sie hat meinem Vater weiter Hoffnungen gemacht, bis schließlich meine Schwester mit der Highschool fertig war, dann hat sie die Scheidung eingereicht.« Er erinnerte sich noch an den Tag. »Es war Juni. In Texas war es schon richtig heiß. Mein Vater arbeitete immer sehr lange. Aber eines Tages kam ich nach Hause und fand meinen Dad. Er hat dagesessen und Whiskey getrunken.«

»Klingt noch nicht so schlimm.«

»Es war aber ein Uhr mittags, an einem Mittwoch.«

»Oh. Ich nehme an, das hätte dein Vater normalerweise nicht gemacht.«

Jack sah echte Betroffenheit in Jessies Gesicht. »Mein Dad arbeitet sehr viel«, sagte er leise.

»Du scheinst deinen Vater sehr zu bewundern.«

»Stimmt. Er hat viel gearbeitet und zwei Kinder ohne Mutter groß gezogen. Als meine Mutter noch da war, hat er mehr gearbeitet als alle anderen. Wir haben ihn nicht oft zu Gesicht bekommen, was vielleicht der Grund war, warum sie ihn verlassen hat. Ich weiß es nicht. Ich erinnere mich auch nicht, dass sie sich je darüber beschwert hätte. Als sie dann fort war, war er öfter zu Hause. Er hat sich um uns gekümmert, und zwar richtig. Auf jeden Fall hat Mom die Scheidung eingereicht und jetzt schreiben wir uns zu Weihnachten. Manchmal selbst das nicht.« Letztes Jahr war sie zu der Zeit in Italien gewesen – mit einem Kerl, der Pierre hieß oder einen ähnlich entsetzlichen Namen hatte.

»Deinem Vater hat es sehr zugesetzt, oder?« Jessie stellte ihr Glas ab und lehnte sich wieder an.

»Ich glaube, er wollte sie immer noch zurückhaben. Obwohl es schon so viele Jahre her war, dass sie uns verlassen hatte, hätte er sie zurückgenommen, ohne eine Erklärung, warum sie gegangen ist.« Das war unsäglich traurig. Wie jemand seine Mutter so verehren konnte, war Jack ein Rätsel.

»Hat dein Vater euch erzählt, was los war? Warum sie fortgegangen ist?«

»Nein, er hat nie darüber gesprochen. Die einzige Erklärung, die ich dafür habe, ist, dass sie ihn nie geliebt hat. Er hat sich finanziell um sie gekümmert, ihr hat es an nichts gefehlt. Sie haben sich auch nie gestritten. Aber was weiß ich … ich war schließlich noch ein Kind.«

»Hat dein Vater wieder geheiratet?«

Jack schüttelte den Kopf. »Nein.«

»Er liebt deine Mom wahrscheinlich immer noch.«

Er glaubte das auch. Es musste von Anfang an eine einseitige Liebe gewesen sein.

»Falls es dich beruhigt, ich bekomme von meinem Dad noch nicht einmal eine Weihnachtskarte.« Jessie kickte ihre Schuhe fort und schlang die Beine unter sich.

»Wirklich?«

»Kein einziges Wort, seit er uns verlassen hat.«

»Und warum hat er euch verlassen?«

Jessie blickte durch das Schiebedach, während sie sprach, und war ganz in Erinnerung versunken. »Er wollte keine Familie haben und nicht monogam leben. Meine Mom sagt, er habe sie von Anfang an betrogen, aber sie war sogar bereit gewesen, darüber hinwegzusehen.«

»Warum sollte eine Frau das tun?«

»Wenn man zwei Kinder hat, dann macht man als Frau alles Mögliche. Aber früher oder später hätte sie ihn auch aufgegeben. Wie dem auch sei, Mom hat jedenfalls die Scheidung eingereicht und so lange nach ihm gesucht, bis sie ihn hatte und er die Papiere unterschrieb. Dann war er weg.«

Als es Jessie fröstelte, drückte Jack auf den Knopf, um das Schiebedach zu schließen. Er betätigte einen anderen Knopf für die Sitzheizung. »War es schwer für sie?«

Jessie zuckte die Achseln. »Mit Sicherheit. Aber sie hat ihn schnell durch Ehemann Nummer zwei ersetzt und dann kam Nummer drei. Mittlerweile bleibt sie nur noch so lange mit einem Mann zusammen, bis es langweilig wird, dann sucht sie sich einen neuen.«

»Das ist aber kaltherzig«, sagte er.

»Es ist die Wahrheit. Sie lebt zwar in der Nähe von Fontana, aber meine Schwester wohnt lieber bei mir und Danny, als immer dieses Drama miterleben zu müssen.«

Jack legte den Arm auf die Rücklehne der Sitze. »Das ist clever. Niemand braucht so ein unstetes Leben.«

»Genau.«

»Verstehst du dich gut mit deiner Schwester?«

Jessie strich sich eine Haarsträhne aus dem Gesicht. »Sehr. Und was ist mit dir und deiner Schwester?«

»Wir verstehen uns gut, aber wir sind uns nicht sehr nah. Sie führt ein wildes Leben und will nicht richtig erwachsen werden.«

Jessie musste lachen. »Und das sagt jemand, der erst von einem Wochenendtrip mit seinen Kumpels aus Las Vegas zurückgekommen ist, sich ein Abendkleid und Schuhe für eine fast Fremde ausleiht und heimlich die Hotellimousine stibitzt, um sie heimzufahren. Wenn deine Schwester ein wildes Leben führt, liegt das wohl in der Familie.«

Jack lachte laut auf. Wahrscheinlich wirkte er auf Jessie nicht gerade wie ein braver Sängerknabe. »Na ja, wenn man es so sieht ...«

»Besuchst du deine Familie an den Feiertagen? Thanksgiving warst du anscheinend nicht zu Hause, denn du bist ja hier.«

»Ich versuche schon oft nach Hause zu fahren, aber es klappt nicht immer. Und was ist mit dir? Hast du deine Mom an Thanksgiving gesehen?«

»Das hat sich nicht vermeiden lassen. Wenn Renee Effinger – so heißt meine Mom – einlädt, dann geht man lieber hin. Sonst muss man sich auf etwas gefasst machen. Es hat auch nicht gezählt, dass ich bis früh morgens gearbeitet habe und dass niemand viel von ihren Kochkünsten hält.«

»Dann bist du Weihnachten wohl auch dort.«

»Wahrscheinlich. Danny findet sie lustig. Nur meine Schwester und ich ecken mit ihr an, alle anderen lieben sie. Na ja, du würdest sie wahrscheinlich auch toll finden.« Jessie hatte den Ellbogen aufgestützt und den Kopf in die Hand gelegt.

»War sie nicht gut zu euch?«

»Doch, schon. Sie hat ihr Bestes gegeben als Alleinerziehende. Was mit nur einem Einkommen nicht gerade leicht ist. Ich weiß schließlich, wovon ich spreche. Aber wahrscheinlich regt mich auf, dass sie nicht einfach mal bei einem Kerl bleiben kann. Das kann doch nicht so schwer sein. Tausende Menschen bleiben ihr Leben lang verheiratet. Warum kann sie das nicht?«

Jack merkte, wie traurig sie darüber war, und wollte sie trösten. »Tausende Leute lassen sich aber auch scheiden.«

»Ich weiß. Ich glaube, ich hätte nur gerne mehr Beständigkeit für sie, und Sicherheit.«

»Sicherheit ist wichtig für dich.« Jetzt verstand er auch, warum sie einen reichen Ehemann haben wollte. Jessie dachte, dass Geld Sicherheit brachte. Nun ja, die gescheiterte Beziehung seiner Eltern bewies das Gegenteil. Es gab keine Garantie, selbst wenn einer den anderen hoffnungslos liebte.

»Stimmt.«

»Das kann ich verstehen. Ich erinnere mich noch, wie ich jedes Jahr am Weihnachtsmorgen aufgewacht bin und geträumt hatte, meine Mutter wäre da. Angeblich war ihr immer etwas Blödes dazwischengekommen, obwohl sie doch so gerne bei uns gewesen wäre.«

»Aber sie ist nie gekommen.«

Jack schüttelte den Kopf und räusperte sich. »Nein, nie.«

Jessie legte ihre Hand tröstend auf seine. »Das Leben ist kein Honigschlecken.«

Er beobachtete, wie ihre Hand mit seiner spielte, genoss die Berührung. »Genug in der Vergangenheit gewühlt. Was ist mit der Zukunft, Jessie ... wie heißt du eigentlich mit Nachnamen?«

»Mann, Jessie Mann.«

»Wo siehst du dich in fünf Jahren?«

Ihr Gesicht hellte sich auf. Jack war froh, das Thema gewechselt zu haben. »Ich weiß nicht. Ich würde gerne studieren oder eine Ausbildung machen und, wie gesagt, vielleicht im Bereich Eventmanagement arbeiten oder so.«

»Du hast gesagt, du möchtest Hochzeiten organisieren.«

»Ja, obwohl ich nicht gerade viel über Hochzeiten weiß. Die Hochzeiten meiner Mutter in irgendeinem kleinen Standesamt zählen nicht. Aber trotzdem, ich fände es toll, wenn ich einer Braut helfen könnte, dass die Hochzeit der glücklichste Tag in ihrem Leben wird, wie es immer so schön heißt.« Jessie fuhr über seine Finger. Er fragte sich, ob sie merkte, was sie tat.

»Du weißt schon, wie komisch das klingt, nach all dem, was du über die gescheiterten Ehen deiner Mom erzählt hast.«

»Es heißt ja nicht, dass ich nicht an die Ehe glaube. Ich meine eine echte Ehe, nicht dieser vorübergehende Zustand, in dem sich meine Mutter befindet. Ich könnte auch andere Veranstaltungen planen, Jubiläumsfeiern, Geburtstage, Firmenveranstaltungen und so.«

»Ich muss die Frau vom Hotel mal fragen, was sie gemacht hat, um den Job zu bekommen.«

»Ja, das wäre interessant.«

»Ich werde sie fragen.«

Sie lächelte. »Danke. Und was ist mit dir, Jack, wo siehst du dich in fünf Jahren?«

Jack drehte ihre Handfläche nach oben und streichelte sie mit dem Daumen. »Mir gefällt der Hotelbetrieb.«

»Möchtest du Hotelmanager werden?«

»So ungefähr. Ich würde gerne ein neues Konzept für Hotels entwickeln. Eines, das für normale Familien ist, mit einem normalen Budget. Kein übertriebener Luxus und nicht superteuer.«

Jessie sah sich in der Limousine um. »Nichts mit Limousinen und Kaviar?«

»Das wäre nicht kosteneffektiv, aber Minivans mit Kindersitzen würden gehen. Meine Zielgruppe wäre die Mittelschicht, aber sie sollten auch etwas Luxus abbekommen, wie man ihn aus dem Morrison Hotel kennt.«

»Was für Luxus?« Sie lehnte sich an ihn, während sie ihm zuhörte.

»Zimmerservice mit Essen für Familien mit Kindern. Babysitting, Hundesitting, Wellnessbereich zu niedrigen Preisen.« Dies war das Konzept für das Hotel, das er in Ontario baute. »Ich würde jedes Hotel in der Nähe eines Flughafens von beliebten Familienurlaubszielen errichten.«

»Ach, du möchtest gleich mit einer ganzen Hotelkette einsteigen, nicht mit nur einem einzelnen Hotel? Das sind aber ziemlich ehrgeizige Ziele, mein lieber Jack.«

Jack musste sich zurückhalten, dass er sich Jessie gegenüber nicht zu sehr öffnete. »Ich würde mit einem anfangen, sehen, was klappt und was nicht, dann das Konzept verbessern und mit dem Gewinn des ersten Hotels das nächste bauen.«

»Das bedeutet viel Kapital und große Investoren.«

»Ich spare.« Was der Wahrheit entsprach.

»Und wie nennst du dein Hotel?« Sie lächelte. Es war kein sarkastisches Lächeln, sondern es sah echt aus, als ob sie dachte: *Hey, ich hoffe, dass du es schaffst.*

»More for Less.«

Jessie verkniff sich ein Lachen.

»Was denn? Findest du das nicht gut?«

»Na ja, bei More muss man gleich an Morrison denken, oder?«

»Meine Freunde nennen mich Jack Moore.«

Ihr gefiel der Name wirklich nicht. »Trotzdem, ›More for Less‹ – mehr für weniger, das klingt irgendwie billig. Wie der Name eines Ramschladens.«

»Es wird auch billige Preise haben, im Vergleich zum Morrison Hotel.«

Sie richtete sich auf. »Der Name muss so sein, dass die Leute damit angeben wollen. Denk doch mal an Nordstrom und Nordstrom Rack. Beide verkaufen Kleidung, aber einer davon hat die Billigversion. Wenn du eine Assoziation zum Morrison herstellen willst, dann würde ich vorschlagen du nennst es ›Morrison West‹ oder so. Oder nenne es gleich ganz anders. So was wie ›Jack's Place‹.«

Jack kratzte sich am Kopf und sagte nichts zu ihrem Kommentar über das Morrison. »Jack's Place klingt wie eine Bar.«

Jessie fuchtelte mit der freien Hand in der Luft, während sie sprach. »Oder wie das Zuhause eines Freundes. Wie klingt das: *Wir fahren nach Disneyland und übernachten im Jack's Place. Wir fahren zu Sea World und übernachten im More for Less.* Verstehst du, was ich meine? Das eine klingt nach einem tollen Erlebnis, das andere nach Budgeturlaub mit harten Betten und einem Loch im Dach.«

Jack kratzte sich am Kinn. »Darüber habe ich noch gar nicht nachgedacht.«

Er fragte sich, ob irgendwer aus seinem Planungsteam das Gleiche dachte und sich nur nicht getraut hatte, etwas zu sagen, weil

›More for Less‹ schließlich seine Idee gewesen war. Er musste am Montag unbedingt mit jemandem aus der Marketingabteilung sprechen.

Jack beobachtete ihre Lippen, während sie sprach. »Du hast ja noch Zeit, über den Namen nachzudenken. Es dauert Jahre und man braucht viel Vitamin B, wenn jemand wie du oder ich so etwas auf die Beine stellen will.«

Das schlechte Gewissen traf ihn wie ein Schlag in die Magengrube. Jessie hatte wirklich keine Ahnung, wer er war oder wie viel Vermögen er hatte. Wenn sie es wüsste, wäre sie dann genauso offen und ehrlich zu ihm? Wahrscheinlich nicht.

Jessie versteckte hinter vorgehaltener Hand ein Gähnen und grinste, als sich ihre Blicke trafen. Sie blickte auf seine und ihre Hand. Jede zeichnete gerade kleine Kreise auf der Hand des anderen. Als ihr schließlich bewusst wurde, dass sie so unbekümmert in ein kleines Flirtspiel verwickelt war, zog sie ihre Hand weg.

Sofort vermisste Jack ihre Berührung, aber er sagte nichts. »Ich bringe dich jetzt besser nach Hause.«

»Ja, ist schon spät«, nickte Jessie.

Er wollte sie aber gar nicht heimbringen. Er wollte, dass sie aufblieb, dass sie sich weiter unterhielten, dann ein bisschen küssten und vielleicht noch mehr berührten. Ihre roten Lippen würden mit seinen verschmelzen, dachte er. *Schluss mit den schmutzigen Gedanken, Jack. Du vermasselst es nur, wenn du zu aufdringlich bist.*

Er ignorierte sein Verlangen, öffnete die Tür und stieg aus.

»Ich fahre bei dir vorne mit, wenn es dir nichts ausmacht«, sagte sie, nachdem sie ihre Schuhe wieder angezogen hatte und ebenfalls ausgestiegen war.

»Bist du sicher? Hier hinten ist es viel bequemer.«

»Ist aber nur halb so lustig, wenn man alleine sitzt.«

Das musste auch Jack zugeben und half ihr beim Einsteigen auf den Beifahrersitz. Dann ging er um den Wagen herum und stieg auf der Fahrerseite ein.

Jessie wies ihm den Weg zu ihrer Wohnung.

»Wann arbeitest du wieder?«, erkundigte sich Jack.

»Morgen habe ich frei. Dann arbeite ich die nächsten drei Tage. Falls meinem Auto etwas Größeres fehlt, kann mich auch meine Schwester zur Arbeit bringen und abholen. Hast du eine Ahnung, was kaputt sein könnte?«

»Vielleicht der Anlasser. Ich werde es mir morgen mal anschauen.« Sie nahm einen Zettel und einen Stift aus der Handtasche. »Hier ist meine Nummer. Ruf mich an und sag mir, wie viel es kosten wird.«

»Freunde verlangen von ihren Freunden nichts für einen Gefallen«, sagte er ihr.

»Du hast schon genug getan.«

Das war doch noch gar nichts.

Jessie legte das Papier mit der Telefonnummer in das Ablagefach zwischen den Sitzen. »Ich werde das Kleid in die Reinigung geben und dann können wir es wieder dem Laden zurückgeben.«

»Du kannst es behalten«, sagte er, während er auf die andere Spur wechselte.

»Also, das wäre dann aber Stehlen und nicht Ausleihen.«

Jessie war einfach zu aufrichtig. Jack hatte keine Wahl, er musste die Tatsache verheimlichen, dass er für das Kleid gezahlt hatte.

»Ich glaube, niemand würde es bemerken.«

»Ich schon.«

Er konnte sie nicht dazu drängen, das Kleid zu behalten. Er blickte zu ihr hinüber, sah die funkelnden Ohrringe baumeln. »Die Ohrringe habe ich aber gekauft. Die musst du nicht wieder in die Schachtel stecken. Die darfst du behalten.«

Ihre schlanken Finger berührten den eleganten Diamantschmuck und sie lächelte. »Du hast sie gekauft?«

»Ich habe gewusst, dass sie dir gut stehen würden.« Er dachte an das billige Paar, das noch in seinem Hotelzimmer lag. Nordstrom statt Nordstrom Rack. Man konnte etwas Edles nicht einfach ersetzen.

»Das hättest du aber nicht tun müssen.«

»Wollte ich aber. Sieh es als Weihnachtsgeschenk.« Eines von vielen, wie er hoffte.

»Sie waren hoffentlich nicht teuer?«

Er zog die Stirn in Falten. »Es ist unhöflich nach dem Preis eines Geschenkes zu fragen.«

Jessie legte die Hand auf seinen Arm. »Danke, Jack. Das hättest du nicht tun sollen, aber danke.«

Die restliche Strecke schwiegen sie. Es war ein angenehmes Schweigen. Als sie schließlich an ihrem Apartmentgebäude ankamen, war es schon fast zwei Uhr morgens.

»Du kannst mich hier einfach rauslassen«, meinte sie.

Jack ignorierte, was sie gesagt hatte, und öffnete ihre Tür. »In Texas lässt ein Mann eine Dame niemals alleine nach Hause laufen. Schon gar nicht mitten in der Nacht.« Und außerdem, wie konnte er sie sonst küssen, wenn er sie nicht bis zur Tür begleitete?

Sie lachte. Es rührte ihn, wie warmherzig sie klang.

»Ich möchte die Männer in Texas natürlich nicht verärgern.«

»Gut.«

Er half ihr beim Aussteigen und ging mit ihr zum Eingang. Der blumige Duft ihres Parfums begleitete sie durch die Eingangshalle. Er merkte sich die Nummer ihres Apartments, für die Zukunft.

Als sie vor der Wohnungstür stand, sah er auf ihren von einzelnen Locken bedeckten schlanken Nacken.

»Hier sind wir«, sagte sie und drehte sich um.

Jack stand sehr nahe vor ihr, so nah, dass er ihren überraschten Blick sah. Aber sie wich nicht zurück. Als sie sich verlegen auf die Lippe biss, fuhr Jacks Puls in die Höhe. Jessies Blick wanderte von seinen Augen zu seinen Lippen, lud ihn unbewusst zum Kuss ein.

Er ließ ihr keine Möglichkeit zu protestieren.

Jack fasste sanft ihren Hinterkopf und küsste sie. Aus dem leisen Knistern, das sie schon während des ganzen Abends begleitet hatte, entfachte innerhalb weniger Sekunden ein loderndes Feuer. Er umschloss ihre schmale Taille und zog sie näher an sich.

Sie seufzte und neigte ihren Kopf.

Seine Zunge glitt zwischen ihre Lippen und verschmolz mit ihrer. Jack nahm alles wahr, ihren Duft, ihr Lächeln, ihre weichen Lippen, die seine liebkosten, und er versuchte, sich alles einzuprägen. Sie umklammerte seinen Arm, drückte ihn. Die zarten Liebkosungen ihrer Zunge sagten mehr über ihr Verlangen, ihre Gefühle für ihn, als tausend Worte.

Das war mehr als Freundschaft, dachte er.

Das war das, worüber Dichter schrieben.

Jack wollte mehr, so viel mehr als nur einen gestohlenen Kuss vor der Wohnungstür.

Plötzlich ging die Tür auf. Jessie fiel nach hinten und wäre beinahe auf dem Boden gelandet, hätte Jack sie nicht gehalten.

Er sah die entsetzten Gesichter von Jessie und der Frau, die ihre Schwester Monica sein musste.

»Oh, äh, Entschuldigung. Tut mir leid.« Monica machte große Augen, legte peinlich berührt die Hände auf ihre Wangen und wurde rot.

Jessie wich einen Schritt von Jack zurück. Sie berührte mit den Fingerspitzen ihre glänzenden Lippen. Mit ihren glühenden Wangen sah sie einfach süß aus.

»Kein Problem. Jack wollte gerade gehen«, stammelte Jessie.

Und zwar besser schnell, bevor Jessie den Kuss noch bereute. »Ich rufe dich morgen an.«

Jessie atmete hörbar aus, kaute auf der Unterlippe.

»Ach ja, mein Auto. Okay, wir telefonieren morgen.«

»Gute Nacht, Jessica«, sagte er, wandte sich um und ließ die beiden sprachlosen Frauen zurück.

Als er um die Ecke bog, hörte er Monica kichern: »Heiliger Bimbam. Ist das etwa Jack?«

Jack richtete sich auf und grinste breit.

Kapitel Sechs

»Das war Jack, oder? Alter Schwede, ist der schnucklig!«, quietschte Monica.

»Ja, das war Jack.« *Mit seinen tödlichen Lippen und allem.* Oh Mann, der Kuss war unwiderstehlich gewesen. Umwerfend, göttlich. Und ganz und gar falsch. »Shit. Das hätte nicht passieren dürfen.«

»Was hätte nicht passieren dürfen?« Monica zog Jessie auf das ausgezogene Sofa.

»Der Kuss. Ich hätte nicht ... er hätte nicht ...« *Ich hätte ihn abhalten müssen, ihn daran erinnern müssen, dass er nicht gut für mich ist.*

»Küsst er schlecht?« Monica setzte sich in den Schneidersitz und rieb die Hände aneinander.

»Er ist ein Wahnsinnsküsser. Aber ich hätte es nicht zulassen dürfen.«

»Warum um alles in der Welt denn nicht? Er sieht traumhaft aus und der Akzent ... Himmel, ich zerfließe schon allein, wenn ich daran denke.«

»Du weißt, was ich von Träumern halte, Monica. Er ist ein Kellner im Morrison.«

»Na und? Du bist auch Kellnerin. Da habt ihr beide was gemeinsam.«

Jessie rollte die Augen. »Super. Dann sparen wir gemeinsam, um uns vielleicht mal ein anständiges Auto zu kaufen, das wir uns teilen, damit mal der eine und mal der andere zur Arbeit fahren kann, zu einem Job, der zu nichts führt. Das würde nicht funktionieren.« Sich in jemanden wie Jack zu verlieben, würde ihr das Herz brechen. Und dann? Dann würde sie wie ihre Mutter enden, von einem Mann zum nächsten hüpfen.

Nein, der Kuss war ein Fehler gewesen. Das nächste Mal, wenn Jessie ihn sah, würde sie ihm den Kopf geraderücken, ihn versprechen lassen, Abstand zu halten, sonst wäre ihre Freundschaft zu Ende. Sie unterhielt sich gerne mit ihm, hörte sich seine Pläne an, aber ein Kuss durfte nicht wieder vorkommen. Eine einmalige Sache.

Einzigartig, unvergleichlich ... aber einmalig.

Jessie sah ihre Schwester an und stand auf. »Ich bin erledigt.«

»Aber ich möchte mehr über dieses Date hören.«

»Es war kein Date.«

»Er hat dich heimgefahren.«

»Weil mein Auto nicht angesprungen ist«, erklärte sie.

»Er hat dich vor der Tür geküsst und es ist fast drei Uhr morgens.«

»Wir haben hinten in der Stretchlimousine gesessen und den Flugzeugen beim Starten zugesehen.«

»Du bist in einer Limousine gefahren?«

Mist, zu viel Information für ihre Schwester, wenn sie noch schlafen wollte, bevor Danny wieder aufwachte. »Eine Hotellimousine. Jack hat sie sich irgendwie beschafft, um mich nach Hause zu bringen. Es war kein Date.«

»Klingt aber sehr danach.«

Jessie hatte den ganzen Abend in Jacks Gegenwart verbracht, er hatte sie nach Hause gefahren, sie hatten über ihre Vergangenheit und über die Zukunft gesprochen. Der Kuss würde nicht so schnell vergessen sein. »Nur *fast* ein Date.«

Monica stieß die Bettdecke zurück und grinste. »Wenn das, was ich gesehen habe, ›nur fast ein Date‹ war, dann möchte ich das bitte auch«, sagte sie mit Anführungszeichen in der Luft und löschte das Licht.

»Gute Nacht, Mo.«

»Nacht, Schwesterherz. Träum schön vom ›fast Küssen‹.«

Jessie warf ein Kissen nach ihr. »Ratte.«

★★★

»Wenn Sie meinen Rat hören wollen, würde ich sagen, die Kiste ist reif für den Schrottplatz.« Max Harper führte eine kleine Autowerkstatt, die nur ein paar Blocks vom Hotel entfernt lag. Er hatte Jessies Auto abgeschleppt und versprochen, es sich anzusehen. Jack hatte Max vor Deans Junggesellenabschied kennengelernt, als er seinen Pick-up in Max' Werkstatt für den Trip straßentauglich machen ließ.

»Geht nicht«, sagte Jack. »Die Dame, die es besitzt, kann es sich nicht leisten, es verschrotten zu lassen.«

Max wischte sich die Hände an einem Lappen ab und zog einen Bleistift aus seinem blauen Hemd. »Man kann es schon hinbekommen, dass der Wagen wieder läuft. Er braucht einen neuen Anlasser.«

»Wahrscheinlich nicht nur das«, bemerkte Jack mit einem Blick auf die alten Riemen und den Kühler.

»Die Karre gehört auf den Schrottplatz. Aber wenn Sie darauf bestehen, dass sie am Leben bleiben soll, dann kann ich Ihnen mit einem Anlasser weiterhelfen.«

»Die Batterie ist auch uralt, so wie sie aussieht«, vermutete Jack.

»Sie geht noch, aber ich kann sie auch gerne ersetzen.«

»Ja, machen Sie das.«

Max ging um das Auto herum und holte die Teile aus dem Lagerraum der Werkstatt.

Der Gedanke, dass Jessie mit einem kaputten Auto fuhr, das vielleicht mitten in der Nacht den Geist aufgab, ließ Jack keine Ruhe. Es musste einfach alles repariert werden.

»Aber eines verstehe ich nicht«, sagte Max.

»Was denn?«

»Also, nichts für ungut, aber ich verstehe nicht, warum jemand mit so viel Geld, wie Sie es haben, mit so einer Schrottkarre fahren will ...« Max war um die sechzig und wog sicher zwanzig Kilo mehr als nötig. Er keuchte auch mehr als nötig für jemanden seines Alters und er war eine ehrliche Haut. Dean hatte den Mann empfohlen und Jack war klar, warum. Obwohl Max wusste, dass Jack steinreich war, versuchte er nicht, ihm mehr zu verkaufen als nötig. Sogar jetzt, als beide auf den alten Motor sahen und sich einig waren, dass die Kiste eigentlich das Zeitliche gesegnet hatte, zog Max ihm kein Geld aus der Tasche.

Und er nahm auch kein Blatt vor den Mund.

»Es gehört nicht mir und, wie ich schon sagte, helfe ich nur einer Freundin.«

»Sie würden ihr mehr helfen, wenn sie ihr etwas Zuverlässiges kaufen. Nicht alle Mechaniker sind da so wie ich. Und wenn die Dame nicht gerade eine Autoexpertin ist, dann wird sie bei jedem Ölwechsel zu viel bezahlen. Na ja, das könnte man demjenigen, der an der Karre arbeitet, nicht einmal vorwerfen. Er muss nicht lange suchen, wenn er mehr reparieren will.«

Als ob Jack das nicht selbst gewusst hätte.

Aber er konnte Jessie auch schlecht erzählen, dass einer der Gäste sein neues Auto im Hotel vergessen hatte und sie es jetzt behalten durfte. Nein, für so etwas Großes musste er die Sache anders einfädeln.

»Ich bin voll und ganz Ihrer Meinung, Max. Bringen Sie die Kiste einfach wieder zum Laufen. Wenn Sie ein paar Teile auswechseln können, ohne dass es auffällt, dann tun Sie das, bitte. Wenn sie herausfindet, dass ich Geld investiert habe, wird sie es mir zurückzahlen wollen.« Genau genommen wollte Jack ihr gar nicht sagen, dass er es zur Werkstatt gebracht hatte. Ein Freund, der sich den Wagen ansieht, ist etwas anderes, als eine Werkstatt zu beauftragen. Doch wahrscheinlich würde es schwierig werden, diese Lüge aufrechtzuerhalten. Nein, wenn es sein musste, würde er ihr sagen, dass ihm jemand geholfen hatte.

Er musste sein Lügennetz so dünn wie möglich halten.

»Eine Frau, die nicht möchte, dass man Geld für sie ausgibt? Ernsthaft? Ich dachte, die gibt es nicht.«

Jack schmunzelte. Doch, die gab es.

Es war schon Nachmittag, als Jack endlich zum Hörer griff und Jessie anrief. Obwohl er den ganzen Tag an sie gedacht hatte, traf ihn die Erinnerung an den Kuss mit aller Wucht, als er ihre fröhliche Stimme hörte. Der Kuss aller Küsse. Das Aufeinandertreffen der Lippen, das fantastische Dinge versprach, sollte es je dazu kommen, dass sie sich an anderen Stellen berührten.

Jack wusste, dass Jessie ihm den Kuss übel nehmen würde. Deshalb hatte er vor, so zu tun, als wäre nichts geschehen, es sei denn, sie fing davon an. Er würde sich nicht für etwas entschuldigen, das ihm nicht leidtat und das sie genauso genossen hatte wie er.

»Hallo, meine Liebe, wie hast du geschlafen?« Er hatte sich die ganze Nacht hin und her gewälzt, aber das konnte er ihr kaum erzählen, sonst würde er ihr Zündstoff bieten und sie würde am Ende noch auflegen.

»Hallo Jack. Ich, äh, ich habe ganz gut geschlafen«, sagte sie zögerlich und ließ Jack vermuten, dass sie nicht die Wahrheit sprach.

»Ich habe dein Auto ungefähr in einer Stunde so weit, dass es wieder läuft. Bist du zu Hause, damit ich es vorbeibringen kann?«

»Ich wollte gerade mit Danny auf den Spielplatz zu seinen Freunden.«

Noch besser. »Ich kann dorthin kommen. Wo ist der Spielplatz?«

Sie sagte es ihm, fügte aber gleich hinzu: »Du musst das aber nicht machen. Monica kann mich später zum Hotel fahren und ich hole es selbst ab.«

Nur war das Auto nicht beim Hotel. Es war in der Werkstatt und wurde gerade mit einem neuen Anlasser ausgerüstet, einer neuen Batterie, einem neuen Luftfilter, bekam einen Ölwechsel und so weiter. »Nein, nein, es ist überhaupt kein Problem.«

»Sicher?«

»Jessie, bitte, ich kann dir sonst nicht viel helfen, aber wenigstens das kann ich.« Die Lüge schmeckte bitter, aber er sagte sie trotzdem.

»Was war denn kaputt?«

»Der Anlasser, wie ich gedacht habe. Ich, äh, musste nur ein Ersatzteil finden.«

»War es schwierig?«

»Nein, nein«, antwortete er etwas zu hastig. Dann fügte er ruhiger hinzu: »Ums Eck gibt es einen Ersatzteilhandel. Es dauert nur noch ein kleines bisschen, bis ich es habe. Bist du in einer Stunde noch im Park?«

Jessie lachte. »Wenn es nach Danny geht, bin ich dort, bis es dunkel wird. Also ja.«

»Bis in einer Stunde.« Jack verabschiedete sich und legte auf.

★★★

Die Luft war jetzt, Ende November, ein wenig kühler, aber man brauchte trotzdem noch keine Jacke, denn in der Sonne war es warm. Der Park war voller Kinder, auf den Bänken in der Nähe saßen die Eltern und sahen ihnen beim Spielen zu.

Danny spielte mit drei anderen Jungen. Ein Kind machte etwas vor, die anderen mussten es nachmachen – über die Schaukeln springen und sich im Kreis drehen. Es waren kaum zehn Minuten vergangen, seit sie angekommen waren, und schon war Danny ins Spiel vertieft, lachte, hüpfte und starrte vor Dreck. An Tagen wie diesen war Jessie froh über ihre Entscheidung, nachts zu arbeiten. Sie verpasste nichts vom Leben mit ihrem Sohn, wenn sie arbeitete, während er schlief.

Es klappte natürlich nicht immer so gut. Manchmal, wenn er krank war oder einen Albtraum hatte, war sie nicht da, um sich um ihn zu kümmern, aber Monica kam damit sehr gut zurecht. Wenn Danny sie wirklich brauchte, dann musste sich Jessie krankmelden oder früher nach Hause kommen. Wenn Danny erst einmal in der

Schule war, würde sie wieder tagsüber arbeiten können. So lautete zumindest ihr Plan.

»Hallo, Darling«, schnurrte Jack dicht hinter ihr. Sie drehte sich um und sah in sein Gesicht. Er stand nur wenige Zentimeter entfernt und grinste. Sie wich zurück, sicherheitshalber, falls er daran dachte, sie mit einem Kuss zu begrüßen.

»Hi, hallo.«

Sie saß auf der Kante eines Picknicktisches und rutschte schnell zwischen Bank und Tischplatte, um mehr Abstand zu ihm zu gewinnen. Ohne sie anzublicken setzte sich Jack ihr gegenüber.

Er ließ den Autoschlüssel vor ihrer Nase baumeln. »Alles repariert.«

»Es ... war also der Anlasser.« Sie nahm den Schlüssel und berührte dabei aus Versehen seine Hand. Die unschuldige Berührung erinnerte sie an das Spiel ihrer Finger letzte Nacht. Mit diesem Cowboy hatte sogar bloßes Händchenhalten seinen Reiz.

Er hatte seinen Hut auf. Das Hemd bedeckte seine muskulösen Arme, die sie in der Nacht so fest gehalten hatten, und sie erinnerte sich an seine männliche Brust und seinen schnellen Atem, als sie jede Befangenheit abgelegt und sich dem Kuss hingegeben hatte. Seine Lippen waren noch genauso einladend wie letzte Nacht. Plötzlich war ihr der Pulli, den sie trug, zu heiß. Jessie schüttelte die Gedanken ab und drehte sich nach Danny um.

»Ja, der Anlasser war im Eimer.«

»War es teuer?« Sie griff nach der Handtasche neben sich.

»Ein Freund hat mir einen Gefallen geschuldet.«

»Du hast es zur Reparatur gegeben?«

»Musste ich. Max hatte die Ersatzteile dafür.«

Wie dumm von ihr. Natürlich hatte Jack keine Ersatzteile auf Lager. Sie zückte ihr Scheckbuch, aber Jack legte seine Hand auf ihre.

»Max hat mir einen Gefallen geschuldet, Jessie. Es hat nichts gekostet.«

»Das kann ich aber nicht zulassen.«

»Musst du aber«, beharrte er.

»Und was ist, wenn du Max für deinen eigenen Wagen brauchst? Dann hast du deinen Joker schon für mich eingesetzt.«

Jessie schüttelte seine Hand ab und begann einen Scheck auszustellen.

»Ich nehme kein Geld von dir.«

»Genau. Du gibst es nämlich Max. Also, wie viel kostet ein Anlasser so im Durchschnitt?«

Jack ignorierte sie und blickte über ihre Schulter zu den spielenden Kindern. »Welcher davon ist eigentlich Danny?«

»Du lenkst vom Thema ab.«

Er zwinkerte ihr schmunzelnd zu. Er würde ihr nicht sagen, was es gekostet hatte, und würde ihr Geld nicht annehmen. Jessie wusste, dass sie sich etwas anderes überlegen musste, um es ihm zurückzugeben. Aber sie wollte die Gutmütigkeit anderer Leute nicht ausnutzen.

»Er ist fünf, oder?«

»Wie viel, Jack?«, versuchte sie es ein letztes Mal.

»Keine Chance, Jessie«, grinste er.

Der Mann war unmöglich. Sie steckte das Scheckbuch in die Tasche zurück.

»Wir sind noch nicht damit fertig.«

»Hat dein Sohn deine Haarfarbe?«

Schon wieder versuchte er, das Thema zu wechseln und sie zu ignorieren. Mistkerl. Er würde sich mit Monica sicher blendend verstehen.

Jessie drehte sich schließlich auch um und zeigte auf ihren Sohn. »Siehst du die Jungs dort im Gänsemarsch?«

»Ja.«

»Er ist der Anführer mit dem gestreiften Sweatshirt.«

»Er sieht dir sehr ähnlich.«

»Finde ich auch.«

Danny sah zu ihr, dann zu Jack. Er sagte etwas zu seinen Freunden und rannte zu den Tischen hinüber.

»Hi Mami.« Jessie strich ihm die Haare aus der Stirn. Er musste bald wieder zum Friseur.

»Hi mein Schatz.«

»Wer ist das?«, wollte er wissen und zeigte auf Jack.

»Das ist ein Freund von mir. Er heißt Jack. Jack, das ist Danny.« Innerhalb eines Sekundenbruchteils wandelte sich sein Gesichtsausdruck von neugierig auf ängstlich.

»Hallo Danny.« Jack stupste zur Begrüßung den Hut nach hinten.

Dannys Augen weiteten sich. »Bist du ein echter Cowboy? Hast du ein Pferd und so?«

»Ich komme aus Texas und dort sieht man mich auch gelegentlich auf einem Pferd sitzen«, sagte Jack, sein Akzent noch ein bisschen stärker als sonst.

Jessie sah ihn warnend an und hoffte, dass er den Blick richtig interpretieren würde.

»Ich möchte auch mal reiten, aber Mami findet das zu gefährlich.«

»Immer wieder fallen Leute vom Pferd und verletzen sich«, meinte Jessie.

»Ich bin schon mal vom Roller gefallen, aber es hat überhaupt nicht wehgetan.«

»Pferde sind viel größer, da fällt man weiter herunter«, sagte Jack. Gut, dachte Jessie, er passt auf, was er sagt.

»Aber reiten ist ganz einfach und überhaupt nicht gefährlich, wenn man das richtige Pferd hat.«

Jessie warf Jack einen wütenden Blick zu. »Wir kennen niemanden, der ein Pferd hat. Es besteht also kein Grund zur Aufregung.«

Jack sah ihr in die Augen. »Also, mein Dad wohnt auf einer Ranch in Texas. Dort gibt es sehr viele Pferde, große und kleine.«

Jessie kniff die Lippen zusammen. »Wir sind hier nicht in Texas.«

»Könnten wir nicht mal zur Ranch von deinem Dad fahren?«, fragte Danny.

»Das ist eine super Idee. Das können wir mal machen.« Jack hatte sich wieder Danny zugewandt und ignorierte Jessie.

Danny zog an Jessies Pullover, bis er ihre Aufmerksamkeit hatte. »Das wäre doch toll, oder?«

»Texas ist sehr weit weg, Danny. Wir bleiben wohl besser beim Ponyreiten, wenn es mal wieder ein Fest gibt.«

Enttäuscht lief Danny wieder zu seinen Freunden und rief: »Hey, ich will auch mitspielen.«

»Warum hast du das gemacht?«, fragte Jessie, als Danny außer Hörweite war.

»Was gemacht?«

»Ihm gesagt, er könne mal auf die Ranch fahren. Du weißt, dass ich mir eine Reise nach Texas nicht leisten kann.«

Jetzt sah man Jack an, dass er ein schlechtes Gewissen bekam. Gut so. Immer wieder musste sie Danny enttäuschen, weil sie ihm nicht das Spielzeug kaufen konnte, das er sich wünschte, weil sie sich keine Wohnung mit Garten leisten konnte und so weiter. Ihm zu versprechen, dass er in Texas zum Reiten gehen durfte, war einfach nur gemein.

»Er war so begeistert.«

»Er ist fünf. Er ist sogar von Luftbläschen begeistert.«

»Nach Texas fährt man nur drei Tage von hier aus«, sagte er.

Jessie verschränkte die Arme. »Hör auf, okay? Du weißt, dass das nicht geht. Ich kann mir weder freinehmen noch das Benzin zahlen ... Vielleicht in fünf Jahren oder so, aber jetzt sicher nicht. Ich bin ja schon froh, wenn ich genügend Geld für Weihnachtsgeschenke zusammenkratzen kann. Ein Trip nach Texas ist einfach nicht drin.« Jessie gab es nur ungern zu, aber ihre finanzielle Lage war sehr angespannt. Sie hatte sich schon überlegt, ob sie vielleicht eine bessere Arbeit in Teilzeit annehmen könnte, aber das würde mit Monicas Dienstplan nicht funktionieren. Alles, was Spaß machte, musste einfach warten.

Jack sah aus, als ob er etwas sagen wollte, etwas Wichtiges, aber dann senkte er nur schuldbewusst den Blick und murmelte: »Tut mir leid.«

Es klang, als ob er das nicht oft sagte, und Jessie drängte nicht weiter. »Schon gut. Ich weiß, du wolltest nichts Böses.«

»Nein, es ist nicht okay. Ich hätte einfach meinen Mund halten sollen.«

Jessie versuchte, mit einem Lächeln die Anspannung zu lockern. »Hat dein Dad echt eine Ranch?«

»Texas ist ein riesiger Bundesstaat, dort besitzen viele Leute Land.«

»Hier in Kalifornien hat, abgesehen von den Farmern im Landesinneren, niemand Land. Ich würde mich schon mit einem Quadratmeter und einem Zaun außenrum begnügen.« Sie konnte sich nicht einmal einen Hund für Danny leisten, wenn sie einen wollte.

»Ich habe das Gefühl, dass du dir eines Tages alles leisten kannst, was du willst.«

Jack. Immer optimistisch. Ein Träumer. Sexy und ein guter Küsser, hilfsbereit, mit ehrgeizigen Zielen, aber er war und blieb ein Träumer. Träumer flogen einfach zur nächsten Blume, wenn es sein musste.

»Hör mal, Jack, wegen letzter Nacht ...« Jessie löste den Blickkontakt und beobachtete ein paar Ameisen, die versuchten, einen Brotkrumen zu transportieren. »Das hätte nicht passieren dürfen.«

»Meinst du die Limousine? Ich habe sie zurückgebracht, keiner hat etwas gemerkt.«

Jessie ließ die Schultern hängen. Mann, er machte es ihr nicht leicht. »Nicht die Limousine. Du weißt genau, dass ich die nicht meine.«

»Ach so«, spielte er überrascht, »meinst du etwa diesen umwerfenden Kuss?«

Sie ermahnte ihn, leise zu sein und vergewisserte sich, dass ihnen niemand zuhörte. »Es war ein Fehler.«

»Hat sich für mich aber nicht wie ein Fehler angefühlt.«

Sie hätte ihm sagen sollen, dass es sich nicht gut angefühlt hatte, aber Jack würde ohnehin wissen, dass das eine Lüge war. Sein Kuss war tatsächlich umwerfend gewesen. Vor-Herzklopfen-nicht-einschlafen-können-umwerfend. »Das darf nicht wieder vorkommen.«

Aus dem Augenwinkel sah sie sein Grinsen. »Das ist nicht lustig, Jack. Ich habe dir vorher schon gesagt, dass wir nicht zusammen sein können.«

»Ja, und warum noch mal?«

»Das weißt du ganz genau. Du bist ein Träumer, Jack. Du hast tolle Pläne für eine rosige Zukunft und irgendwie glaube ich auch, dass du all deine hochtrabenden Pläne eines Tages verwirklichen wirst ... eines Tages, aber jetzt, in der Gegenwart, sind das nur Träume. Wenn ich alleine wäre, wenn Danny nicht ...«, sie schaute, ob Danny weit genug entfernt war. Er war auf der anderen Seite des Platzes und schenkte ihnen keine Beachtung. »Wenn ich nicht auch an meinen Sohn denken müsste, dann könnten wir vielleicht zusammen sein, sehen, ob wir zusammenpassen. Aber wenn man ein Kind hat, dann betreffen alle Entscheidungen auch einen anderen Menschen und man kann nicht einfach mit irgendwem ausgehen.«

Das Grinsen war aus Jacks Gesicht verschwunden. Er zog die Augenbrauen zusammen. »Vor was hast du Angst, Jessie?«, fragte er sanft.

»Meine Mom hat mal gesagt, gehe nicht mit jemandem aus, wenn du ihn nicht lieben kannst. Ich habe damals als Teenager nicht auf sie gehört und Danny ist das Ergebnis. Ich liebe ihn mehr als alles andere und würde ihn um nichts in der Welt hergeben. Aber noch mal kann ich das nicht. Es wäre ihm gegenüber nicht fair und mir gegenüber auch nicht. Du bist ein toller Kerl, Jack, aber wir können nur Freunde sein. Und Freunde küssen sich nicht. Es tut mir leid, aber es geht nicht anders.« Aber warum tat es weh, das zu sagen?

Jack stützte die Ellbogen auf den Tisch, legte den Kopf in die Hände. »Und nichts, was ich sage, könnte deine Meinung ändern?«

»Nein, versteh mich doch. Ich möchte mit dir befreundet bleiben.«

Jack rieb sich das Kinn. Sein Lächeln war zurückgekehrt. »Ich kann nicht sagen, dass ich es gut finde, aber ich verstehe es.«

Sie seufzte erleichtert. »Alles gut?«

Mit einem schelmischen Leuchten in den Augen sagte er: »Darling, besser als gut. Ich muss jetzt los, aber ich melde mich.«

»Am Dienstag hole ich das Kleid aus der Reinigung. Ich kann es zum Hotel bringen.«

Er winkte ab. »Das ist nicht nötig. Ich komme zum Diner. Du arbeitest doch am Dienstag, stimmt's?

»Stimmt.«

Er erhob sich von der Bank. »Ich komme vorbei. Falls etwas dazwischenkommt, rufe ich dich an.«

»Einverstanden.«

Jack sah aus, als ob er noch etwas sagen wollte, entschied sich aber doch dagegen. »Noch einen schönen freien Tag, Jessie.«

»Danke, dir auch.«

Dann ging er. Als er fortging, betrachtete Jessie seinen Po, der in der Jeans äußerst knackig aussah. Keine Diskussionen, kein Versuch, sie von ihrer Meinung abzubringen. Nichts.

Eigentlich hätte sie erfreut sein müssen, dass er so bereitwillig einer platonischen Beziehung zugestimmt hatte, aber irgendwie war sie es nicht. Vielleicht hatte der Kuss nur sie verzaubert. *Du wirst nie wieder jemanden finden, der so gut k*üssen *kann.*

Vielleicht stand Jack doch nicht auf sie?

Jessie wollte sich gerade von dem hübschen Anblick seines Hinterns losreißen und umdrehen, da blickte Jack noch einmal über die Schulter und erwischte sie dabei, wie sie ihn beobachtete.

Ganz sicher verbarg sich im Schatten seines Hutes ein breites Grinsen.

Kapitel Sieben

Jack hatte den ganzen Montag und am Dienstagvormittag Besprechungen. Eric Richardson, sein Marketingmanager für Projekte in Südkalifornien, fand den Vorschlag, Jacks neuer Hotelkette einen anderen Namen zu geben, gut.

Als Jack fragte, warum Eric nicht schon vorher gesagt hatte, dass er den ursprünglichen Namen nicht gut fand, antwortete Eric, er hätte Jacks Ego nicht verletzen wollen, weil der Name seine Idee gewesen war.

»Nehmen Sie das nächste Mal darauf keine Rücksicht«, ermutigte ihn Jack. »Sie werden dafür bezahlt, dass Sie uns sagen, wie wir unsere Ideen vermarkten können. Wenn der Name des Hotels die Leute davon abhält, bei uns Urlaub zu machen, dann werden wir mit diesen Hotels keinen Erfolg haben.«

Eric saß gegenüber von Jack in einem der Besprechungsräume im Erdgeschoss. Eric war viel jünger als Jack und hatte wahrscheinlich Angst, seinen Job zu verlieren, wenn er widersprach. Jack hatte das schon oft bei anderen Angestellten erlebt. Es brauchte Zeit und gutes Zureden, damit sie sich entspannt und sicher genug in ihrem Job fühlten, um ehrlich ihre Meinung zu äußern.

»Ich werde Sie das nächste Mal an diese Unterhaltung erinnern«, versprach Eric.

»Genau das sollten Sie auch. Haben Sie einen Vorschlag für einen besseren Namen?«

Eric zuckte die Achseln. »Ich habe darüber noch nicht nachgedacht, aber ich werde die Namensfindung als Priorität auf meine Liste setzen.«

Jack dachte an Jessie und ihre Ideen. »Was halten Sie von Morrison East?«

Eric zog die Nase kraus. »Nun ja, das könnte unsere Gäste hier im Westen etwas verwirren.«

»Jack's Place?«

»Fast ein bisschen zu salopp, aber das gefällt mir viel besser. Ach ...« Eric richtete sich auf, »wie wäre es mit Morrison Family Inn?«

Jack strich nachdenklich seine Anzugjacke gerade. »Gefällt mir. Da ist der Name Morrison mit dabei, ein Name, den man mit Qualität und dem Marktführer des Hotelgeschäftes in ganz USA verbindet, aber es hat trotzdem etwas Familiäres. Ich glaube, das könnte funktionieren.«

»Soll ich das mal notieren?«

»Ja, bitte, aber lassen Sie uns noch einige Marktstudien durchführen, damit wir wissen, ob die breite Masse das Gleiche denkt.«

Eric nickte. »Ich werde sofort den Auftrag an meinen Assistenten weitergeben, wenn ich wieder im Büro bin.«

»Teilen Sie mir die Ergebnisse nächste Woche mit.«

Eric erhob sich, faltete das Papier und steckte es in die Aktentasche. »Wenn sonst nichts mehr anliegt, dann werde ich jetzt wieder nach San Francisco zurückfliegen. Wir sehen uns kurz vor Weihnachten zur Vorstandssitzung.«

Jack stand ebenfalls auf und schüttelte ihm die Hand.

»Ja, bis zur Vorstandssitzung. Danke, dass Sie den weiten Weg hierhergekommen sind.«

»War mir ein Vergnügen.«

»Und Eric?«

Er drehte sich noch mal zu Jack um.

»Sagen Sie in Zukunft, was Sie denken. Ich werde Sie nicht feuern, bloß weil Sie meinen Vorschlägen nicht immer zustimmen.«

Eric nickte. »Bei der momentanen Wirtschaftslage fürchtet jeder um seine Stelle.«

Jack verstand seine Bedenken. Auch die Hotels hatten aufgrund der Rezession Leute entlassen müssen. Gerade wegen der schlechten Wirtschaftslage war die Idee, ein günstiges Hotel zu eröffnen, auf fruchtbaren Boden gestoßen.

»Die Morrison Hotels sind wie ein Fels in der Brandung. Es sind keine weiteren Entlassungen geplant.« Mehr konnte Jack zur Beruhigung nicht sagen. Er konnte nicht versprechen, dass der Mann für immer seinen Job behalten würde, aber er wollte, dass er sich keine Sorgen machte und sich so wohl fühlte, dass er seine Ideen einbrachte, vor allem, wenn es um so etwas Wichtiges wie den Hotelnamen ging.

»Danke Mr Morrison.«

»Guten Flug!«

Als Eric gegangen war, stapelte Jack die Papiere für die Marktanalyse und legte sie in seine Tasche. Sein Handy klingelte, als er gerade den Raum verlassen wollte.

Jack erkannte die Nummer: »Hey Mike.«

»Gut, dass du drangehst.«

Die sorgenvolle Stimme seines Freundes ließ Jacks Lächeln verschwinden. Er runzelte die Stirn.

»Was gibt's?«

»Es geht um Dean. Hat er dich angerufen?«

»Ich habe seit Las Vegas nicht mehr mit ihm gesprochen. Das Bauende des neuen Hotels ist noch weit entfernt, deshalb habe ich gar nicht damit gerechnet, von ihm zu hören. Warum?« Jack stellte die Aktentasche wieder ab. Dean war Bauunternehmer und besaß eine Firma, die zu den wichtigsten Firmen im Westen des Landes gehörte und mit deren Hilfe Jack seine Familienhotels errichten lassen wollte. Dean würde das Projekt persönlich betreuen.

»Mist. Ich habe gedacht, er hätte einen von uns angerufen.«

»Was ist los? Ist etwas passiert?« Jack rieb sich das Gesicht und beugte sich vor.

»Ja, Maggie hat die Hochzeit abgesagt.«

Jack hätte sich alles Mögliche vorstellen können, aber das nicht. »Oh je. Dean ist sicher am Boden zerstört.« Dean vergötterte Maggie.

»Er ist verschwunden.«

»Weißt du, was passiert ist? Warum hat sie die Hochzeit abgeblasen?« Jack stand auf, ging im Zimmer auf und ab. Dean war sein bester Freund und er hatte keine Ahnung, wie es ihm ging. Was war das für eine Freundschaft?

»Keine Ahnung.«

»Egal, es geht mich ja auch nichts an. Was glaubst du, wo Dean hingefahren ist?« Jack fielen einige Orte ein, wo er stecken könnte. Zufluchtsorte in Kalifornien, aus früheren Zeiten.

»Er könnte überall sein. Maggie sagt, er sei mit dem Motorrad weggefahren.«

Stinksauer auf einem Motorrad zu sitzen nahm meistens kein gutes Ende. Verdammt. »Ich habe gedacht, er hätte das Motorrad verkauft?«

»Anscheinend doch nicht. Auf jeden Fall glaube ich nicht, dass er weit gefahren ist. Vielleicht nach Arrowhead oder Mammoth.«

»Es ist Dezember. In Mammoth liegt Schnee.« Dean konnte zwar wild sein, aber er war nicht waghalsig. »Ich hole dich in einer Stunde ab. Dann fahren wir los und suchen ihn.«

»Du kannst Gedanken lesen, Kumpel.«

Jack legte auf und dachte an seinen Freund. Dean würde außer sich sein und wahrscheinlich keine Gesellschaft haben wollen. Aber wenn man ihn allein ließ, würde er vielleicht zu viel trinken und einen Unfall haben. Jack und Mike würden auf ihn aufpassen, während sich Dean ein paar Tage seinem Leid hingab.

Oben in der Suite warf Jack die Aktentasche zur Seite und kleidete sich im Schlafzimmer um. Er zog eine Jeans und sein kariertes Hemd an, setzte den Cowboyhut auf und wollte gerade zur Tür gehen.

»Mist.« Jessie war ihm eingefallen. Er nahm das Telefon und wählte ihre Nummer.

Sie ging nach dem zweiten Klingeln dran. »Hallo?«

Ihre Stimme war Balsam für seine Ohren. »Hi Jessie, ich bin's, Jack.«

»Hi.«

»Hör zu, ich kann heute leider nicht ins Restaurant kommen. Es ist etwas dazwischengekommen.«

»Oh.« War da Enttäuschung in ihrer Stimme?

Jack lächelte.

»Ich hoffe, es ist nichts Ernstes?«

»Weiß nicht. Erinnerst du dich noch an meinen Freund Dean, der heiraten wollte?«

»Der Blonde?«

»Genau. Tja, seine Verlobte hat die Hochzeit abgeblasen und Dean ist verschwunden.«

»Oh nein, Jack, das ist ja schrecklich. Er war total in sie verknallt – zumindest wirkte es so.« Ihr Mitgefühl tat ihm gut.

»Er nimmt es sicher nicht leicht. Auf jeden Fall fahren Mike und ich los, um ihn zu suchen und vor Dummheiten zu bewahren.

»Ja, das ist eine gute Idee. Geht das mit deiner Arbeit?«

Seine Arbeit? Ach ja, sein Job als »Kellner«. »Die sind sehr nett hier. Nur sind sie nicht begeistert, wenn man hier von Freunden angerufen wird. Ich gebe dir lieber meine Handynummer, dann kannst du mich erreichen, wenn etwas ist.« Nicht dass Jessie am Ende noch im Hotel anrief, mit Jack Moore sprechen wollte und die Wahrheit erfuhr. Wahrscheinlich war es besser, sie vom Hotel fernzuhalten, so gut es ging. Jack gab ihr seine Nummer und rang ihr das Versprechen ab, die Nummer im Handy einzuspeichern. »Wie läuft das Auto?«

»Super. Danke noch mal.«

»Gerne. Du, ich muss jetzt los.«

»Alles klar. Viel Glück.«

»Danke. Ich melde mich, wenn ich zurück bin.«

»Ich hoffe, du findest deinen Freund und es geht ihm gut.«

Sie hörte sich an, als ob sie sich wirklich Sorgen machte. »Tschüs, Jessie.«

»Tschüs, Jack.«

Mann, dachte er, eine Beziehung geht zu Ende, während sich die von ihm und Jessie langsam entwickelte. Es gab eben keine Garantie für das Leben und die Liebe.

★★★

Zwei Tage später hielt es Jessie nicht länger aus. Jacks Probleme hätten eigentlich nicht ihre sein sollen, aber aus irgendeinem Grund waren sie es trotzdem. Er hatte nicht angerufen und war nicht ins Restaurant gekommen. Jetzt hatte sie einen freien Tag, saß wieder auf der gleichen Bank im Park und beobachtete ihren Sohn auf dem Spielplatz. Vielleicht lag es an der Bank, die sie an Jack erinnerte. Genau genommen musste sie, seit sie Jack kannte, sowieso immer an ihn denken. Zweimal hatte sie schon zum Hörer gegriffen, um ihn anzurufen, aber sich dann doch nicht getraut.

Wie ging es seinem Freund? Hatten sie ihn gefunden? So viel wusste sie zumindest über Jack, er war seinen Freunden gegenüber sehr loyal. Zu ihr auch. Sie kannten sich kaum und trotzdem hatte er seinen Job für sie aufs Spiel gesetzt ... und ihr Auto reparieren lassen, obwohl er das nicht hätte tun müssen.

Gut, er hatte kein Kind, um das er sich kümmern musste, und sonst nicht viel Verantwortung zu tragen, aber trotzdem hatte er für die Reparatur ihres Autos Geld ausgegeben. Sie hatte ihm nicht geglaubt, dass ein Freund ihm einen Gefallen schuldete. Mit Sicherheit hatte er bezahlen müssen.

Das Öllämpchen blinkte jetzt auch nicht mehr.

Wo steckte Jack bloß? Vielleicht konnte sie sich für seinen Gefallen jetzt erkenntlich zeigen und ihm helfen? Sie musste etwas tun, sie konnte nicht tatenlos im Park herumsitzen und sich sorgen.

Freunde riefen ihre Freunde an, um sich nach ihnen zu erkundigen.

Und Jack war schließlich ein Freund ... oder?

Jessie hatte plötzlich ein Déjà-vu. Sie war wieder in der Highschool und überlegte, ob sie einen Jungen anrufen sollte oder nicht.

»Werd endlich erwachsen«, ermahnte sie sich selbst.

Sie wählte Jacks Nummer und hielt die Luft an, bis er antwortete. Es klang, als ob er noch im Bett läge.

»Jack, hier ist Jessie. Habe ich dich geweckt?«

»Jessie? Moment.«

Ein dumpfes Rascheln folgte, bis Jack wieder zu hören war. »Hi.«

»Liegst du im Bett?«

»Ja.«

»Es ist vier Uhr nachmittags.«

Jack stieß einen langen Seufzer aus. »Wir konnten Dean vor Sonnenaufgang nicht von der Bar wegbekommen. Und dann war er wegen des vielen Alkohols noch bis Mittag wach. Er war ein Wrack, Jessie. Ein Häufchen Elend.«

Jessie atmete erleichtert auf. »Ihr habt ihn also gefunden.«

»Ja. Vielleicht muss ich ihm nachher ein bisschen Whiskey ins Müsli schütten, damit er nicht explodiert, aber immerhin haben wir ihn gefunden. Voll wie eine Haubitze.«

»Wo bist du?«

»In Arrowhead.«

»Die Trennung nimmt Dean schwer mit, oder?«

Jacks Stimme klang allmählich wacher. »Ja. Kein Mann kann es gut ertragen, wenn die Frau, mit der er sein Leben teilen möchte, ihn nicht liebt. Aber unter uns gesagt, ich glaube, es ist besser so. Maggie ist zwar nett und alles, aber nichts für Dean. Besser, sie trennen sich jetzt, als dass sie erst heiraten und später herausfinden, sie passen nicht zusammen.«

»Das hast du ihm aber nicht gesagt, oder?«

»Ich bin doch kein Idiot, Jessie«, lachte er. »Schließlich habe ich Deans Fäuste schon im Einsatz gesehen und möchte sie nicht im Gesicht haben.«

»Gut. Warum hat seine Verlobte ihn verlassen?«

Man hörte, wie Jack sich im Bett drehte. »Ich glaube, er weiß es gar nicht. Sie hat ihm nur gesagt, sie könne das nicht tun. Sie seien zu verschieden. Hätte sie sich das denn nicht vorher überlegen können, bevor sie der Hochzeit zugestimmt hat?«

»Ich war noch nie verlobt, aber ich glaube, darum geht es ja schließlich bei der Verlobung. Man verbringt miteinander Zeit, um herauszufinden, ob man zusammenpasst, nicht nur im Bett.«

»Dean erzählt, dass es im Bett super war.«

»Er ist ein Mann. Natürlich war es das. Weiß er denn, was sonst noch zählt, außerhalb des Schlafzimmers? Konnten sie über alles sprechen und so?

»Nein, ich glaube nicht. Na ja, wie gesagt, es hätte sowieso nicht funktioniert. Aber Dean hat daran geglaubt und deswegen tut er mir sehr leid.«

Jessie blickte zu ihrem Sohn hinüber und stützte sich auf die Ellbogen. »Du bist ein guter Freund, Jack. Du hättest sie trotzdem akzeptiert und jetzt bist du für ihn da.«

»Ich kenne Dean schon von klein auf.«

»Seid ihr zusammen aufgewachsen?«

»Ja, er ist für mich wie ein Bruder.«

Jessie lächelte. »Du kümmerst dich um die Leute, die dir wichtig sind, Jack, das merkt man. Dean kann sich glücklich schätzen, dass er einen Freund wie dich hat.«

»Ach, Miss Jessie, wenn Sie mir weiter mit Ihren scharfsinnigen Bemerkungen über meinen gottähnlichen Charakter schmeicheln, muss ich zu Ihnen kommen und mich erkenntlich zeigen,« flötete Jack mit seinem Akzent wie ein Sopran in der Kirche.

»Ich habe dich nicht als Gottheit gepriesen, sondern dir nur ein Kompliment gemacht.«

Jack lachte.

Sie musste ebenfalls lachen. »Okay, also, ich lass dich jetzt wieder in Ruhe. Ich wollte nur hören, wie es geht.«

»Du wolltest nur meine sexy Cowboystimme hören«, witzelte er.

»Ich habe mir Sorgen um deinen Freund gemacht.« Die sexy Stimme war eine nette Dreingabe.

Jack lachte. »Was hast du heute noch vor?«

»Ich bin mit Danny auf dem Spielplatz. Morgen fahren wir ins Einkaufszentrum und machen Weihnachtseinkäufe. Wie lange bleibst du in Arrowhead?«

»Wir hoffen, dass wir Dean bis zum Abend fahrtauglich kriegen. Er wird erst mal bei Mike bleiben.«

»Wenn es irgendetwas gibt, was ich für ihn tun kann, sag es mir.«

»Das tu ich. Dean ist auf das gesamte Frauengeschlecht derzeit nicht so gut zu sprechen, aber ich behalte es im Hinterkopf.«

Sie hörte Jack gähnen. »Schlaf jetzt weiter. Wir sprechen uns später.«

»Okay, danke für den Anruf.«

Sie legte auf und merkte, dass sie immer noch lächelte. Es tat gut, seine sexy Cowboystimme zu hören.

★★★

Das Einkaufszentrum war voller Leute. Jessie hielt Dannys Hand fest, weil sie Angst hatte, ihn in der Menge zu verlieren. Die Leute drängten und schubsten und entschuldigten sich nicht einmal.

»Wie lange müssen wir noch hierbleiben, Mami?«

»Noch so lange, bis wir etwas für Tante Monica und Grandma gefunden haben.« Es war schwierig, ein Geschenk für ihre Mutter zu finden. Das, was sie wirklich brauchte, konnte sich Jessie nicht leisten und das, was sie wollte, nämlich die Liebe eines Mannes, konnte Jessie nicht kaufen. Vielleicht würde sie hier gar nichts für sie finden.

»Können wir auch etwas für Mrs Ridgwall kaufen?«

»Deine Lehrerin?«

»Ja.«

Jessie wollte zwar Ja sagen, aber sie musste jeden Cent zweimal umdrehen. »Wir könnten ihr ja etwas Selbstgemachtes schenken? Vielleicht unseren berühmten Erdnusskrokant?«

Danny nickte begeistert. »Okay und ich bastle ihr auch eine Karte.«

Jessie war aus dieser Nummer gut herausgekommen, aber es war nicht immer so leicht.

Danny wollte in jedes Spielzeuggeschäft, an dem sie vorbeigingen, um nach Dingen für seine Wunschliste zu gucken. Jessie hatte Danny erklärt, dass Santa Claus sich um viele Kinder kümmern müsse und dass Danny deshalb nicht so viel auf seine Liste schreiben dürfe und dass die Englein vielleicht nicht sein Lieblingsspielzeug bringen könnten. Es erforderte einiges Geschick, ihn von den teureren Spielzeugen wegzulocken, und es klappte nicht immer.

Auf dem Weg zum dritten Spielzeugladen erspähte Jessie plötzlich Jacks Cowboyhut, bevor sie den dazugehörigen Mann sah.

Jack trug das, was er immer anhatte, lehnte am Fenster und lächelte. Es wirkte fast so, als hätte er auf sie gewartet.

»Das ist doch dein Freund, oder?«, fragte Danny.

»Ja, das ist er.«

»Was macht er hier?«

»Keine Ahnung.« Aber sie freute sich und bekam eine Gänsehaut.

»Hallo, Darling.« Jack schob seinen Hut nach hinten, während er zu ihnen hinüberkam.

»Was machst du denn hier?«

Er ignorierte ihre Frage und beugte sich zu Danny herunter. »Hey, Danny. Schleppst du deine Mutter mal wieder durch das Einkaufszentrum?«

Danny lachte. »Nein, sie schleppt mich«, erklärte er.

»Ach so. In einen Spielzeugladen? Ich wusste gar nicht, dass deine Mami mit Spielzeug spielt.«

Danny kicherte und Jessie konnte ihr Grinsen nicht länger unterdrücken. »Meine Mom spielt doch nicht mit Spielzeug. *Ich* brauche das Spielzeug.«

»Ach so. Also hast *du* sie hier in den Laden geschleppt.«

Danny hob die Schultern. »Na ja.«

Jack zwinkerte und ließ seine Grübchen zum Vorschein kommen.

Sein Lächeln löste in ihr einen wohligen Schauer aus. Die Hektik des Einkaufszentrums rückte in den Hintergrund und das Gewimmel machte ihr plötzlich nichts mehr aus. »Wie geht es deinem Freund?«

»Er ist immer noch besoffen, aber er wird es überleben.«

»Ich bin froh, dass du ihn gefunden hast und dass dein Chef so nett war, dir freizugeben.«

»Mein Chef liebt mich. Die Gäste haben bei mir immer etwas zu lachen. Wahrscheinlich liegt es am Hut.«

Sie lachte. »So einen Hut sieht man hierzulande tatsächlich nicht sehr oft.«

Jack strich ihr eine Strähne aus dem Gesicht. Sein Mund zuckte und sie biss sich auf die Unterlippe.

»Komm, Mami. Lass uns reingehen.« Danny zog an ihrer Hand und unterbrach damit den Blickkontakt der beiden.

»Okay, okay.«

Jack hielt ihnen die Tür auf und folgte ihnen in den Laden.

Als Danny das Regal mit den Lastern und Zügen sah, rief er begeistert: »Cool, schau mal den hier.«

Jessie betrachtete das Spielzeug, das Danny begutachtete, indem er ein paar Knöpfe drückte und den Lastwagen in der Schachtel in Bewegung brachte. Kurz darauf hatte er schon ein anderes buntes Spielzeug mit Rädern gefunden.

Noch wenige Minuten zuvor hatte sie keine Lust mehr gehabt und nach Hause fahren wollen. Jetzt, mit Jack an ihrer Seite, war sie plötzlich sehr gut gelaunt. So wie Danny Jack angrinste, gefiel auch ihm die unerwartete Gesellschaft.

Jessie versuchte, sich gegen das warme Gefühl, das sie überkam, wenn sie Jack sah, zu wehren. Sie blickte wieder verstohlen auf seine Lippen und dachte an den Kuss. Mit einem Kopfschütteln versuchte sie die Erinnerung abzuschütteln und fragte: »Was machst du eigentlich hier, Jack?«

»Weihnachtseinkäufe.«

Ja, klar! Jessie sah ihn keine Einkaufstüten tragen. »Hast aber noch nicht so viel Erfolg gehabt, oder?«

»Du hast ja scheinbar auch noch nichts gekauft.«

Stimmt. Sie waren schon seit mehr als zwei Stunden hier und hatten noch nichts gefunden. Es half auch nicht gerade, dass das Einkaufszentrum so überfüllt war. »Vor Weihnachten geht jeder zum Einkaufen. Hier wimmelt es wie im Zoo.«

Danny blickte auf: »Was ist mit dem Zoo?«

»Ich habe gesagt, hier geht es zu wie im Zoo«, wiederholte sie ein bisschen lauter, um den Lärm der Spielzeuge und der aufgeregten Kinder zu übertönen.

»Ach so, ich habe gedacht, wir gehen in den Zoo.«

»Nein, das habe ich nicht gesagt.«

»Hey, aber das wäre doch eine gute Idee«, fiel Jack ein. »Dort ist es sicher schöner als hier.«

Danny strahlte. »Können wir, Mami? Ich liebe den Zoo.«

»Ich weiß nicht –«

»Ich lade euch ein«, beeilte sich Jack, bevor sie irgendetwas über den teuren Eintrittspreis sagen konnte.

»Er ist aber nicht gerade in der Nähe«, gab Jessie zu bedenken.

»Deshalb sollten wir auch schleunigst aufbrechen.« Jack nahm sie am Ellbogen. »Komm, es wird dir Spaß machen. Ich war schon seit Ewigkeiten nicht mehr im Tierpark.«

»Dein Dad hat eine Ranch. Da siehst du wahrscheinlich ständig Tiere.«

»Ja, Pferde und Kühe. Aber keine Löwen, Tiger und Bären.« Jack blickte genauso hoffnungsvoll wie Danny. Sie hasste es, immer Nein sagen und ans Geld denken zu müssen. Sie war immer die Spielverderberin.

»Bitte, Mami.«

Jack ging in die Hocke auf Dannys Augenhöhe und grinste Jessie von unten an.

»Ach bitte, Mom. Danny und ich waren schon so lange nicht mehr im Zoo.«

Gütiger Himmel ... Jacks Grübchen, gepaart mit Dannys hoffnungsvollem Blick. Sie wurde weich.

»Na gut. Fahren wir.«

Danny hüpfte vor Aufregung, ergriff Jacks Hand und rannte mit ihm zur Tür.

Jessie musste ebenfalls rennen, um mit ihnen Schritt zu halten.

Kapitel Acht

Danny aß Popcorn und beobachtete dabei das schlafende Affenbaby durch die große Fensterscheibe. Jessie stellte sich neben Jack.

Er hatte darauf bestanden, selbst zu fahren und deshalb hatten sie vorher Jessies Wagen bei ihr zu Hause abgestellt.

»Wir können mit meinem Pick-up fahren«, hatte er angeboten.

»Nein, ich kann auch fahren.«

»Nimm es nicht persönlich, aber mein Pick-up ist, glaube ich, in einem besseren Zustand als dein Auto.«

Sie versuchte, beleidigt zu klingen: »Nein, es ist nur alt. Dein Pick-up ist auch nicht mehr der Jüngste.«

»Schätzchen, dein Auto spielt schon Bingo im Altenheim, während mein Pick-up noch beim Line-Dance das Tanzbein schwingt.«

Jessie musste lachen und als Danny fragte: »Hast du einen Pick-up?«, hatte sie keine Chance mehr.

Sie wollte den Eintritt für den Zoo zahlen, aber Jack lehnte ab. Es war seine Idee gewesen und deshalb lud er sie ein.

Doch weil er derjenige war, der fuhr und zahlte, fühlte es sich an wie ein Date.

»Das ist aber trotzdem kein Date«, warnte sie ihn, als Danny gerade zum nächsten Fenster ging.

Jack grinste verschmitzt. »Natürlich nicht. Wir gehen ja nicht miteinander aus, wir sind bloß *Freunde*.«

Dabei sagte er »Freunde« so sinnlich, dass ihre Knie weich wurden. »Genau, Freunde.«

Jack raunte ihr ins Ohr: »Freunde, die sich *nicht* küssen.«

»Genau.« Doch mit seinen Lippen, so nah an ihrem Ohr, war es schwer, diesen unglaublichen Kuss zu vergessen.

»Genau«, wiederholte er wie ein Papagei und vergrößerte wieder den Abstand zwischen ihnen.

»Ich will die Schlangen sehen. Hey, Jack, weißt du, dass es hier ein Haus gibt, wo lauter Schlangen drin sind?«

Jack zwinkerte Jessie zu und nahm Dannys Hand. »Dann zeig mir das mal, Partner. Ich liebe Schlangen.«

Danny führte Jack durch den Schlangenpavillon, durch das Affenhaus und dann kamen sie zur Vogelvoliere. Jessie hatte sich zum Gespött der beiden »Männer« beim Anblick der Schlangen geekelt und erklärt: »Ich bin ein Mädchen und Mädchen mögen keine Schlangen.«

In der Vogelvoliere griff Jack ihre Worte auf und meinte: »Wir sind Jungs und Jungs mögen keine Vögel.«

Aber sie liefen trotzdem durch die Voliere. Ein fliegender Freund hinterließ ein kleines Geschenk auf Jacks Schulter. Danny und Jessie mussten lachten, bis ihnen die Bäuche wehtaten.

Jack nahm es mit Humor und foppte bei jeder Gelegenheit zurück.

Sie aßen in einer der Imbissbuden ein spätes Mittagessen beziehungsweise ein frühes Abendessen. Die aufgewärmten Hamburger und Pommes waren überraschend gut. Jack kaufte Danny ein Stofftier – eine Schlange – das Danny den ganzen Nachmittag bei sich trug. »Ich nenne sie Tex.«

»Warum Tex?«, wollte Jack wissen.

»Weil du sie gekauft hast und aus Texas kommst.«

Der Tag hätte nicht perfekter sein können. Danny war im siebten Himmel und er führte Jack herum wie einen endlich wiedergefundenen Freund, dem er viel zu erzählen hatte. Ihr war klar, dass sich Danny vor allem zu Jack hingezogen fühlte, weil Jack ein Mann war. Egal wie sehr Jessie alles für ihren Sohn sein wollte, den Vater konnte sie nicht ersetzen.

Nicht, dass sie Jack diese Rolle zukommen lassen wollte, aber Danny konnte eine männliche Bezugsperson gut gebrauchen. Ein Freund wie Jack in ihrem Leben konnte vielleicht das ersetzen, was Danny fehlte.

Die Sonne ging allmählich unter und der Zoo würde bald schließen. Danny lief bei Jack an der Hand, im anderen Arm hielt er die Schlange Tex. »Ich darf bei unserer Weihnachtsaufführung in der Schule mitmachen«, erzählte er Jack. »Kannst du auch kommen und zuschauen?«

Jack sah zu Jessie. Offensichtlich wollte er wissen, ob er diese Einladung annehmen durfte. Ihr machte es nichts aus, aber sie wollte auch nicht, dass Jack einwilligte, nur um ihrem Sohn einen Gefallen zu tun. »Jack muss auch manchmal arbeiten, Danny.«

»Wann ist es?«, erkundigte sich Jack.

»Nächsten Freitag um zehn.«

»Na ja, wenn es deiner Mom recht ist ...« Jack blickte sie immer noch an.

»Wenn Danny möchte, dass du kommst, warum nicht?«

»Juhuu! Meine Tante Monica kommt auch. Ich gehe in die Foothill Elementary, weißt du, wo die ist? Die ist ganz einfach zu finden.« Danny redete weiter über die Aufführung und die Lieder, die er dafür gelernt hatte. Als sie den Zoo verließen, sang er Weihnachtslieder vor.

In Jacks Wagen durfte sich Danny auf die Rückbank legen, damit er auf der Heimfahrt schlafen konnte. Er blieb so lange auf, dass er noch die Weihnachtslichter im Griffith Park sehen konnte, aber schon auf der Autobahn war er eingeschlafen.

»Es war ein großartiger Tag für ihn. Danke, Jack.«

Er wechselte die Spur. Es herrschte dichter Verkehr, obwohl es schon nach neunzehn Uhr war.

»Und was ist mit dir? Hat es dir auch gefallen?«, wollte Jack wissen.

»Sehr. Es war ein sehr schöner Tag. Ich kann mich gar nicht mehr erinnern, wann ich mir das letzte Mal so viel Spaß gegönnt habe.« Ihre Füße taten weh vom Herumlaufen und die Wangen schmerzten, weil sie so viel gelacht hatte.

»Du hast einen tollen Sohn, Jessie, und du bist eine wundervolle Mutter.«

Sie blickte auf den Rücksitz zu ihrem schlafenden Sohn. »Ja, er ist ein prima Junge. Er hat einen Narren an dir gefressen.«

Jack lächelte. »Das beruht sicher auf Gegenseitigkeit. Hör mal, wegen der Weihnachtsaufführung –«

»Wenn du nicht kommen kannst, versteht er das schon, ich kann –«

»Nein«, unterbrach er sie. »Ich möchte gerne kommen. Aber nur, wenn du wirklich damit einverstanden bist. Ich sehe, wie sehr er sich an mich hängt, was mir wirklich nichts ausmacht, aber wenn es dich stört und du mehr Abstand zu mir möchtest, dann verstehe ich das.«

Jessie blickte Jack von der Seite an und dachte darüber nach. »Du verstehst es tatsächlich, oder? Du weißt, welche Auswirkungen eine Beziehung zwischen mir und egal wem auf Danny und sein Leben hat, oder?«

»Hast du mir nicht mal erzählt, dass deine Mutter ständig neue Männer in dein Leben bringt?«

»Ja, das macht sie.«

»Daran musst du auch denken, wenn du deine Freunde in Dannys Leben bringst.«

»Ich stelle Danny keine ›Freunde‹ vor. Ich kann dir noch nicht einmal sagen, wann ich das letzte Mal ein richtiges Date hatte. Ich hüte mich davor, so zu sein wie meine Mutter. Wenn du und ich miteinander ausgingen, dann hätte ich wahrscheinlich dem Zooausflug nicht zugestimmt. Genau aus diesem Grund. Danny vermisst einen Vater in seinem Leben. Da kann ich leider nichts daran ändern. Das Einzige, was ich tun kann, ist, ihn von den Männern, mit denen ich theoretisch ausgehen würde, fernzuhalten. Sonst würde ich riskieren, dass er zu viele Gefühle für jemanden entwickelt und enttäuscht ist, wenn die Beziehung nicht hält.«

Jack wechselte die Spur. »Dann ist es ja wohl gut, dass wir nicht miteinander ausgehen.«

»Genau.«

Als sie angekommen waren, trug Jack einen leise schnarchenden Danny auf dem Arm.

Sie führte ihn durch das aufgeräumte Wohnzimmer in Dannys Kinderzimmer.

Jack legte ihn vorsichtig ins Bett und Jessie zog ihm die Schuhe und die Jeans aus, ohne dass Danny aufwachte. Er rollte sich zur Seite und hielt dabei Tex fest im Arm.

Jessie gab ihm einen Kuss auf die Stirn, dann gingen sie und Jack wieder ins Wohnzimmer.

Dort stand ein Weihnachtsbaum in der Ecke auf einem Tischchen, damit er größer wirkte. Ein paar Lichter leuchteten, einige wenige Geschenke lagen darunter. Die Wohnung war ordentlich, aber winzig. Wie drei Leute auf so engem Raum wohnen konnten, war ihm ein Rätsel.

»Soll ich einen Kaffee machen?«, bot Jessie an. »Oder eine heiße Schokolade?«

»Ich habe schon seit Ewigkeiten keine heiße Schokolade mehr getrunken.«

Sie gingen in die Küche. »Erst der Zoo, jetzt heiße Schokolade. Ich zeige dir eben, was Spaß macht.«

»Mehr als du dir vorstellen kannst«, wollte er sagen. »Monica wohnt hier bei euch?«

Jessie nahm zwei Tassen aus dem Schrank, füllte sie mit Wasser und stellte sie in die Mikrowelle. »Das Sofa kann man ausziehen. Wenn ich arbeite, schläft sie in meinem Bett.«

»Wie lange dauert es noch, bis sie mit ihrer Ausbildung fertig ist?« Jack ließ sich auf einem Stuhl in der Küche nieder.

»Bis Mai. Ich bin so stolz auf sie. Sie hat nur gute Noten und beschwert sich nie über etwas. Sie wird mal eine sehr gute Krankenschwester.«

»Großer Lob von der großen Schwester.«

Als die Mikrowelle piepste, holte Jessie die dampfenden Tassen heraus und gab großzügige Portionen Kakaopulver hinein. Aus dem Vorratsschrank holte sie eine Tüte mit Minimarshmallows.

»Wow, du bist ja eine richtige Kakaoexpertin.«

»Ich habe einen fünf Jahre alten Jungen. Marshmallows sind ein Muss.«

Jessie warf ein paar Marshmallows in die Tasse und reichte sie ihm. Der erste Schluck brachte Erinnerungen an verschneite Wintertage und rot gefrorene Nasen zurück. »Hat Danny schon mal Schnee gesehen?«

»Nein, leider noch nie. Er hat nur ein paar Schneeflocken gesehen, wo meine Mutter wohnt. Aber es blieb nichts liegen. Ich wollte immer mal nach Big Bear Lake fahren, wenn es schneit.«

»Weihnachten in Kalifornien ist für mich ganz komisch. Ich bin es gewohnt, mich dick einzupacken und den Matsch oder den Schnee abzuschütteln, bevor ich ins Haus gehe.«

»Ich dachte, in Texas schneit es nicht.«

»Doch, manchmal schon.« Fast hätte er sich verplappert und erzählt, dass er die Weihnachtszeit öfters in Colorado verbrachte. Nachdem sein Vater mitbekommen hatte, wie die Kinder jedes Weihnachten darauf hofften, dass die Mutter zurückkehrte, beschloss er, die beiden mit einem Skiurlaub in Colorado abzulenken. Sie besaßen dort ein Ferienhäuschen. Jack fuhr jeden Winter zum Skifahren hin. »Zumindest viel mehr als hier.«

»Hier ist es Weihnachten eher sonnig. Letztes Jahr haben wir bei meiner Mutter zum Essen auf der Veranda gesessen. Drinnen war es zu heiß, weil der Backofen den ganzen Tag gelaufen war.« Jessie blies in ihre heiße Schokolade.

Ihre Blicke trafen sich. Sie saßen schweigend da und sahen sich in die Augen. Er wollte zu gerne wissen, was sie gerade dachte. Was sah sie in ihm? Er sah ein bodenständiges Mädchen, und je mehr er sie kennenlernte, desto weniger wollte er ohne sie leben.

Und wer war er in ihren Augen? Ein Träumer, ein Streuner. Ein Lügner. Jack wandte den Blick ab und sah auf die Uhr. »Oh, schon so spät.«

Er leerte die Tasse und stellte sie ins Waschbecken. Er musste jetzt gehen, damit er der Versuchung, sie zu küssen, nicht nachgab. Wenn er das machte, würde sie sicher die Notbremse für ihre »Freundschaft« ziehen. Er wollte ihr keinen Anlass geben, ihn fortzuschicken. Jacks Ziel war, sich unter ihre Haut zu graben, damit sie nicht mehr ohne ihn leben wollte.

Selbst wenn er jeden Tag mit ihr verbrachte, er würde nicht genug von ihr bekommen können.

★★★

Der Anfang der Woche verging wie im Flug. Zwischen der Arbeit und ein paar gestohlenen Stunden für Weihnachtseinkäufe gingen die Tage ineinander über. Danny redete so viel über Jack und den Zoo, dass Monica fast dachte, sie wäre auch dabei gewesen. »Aber du vergisst nicht, ihn mir am Freitag vorzustellen, ja?«, zog Monica Jessie auf.

»Jetzt lass mich in Ruhe, Mo. Du hast uns beim Küssen erwischt, das ist nicht gerade der Familienmoment, wo man sich einander vorstellt.«

Monica musste lachen. »Ich weiß. Ich tu nur meine schwesterliche Pflicht und mache dir das Leben schwer.«

Jessie machte sich für die Arbeit fertig, während sich Danny auf die Couch setzte, um mit seiner Tante einen Film anzusehen. Danny bekam von den Filmen nicht sehr viel mit, weil er bald einschlief, aber es gehörte zum abendlichen Ritual und es funktionierte für sie.

Das Telefon klingelte und überraschte Jessie und Monica. Normalerweise rief nach acht Uhr abends niemand mehr bei ihnen an.

Jessie kannte die Nummer nicht und meldete sich: »Hallo?«

»Spreche ich mit Jessie?«

Die Stimme kam Jessie irgendwie bekannt vor, aber sie wusste nicht, woher. »Ja, hier ist Jessie. Wer ist da?«

»Hi Jessie, hier ist Brad – von der Weihnachtsparty im Morrison.«

Jessie war sprachlos. Sie hatte den Mann völlig vergessen. »Ach richtig. Hallo.«

»Störe ich?«

»Äh, nein, warten Sie kurz.« Jessie bedeckte mit der Hand den Hörer und flüsterte Monica zu: »Es ist der Typ von der Party. Brad.«

Monicas Augen verengten sich. »Was ist mit Jack?«

Das minderte ihr Schuldgefühl nicht gerade. Aber statt noch etwas zu Monica zu sagen, zog sich Jessie ins Schlafzimmer zurück, um den vorwurfsvollen Blicken zu entkommen. »Entschuldigung. Ich musste nur kurz nach meinem Sohn sehen.«

»Ich kann auch später wieder anrufen, wenn das für Sie besser ist.«

»Nein, nein, es passt schon.«

»Gut.« Seine Stimme klang freundlich, aber etwas monoton. Ohne viel Humor, aber wenigstens nicht unheimlich oder komisch.

»Wie war Ihre Reise?«

»Meine Reise?«

»Ja, hatten Sie nicht erzählt, dass Sie in der Woche nicht in der Stadt sein würden?« Zumindest daran konnte sie sich noch erinnern.

»Ja, richtig. Gut, danke. Ich habe ein paar Klienten an der Ostküste, um die ich mich kümmern musste.«

Okay, also war er ein Geschäftsmann. Das war gut. »Aha. Was machen Sie denn beruflich?«

Sie sagte sich, dass sie das nur fragte, um das Gespräch am Laufen zu halten.

»Ich bin Anwalt.«

Sie zuckte zusammen. Hatte Jack nicht gesagt, dass er wie ein Jurist aussah? »Das ist sicher ein spannender Beruf.«

»Gesellschaftsrecht ist eigentlich eher langweilig.«

»Darüber weiß ich nicht viel«, sagte Jessie und versuchte, so gut es ging, Jacks Stimme aus dem Kopf zu kriegen.

»Falls es Ihnen nichts ausmacht, vor Langeweile fast zu sterben, dann erzähle ich Ihnen mehr über meine Arbeit, wenn Sie mit mir essen gehen.«

»Es ist sicher nicht so schlimm, wie Sie sagen.«

»Heißt das also Ja?«

Was hatte sie schon zu verlieren? Sie hasste es, ein schlechtes Gewissen zu haben, und versuchte, sich dagegen zu wehren. »Ja, gerne. Aber lieber nur ein einfaches Restaurant, wenn es okay ist.«

»Da kenne ich genau das Richtige. Wie wäre es am Samstag?«

Freitagnacht musste sie wieder arbeiten, aber am Samstag würde es gehen, wenn Monica auf Danny aufpasste. »Ich muss erst meinen Babysitter fragen, aber Samstag klingt gut.«

»Ich gebe Ihnen meine Nummer und Sie können mich anrufen, wenn Sie mit Ihrem Babysitter gesprochen haben.«

Jessie notierte die Nummer. »Okay, ich sehe zu, dass ich Sie morgen anrufe.«

»Ich freue mich.«

Sie verabschiedeten sich. Jessie saß auf der Bettkante und hatte gemischte Gefühle.

Einerseits schien Brad ganz nett zu sein. Er hatte einen anständigen Beruf und konnte Jessies Leben etwas Stabilität verleihen. Sie konnte nicht behaupten, dass sie ihn in irgendeiner Weise anziehend fand. Sie hatte sich über seinen Anruf gefreut, aber nicht darauf hingefiebert, von ihm zu hören. Sie war eher nervös, weil sie nicht wusste, ob sie gehen sollte oder nicht.

Jack ging ihr einfach nicht aus dem Kopf. Sie sah ihn vor sich, wie er mit erhobenem Zeigefinger sagte, der Mann sehe aus wie ein *Jurist*. So wie er »Jurist« sagte, klang es schmutzig und untragbar.

Jessie ignorierte das flaue Gefühl im Magen und ging in die Küche.

Dort stand Monica mit finsterer Miene und hatte die Hände in die Seiten gestemmt. »Du triffst dich doch nicht etwa mit ihm, oder?«

Jessie blickte zu Danny, der ihnen keine Beachtung schenkte. »Doch, würde ich gerne. Kannst du am Samstag auf Danny aufpassen? Nur bis um zehn.« Eine feste Uhrzeit, zu der man wieder zu Hause sein musste, war für ein erstes Date wie ein Sicherheitsnetz, falls der Abend eine Katastrophe wurde.

»Und was ist mit Jack?«

»Jack und ich sind kein Paar, Mo. Das weißt du. Er ist nur ein Freund.«

Monica glaubte ihr nicht. »Und warum leuchten deine Augen immer, wenn du von ihm sprichst?«

»Tun sie gar nicht.«

»Doch.«

»Hör auf. Passt du auf Danny auf oder nicht?«

»Na gut. Aber ich glaube, du machst einen Fehler.«

»Ich habe Jack schon von Brad erzählt.« Und er hatte ebenso wenig begeistert reagiert wie Monica.

»Erzählst du ihm dann auch von dem Date?«

»Vielleicht, wenn wir auf das Thema zu sprechen kommen.« *Also eher nicht.* Sie brauchte nicht noch mehr Vorhaltungen von ihm. »Ich muss jetzt gehen.« Jessie schnappte sich die Tasche und gab Danny einen Gutenachtkuss, bevor sie ging.

Es war nur ein Date, in Gottes Namen.

Nur ein blödes Date.

★★★

Danny stand in dickem Anorak, Handschuhen, Schal und Mütze auf der Bühne und sang lauthals. Die Eltern saßen im Publikum und fotografierten und filmten die Vorstellung, um sie für die kommenden Jahre zu konservieren.

Jessie saß zwischen Jack und Monica, die sich wunderbar verstanden. Bei der nächsten Gelegenheit würde Jessie das zu spüren bekommen, da war sie sich sicher.

Als die Vorstellung vorüber war, strömte eine Schar aufgeregter Kinder von der Bühne und sauste zu ihren stolzen Eltern. Danny rannte zu Jessie, umarmte sie stürmisch und strahlte. »Hast du mich da oben gesehen?«

»Du warst großartig, Danny. Du hast sicher ganz schön lange geübt, um die Liedtexte zu lernen«, meinte sie.

»Wir singen jeden Tag.«

Danny löste sich aus ihren Armen und umarmte Monica.

Danach umarmte er mit gleicher Selbstverständlichkeit Jack. »Hey, Onkel Jack. Das war doch cool, oder?«

Onkel Jack, das war neu. Jessie kniff die Augen zusammen und beobachtete Jacks Reaktion. Jacks Gesichtsausdruck änderte sich nicht und sie war sich nicht sicher, ob er Dannys Bezeichnung überhaupt gehört hatte.

»Total cool, Partner.«

»Möchtest du Plätzchen? Da hinten gibt es Plätzchen.« Danny zog Jack an der Hand nach hinten, wo Lehrer und Eltern Stände mit Essen und Trinken aufgebaut hatten.

»Onkel Jack?« zischte Monica leise.

»Ist mir auch neu.«

»Danny liebt ihn. Sieh sie dir an.«

Jessie konnte kaum den Blick von den beiden abwenden. Danny plapperte munter und Jack hörte zu und lachte.

»Es ist ganz normal«, sagte Jessie zu ihrer Schwester. »Danny hat keinen Mann in seinem Leben. Jack war schon ein paarmal da und jetzt fühlt er sich zu ihm hingezogen.« Sie hoffte nur, dass sie keinen Fehler machte, wenn sich die beiden zu gut kennenlernten. Jack war ein umgänglicher Kerl und sie vertraute ihm. Vertraute ihm, dass er nichts machte, was ihrem Sohn schaden würde. Andererseits, wer wusste schon, wie lange Jack in ihrem Leben blieb. Sie wollte es nicht darauf ankommen lassen.

»Ich verstehe nicht, warum du mit jemand anderem ausgehst.«

»Jack und ich sind kein Paar.« Warum hörte ihr eigentlich bei diesem Thema niemand zu?

»Anwälte sind langweilig.«

»Das kannst du laut sagen.« Jack stand plötzlich dicht hinter ihnen. Jessie machte erschrocken einen Satz zurück. Jack hatte eine

Zuckerstange zwischen den Lippen. Sein Lächeln war einfach zum Dahinschmelzen. »Reden wir hier von einem ganz *bestimmten* Anwalt?«

Schuldgefühle. Mann, warum hatte sie Schuldgefühle? »Nein. He, Danny, gibt es noch mehr von diesen Zuckerstangen?«

Ihr Sohn nickte und zog sie von Jack und Monica weg. Je weiter sie aus ihrer Hörweite kam, desto mehr fürchtete sie das Gesprächsthema der beiden.

Am Essensstand begrüßte Danny einen seiner Freunde und die Mutter des Kindes begann ein Gespräch mit Jessie.

Kurze Zeit später kam Jessie zu Jack und Monica zurück. Mo hielt sich gerade den Bauch vor Lachen.

»Was ist so lustig?«

»Nichts.« Aber Monica verbarg ein breites Grinsen hinter vorgehaltener Hand.

Jessies schwesterliches Warnsystem schlug an. Da war doch etwas im Busch. »Sicher. Nichts.«

Danny zog an ihrer Hand. »Meine Lehrerin hat gesagt, nach der Vorstellung dürfen wir nach Hause gehen.«

Jessie blickte zu Danny. »Hast du alles, sodass wir gehen können?«

Die Aula lichtete sich langsam. »Ich muss noch meinen Rucksack holen«, verkündete Danny.

Monica legte eine Hand auf Dannys Schulter und fragte: »Zeigst du mir dein Klassenzimmer?«

Bevor Jessie etwas sagen konnte, waren Monica und Danny gegangen und ließen sie und Jack alleine stehen.

»Es ist wirklich nett von dir, dass du gekommen bist.«

»Es hat mir gefallen«, sagte er, während sie aus dem Raum gingen, in dem immer noch einige Eltern standen. »Ich habe so etwas das letzte Mal gesehen, als ich so alt wie Danny war. Es hat sich seitdem nicht viel geändert, oder?«

»Es gibt mehr Süßigkeiten, aber das wars auch schon.«

»Ich erinnere mich an allerhöchstens einen Keks, und wenn wir wirklich Glück hatten, gab es eine Zuckerstange. Aber hier hinten, bei den Ständen, ist ja eine ganze Bäckerei.«

»Die meisten Eltern bringen etwas für die Kinder mit.«

In Dannys Klassenzimmer waren sehr viele Eltern, deshalb warteten sie lieber vor der Tür. Durch das Gangfenster sahen sie, wie Danny Monica eines seiner »Kunstwerke« an der Wand zeigte.

»Danny scheint gerne in die Vorschule zu gehen.«

»Er liebt die Vorschule. Er ist gerne mit anderen Kindern zusammen. Man könnte meinen, wenn man in einem Wohnblock wohnt, gäbe es genügend andere Kinder zum Spielen, aber das stimmt nicht.« In ihrem Wohnblock gab es keine unangenehmen Nachbarn oder Leute, die laute Partys feierten, aber es gab auch nicht viele Familien mit Kindern. »Eines Tages können wir vielleicht mal in einem Häuschen in einer netten Gegend wohnen. Seit Danny diesen Film mit dem goldenen Labrador gesehen hat, will er unbedingt einen Hund.«

»Ich nehme an, dein Vermieter duldet keine Haustiere.«

»Stimmt. Und so ein großer Hund gehört auch nicht gerade in so eine kleine Wohnung.«

Jack strich ihr tröstend über den Rücken. »Nur langsam. Da kommst du eines Tages schon hin.«

Jessie versuchte ein Lächeln. »Ich weiß. Eines Tages.«

Danny kam aus dem Klassenzimmer gerannt. »Ich bin fertig«, informierte er sie.

»Ich muss jetzt los zum Unterricht«, sagte Monica. »Danke, dass du mir dein Klassenzimmer gezeigt hast, Süßer.« Sie kniete sich zu Danny hinunter. »Pass für mich auf deine Mami auf, okay? Sag ihr, sie soll sich ein bisschen hinlegen.«

Danny kicherte.

»Kommst du erst spät nach Hause?«, fragte Jessie ihre Schwester.

»Am Montag haben wir eine wichtige Prüfung. Wir treffen uns heute Abend mit unserer Lerngruppe. Aber ich komme rechtzeitig, bevor du zur Arbeit musst. Für Samstag frage ich Lynn, ob sie zum Lernen kommt, wenn du fort bist.«

Jessie blickte verstohlen zu Jack, als Monica erwähnte, dass Jessie am Samstag nicht zu Hause sein würde.

»Ich habe gedacht, du hast am Samstag frei«, sagte Jack.

»Mom hat ein Date«, platzte Danny heraus.

Jack sah plötzlich versteinert aus. »Tatsächlich?« Langsam wandte er den Blick zu Jessie.

»Du erinnerst dich noch an Brad von der Party?« Volle Offenbarung. Es gab keinen Grund, sich schuldig zu fühlen. Trotzdem tat sie es.

»Ja«, sagte Jack langgezogen. »Dieser Typ, der aussah wie ein Jurist.«

»Er ist tatsächlich Jurist.« Sie klang defensiv.

»Er ist nicht dein Typ«, sagte Jack im Brustton der Überzeugung.

Sie trat von einem Fuß auf den anderen. »Woher willst du wissen, wer mein Typ ist?«

»Du wirst dich spätestens nach einer halben Stunde mit ihm langweilen.«

Monica wandte sich an Jack. »Kennst du den Mann?«

Jack wandte den Blick nicht von Jessie ab. Er machte sie nervös. »Ich kenne solche Langweiler aus dem Hotel. Spießig und spaßfrei.«

»Warum magst du mit jemandem ausgehen, der langweilig ist, Mami?«

Jessie riss sich von Jacks Blick los und sagte zu Danny: »Jack weiß nicht, ob Brad langweilig ist, er mutmaßt nur.«

»Was ist mutmaßen?«

»Wenn jemand denkt, wie jemand anders ist, auch wenn er das überhaupt nicht weiß.« Also wirklich, sie musste ihr Date doch nicht rechtfertigen, weder gegenüber ihrem Sohn noch gegenüber Jack oder Monica.

»Du solltest lieber mit Jack ausgehen«, sagte Danny lachend. »Der ist lustig.«

Drei Augenpaare waren plötzlich auf sie gerichtet. »Jack und ich sind einfach nur Freunde, nicht wahr, Jack?«

Jack sagte nichts, verzog nur den Mund zu einem kaum sichtbaren Lächeln.

»Was ist eigentlich ein Date?«

»Ein Date ist, wenn sich zwei Leute treffen, um sich besser kennenzulernen und dafür gemeinsam in ein Restaurant gehen oder so.« Und warum half ihr Jack nicht bei der Erklärung?

»Wir waren mit Onkel Jack im Zoo. Das war doch auch so was wie ein Date.«

»Nur fast ein Date.« Jessie konzentrierte sich auf ihren Sohn.

»Aha«, sagte er, nicht wirklich überzeugt, eher etwas verwirrt.

»Es ist kompliziert, Danny. Das verstehst du erst, wenn du älter bist.«

Es folgten einige Augenblicke unangenehmer Stille, bis Monica das Schweigen schließlich brach: »Also, ich muss jetzt los.«

»Ich auch«, sagte Jack und lächelte wieder.

»Danke für die Einladung, Danny.«

Danny umarmte Monica und Jack.

»Viel Spaß mit dem Anwalt, Jessie.« War heute Gegenteil-Tag und sie wusste nichts davon? Jack klang, als ob er es tatsächlich ernst meinte.

»Ja, wird sicher ganz nett.« Nur war sie sich jetzt selbst nicht mehr ganz sicher.

Jessie blickte Jack und Monica hinterher. Die beiden unterhielten sich und sie konnte nur erahnen, wovon ihr Gespräch handelte.

Kapitel Neun

»Ich habe nicht vor, lange auszubleiben«, sagte Jessie nun schon zum zweiten Mal zu ihrer Schwester.

Sie hatte eine feine Hose und einen Pullover an und war bequem, aber nicht zu leger angezogen. Wenn sie Schuhe mit Absatz dazu trug, würde das ihrem Outfit noch mehr Eleganz verleihen. Außerdem hatte Jessie nicht so oft die Gelegenheit, hohe Absätze zu tragen, deshalb nutzte sie jede Möglichkeit, die sich dafür bot. Stöckelschuhe erinnerten sie daran, dass sie eine erwachsene, begehrenswerte Frau war.

»Wo geht ihr denn hin?«

»Er hat einen Italiener herausgesucht, in der Nähe des Einkaufszentrums. Antonio.«

»Kenne ich nicht.« Monica nahm eine lose Strähne aus Jessies Gesicht und steckte sie wieder an ihren Platz.

»Ich bin schon ein paarmal daran vorbeigefahren, aber ich habe noch nie dort gegessen«, sagte Jessie.

»Ruf mich an, wenn der Abend nicht so läuft, wie du dir vorgestellt hast, und nimm mich als Ausrede, um dich zu verdrücken.«

Jessie lächelte: »Danke. Ich glaube, ich brauche keine Ausrede, aber es ist gut zu wissen, dass du mir hilfst.«

»Immer doch.« Monica reichte Jessie die schwarze Tasche, die sie sich für den Abend ausgesucht hatte. »Ich denke ja immer noch, du solltest dich lieber mit Jack zum Abendessen verabreden und nicht mit diesem Brad-Typen.«

Jessie warf die Hände in die Höhe: »Jetzt ist es wirklich genug. Das hast du seit gestern schon ein Dutzend Mal gesagt. Ich weiß, dass du nicht einverstanden bist, aber ich muss das einfach machen.«

»Weil Jack Kellner ist und nicht Anwalt. Aber so oberflächlich bist du doch nicht, Jessie, das weiß ich. Jack mag dich. Sogar sehr!«

»Hat er dir das gesagt?« Jessie hatte in den letzten vierundzwanzig Stunden versucht, aus ihrer Schwester etwas über ihre Unterhaltung mit Jack herauszubekommen. Monica hatte aber keine Silbe darüber verloren.

»Ich kann es in seinen Augen sehen. Er sieht dich an, als ob du ihn magnetisch anziehst. Auch wenn du es nicht zugibst, du siehst ihn genauso an.«

Jessie gab ihr Bestes, das Knistern zwischen ihnen zu ignorieren. Oft schaffte sie es, nicht an den Mann zu denken oder an den einzigartigen Kuss. Meistens schaffte sie es auch, die Träume von dem Mann, selbst die mit den Nacktszenen, zu vergessen. Sie konnte auch ihr Herzklopfen ignorieren, wenn sie ihn in den Diner kommen sah oder in Dannys Schule oder in den Park, meistens zumindest.

Okay, vielleicht nicht meistens, aber zumindest immer wieder für ein paar Stunden.

Oder zumindest für ein paar Minuten.

Sie schüttelte den Kopf. *Bei dir sind Hopfen und Malz verloren, Jessie.*

»Ich brauche jemanden, der einen richtigen Beruf hat, eine richtige Zukunft. Keinen, der vorübergehend als Kellner im Hotel arbeitet und der wahrscheinlich schon in der nächsten Saison wieder nach Texas zurückgeht. Hast du Rory schon vergessen, Dannys Vater? Oder Mathew?«

»Mathew? Ach herrje, mit dem bist du wie lange ausgegangen? Zehn Minuten?«

»Zwei Monate und er ist bei mir eingezogen, falls du es vergessen hast. Seine Vorstellung von Hilfe bestand darin, das Geld für die Miete einzustecken und abzuhauen.« Mathew war ein teurer Fehler gewesen.

Sie warf die Tasche über die Schulter und ging aus dem Schlafzimmer ins Wohnzimmer, wo Danny mit Monicas Freundin Lynn redete.

»Ich gehe jetzt, Danny. Bekomme ich noch einen Kuss?«

Danny stieß die Legosteine und Lynn zur Seite und warf seine Arme um Jessie.

»Kommst du wieder zurück, bevor ich ins Bett gehe?«, wollte er wissen.

»Ich glaube nicht.«

Dannys sonst so fröhliches Gesicht verfinsterte sich.

»Darf ich bei deinem nächsten Date mitkommen?«

Oh je. »Da bin ich mir nicht so sicher. Schauen wir mal.« Und um noch eins draufzusetzen: »Ich war auch bei deinem Date mit Onkel Jack dabei.«

Mit ihm über seine Theorie von Jack und dem Date zu diskutieren war vergeblich. Er verstand es einfach nicht und Jessie würde sich verspäten, wenn sie noch einmal von vorne anfing zu erklären. »Ich denke darüber nach«, sagte sie stattdessen.

Beleidigt ließ sich Danny aufs Sofa zurückplumpsen.

Jessie winkte ihrer Schwester. »Bis in ein paar Stunden.«

»Ruf mich an, wenn du etwas brauchst.«

»Ja, das mache ich. Ciao, Monica, ciao, Lynn.« Und zu ihrem Sohn: »Tschüs, mein Schatz.«

Danny winkte ihr, ohne sie anzusehen. Jessie ging zur Tür hinaus und fragte sich, ob sie das Richtige tat.

★★★

Sie fand das Restaurant ohne Probleme. Es gab nicht viele Parkplätze, aber sie entdeckte eine kleine Lücke zwischen einem riesigen Pritschenwagen und einem Lexus. Sie war fünf Minuten zu früh. Sie hoffte, dass Brad schon da war, damit sie nicht alleine in der Lounge oder im Empfangsbereich warten musste. In dem kleinen italienischen Restaurant roch es lecker nach Knoblauch und Tomatensoße. Die Beleuchtung war gedämpft, die Tische befanden sich in kleinen roten Nischen.

»Willkommen bei Antonio«, sagte eine große Blondine in Jessies Alter mit langen Beinen.

»Ich treffe mich mit jemandem. Er hat unter dem Namen »Brad« reserviert.«

Die Frau blickte auf die Liste.

»Ihre Begleitung ist noch nicht hier, aber Ihr Tisch ist schon bereit. Ich führe Sie hin«, sagte sie freundlich.

Jessie atmete erleichtert auf. »Ja, gerne.«

Einige Paare saßen in den Nischen, tranken Wein und knabberten an Crossini. Am Tisch zog Jessie die dünne Jacke aus und legte sie neben sich.

»Möchten Sie etwas von der Bar, während Sie warten?«

»Vorerst gerne nur ein Wasser.«

Die Blondine ging wieder. Jessie las die Speisekarte.

Ein junger Hilfskellner brachte das Wasser und einen Korb mit Knabberstangen. Jessie saß und wartete.

Jede Minute, die verging, fühlte sich an wie eine Stunde.

Zehn nach sieben erschien Brad schließlich.

»Tut mir leid, dass ich zu spät bin«, entschuldigte er sich, während er einen Knopf seines Sakkos öffnete und sich setzte. »Der Verkehr war sehr dicht und das Parken ist hier eine Katastrophe.«

Jessie winkte ab. »Ich freue mich, dass Sie jetzt hier sind.« Und das tat sie tatsächlich, trotz der Vorbehalte, die sie wegen des Dates gehabt hatte. Brad trug einen ordentlichen Anzug, sein Kinn war glatt rasiert und er roch gut, zumindest sein Rasierwasser.

Jack roch anders, nach Pinien und viel maskuliner.

»Ich hoffe, Sie haben nicht lange gewartet.«

*F*ünfzehn Minuten und dreißig Sekunden. »Ich war nur ein paar Minuten vor Ihnen da«, log sie und hoffte, nicht allzu angespannt zu klingen.

Brad winkte den Kellner herbei und bestellte eine Flasche Wein mit zwei Gläsern.

Schon der zweite Lapsus, dachte Jessie. Erstens war er zu spät. Selbst wenn es viel Verkehr gab, sie war schließlich auch pünktlich erschienen und es war ja auch nicht mehr Hauptverkehrszeit. Und zweitens hatte Brad nicht gefragt, ob sie überhaupt einen Wein trinken wollte. Andererseits taten Leute mit Geld das vielleicht, um ihr Date zu beeindrucken.

»Das Essen hier ist sehr gut«, sagte Brad und legte die Speisekarte zur Seite. »Sie waren noch nie hier, nicht wahr?«

»Ich bin schon ein paarmal vorbeigefahren, aber ich war noch nie zum Essen hier.« Jessie öffnete ein zweites Mal die Speisekarte und tat so, als ob sie erst jetzt lesen würde, was es zu bestellen gab.

»Ich kann Ihnen etwas Gutes heraussuchen, wenn Sie mögen.«

»Äh …« Sie wusste nicht, was sie antworten sollte.

Brad nahm ihr sacht die Karte aus der Hand und legte sie zusammengeklappt auf seine. »Sie müssen die Lasagne probieren. Ich glaube, ich habe außer in New York noch keine bessere gegessen.«

»Ähm, okay.« Dann aß sie wohl heute Abend Lasagne, ob sie wollte oder nicht. Was war mit ihr los? Brad versuchte fürsorglich zu sein und sie fand Anstoß an allem, was er sagte oder tat.

Der Wein wurde gebracht und rettete sie davor, etwas sagen zu müssen. Jessie beobachtete Brad im Profil, während er den Wein verkostete und anerkennend nickte. Er sah genauso aus, wie sie ihn in Erinnerung hatte: nett, aber nicht auffallend. Sein Gesicht war vielleicht ein bisschen schmaler. Er hatte keine Grübchen, wenn er lächelte, und überhaupt schien etwas zu fehlen.

Jessie nippte am Wein und beobachtete ihn über den Glasrand hinweg. Der Wein prickelte an ihrem Gaumen und war angenehm im Abgang.

»Was machen Sie im Hotel?«, erkundigte sich Brad.

»Wie bitte?« Sie verstand seine Frage nicht.

»Sie arbeiten doch im Hotel, oder? Ich bin davon ausgegangen, dass Sie dort als Kellnerin arbeiten.« Er legte den Kopf schief, während er sprach.

»Nein, ich arbeite nicht im Hotel. Aber ich bin tatsächlich Kellnerin.«

Sie wusste wirklich nicht, wie er ahnen konnte, womit sie ihren Lebensunterhalt verdiente.

»Sie müssen jemanden im Hotel kennen, der Ihnen eine Eintrittskarte für die Party besorgt hat.«

Irgendwie kam sie sich vor wie bei einem Verhör. Sie dachte an Jack und an das Risiko, das er eingegangen war, um sie hineinzuschmuggeln.

»Muss man als Anwalt auch Leute verhören?«, fragte sie scherzend.

Brad zeigte den Anflug eines Lächelns, bevor er abrupt das Thema wechselte. »Sie wirkten ein bisschen verloren an dem Abend.«

»Jemand, mit dem ich befreundet bin, hat mir seine Karte gegeben«, erklärte sie.

Brad nahm einen Schluck Wein. »Ein Mann, mit dem Sie befreundet sind?«

»Ja.«

»Ich glaube, es gibt keine einzige Frau in meinem Leben, mit der ich befreundet bin. Es gibt die eine oder andere Exfreundin, eine Schwester oder andere weibliche Familienmitglieder, aber keine normale Freundschaft mit einer Frau.«

»Und was ist mit den Ehefrauen oder Partnerinnen Ihrer männlichen Freunde?«

»Die würde ich nicht wirklich meine Freundinnen nennen, sie sind eher, wie Sie schon sagten, die Ehefrauen oder Partnerinnen meiner Freunde. Ist dieser Freund von Ihnen verheiratet?«

Eigenartig, wie bei diesem Date eine dritte Person dabei zu sein schien. Jack war vielleicht nicht körperlich anwesend, aber geistig schon. »Nein.«

Der Kellner kam und Jessie wäre ihm aus Dankbarkeit am liebsten um den Hals gefallen.

»Haben Sie schon gewählt?« Der Kellner war Mitte vierzig, vielleicht auch etwas älter. Sein Bauchumfang ließ darauf schließen, dass ihm das Essen bei Antonio schmeckte, und sein italienischer Akzent darauf, dass er mit diesem Antonio verwandt war.

»Ich glaube schon«, antwortete Jessie.

Er lächelte und hielt seinen Stift bereit.

»Die Dame nimmt die Lasagne«, begann Brad, bevor Jessie die Möglichkeit hatte, selbst etwas zu sagen. »Mit einem Antipasto Salat. Für mich bitte das Gleiche.«

Jessie zwang sich, nicht auf die Uhr zu schauen.

★★★

Jack blickte nun schon zum dritten Mal innerhalb von fünfzehn Minuten auf die Uhr. Jessie war mit diesem Anwalt aus. Brad Leland, um genau zu sein. Jack hatte sich die Gästeliste der Benefizveranstaltung besorgt und nur einen Brad unter den eingeladenen Gästen gefunden. Nach einer kurzen Internetrecherche hatte Jack den Namen seiner Kanzlei herausgefunden und etwas über die Fälle, an denen Brad in letzter Zeit gearbeitet hatte. Jack hatte gehofft, etwas Anrüchiges über den Kerl zu finden, aber es gab nichts. Er war nicht verheiratet, über Affären war auch nichts zu lesen. Jack hatte aber eine Exfreundin gefunden, mit der Brad verlobt gewesen war. Es hatte irgendwo etwas über die Verlobung gestanden, aber das war nun schon fast zwei Jahre her. Der derzeitige Stand der Dinge besagte, dass Brad Single war. Als Firmenanwalt hatte Brad viele Klienten und so wie sein Büro aussah, fehlte es ihm nicht gerade an Geld.

Es gab sogar ein Bild von ihm auf der Homepage der Kanzlei, für die er arbeitete.

Öde und langweilig. Jack konnte sich nicht vorstellen, dass Jessie ihn irgendwie attraktiv fand.

Und dennoch saß Brad, der Langweiler, gerade mit Jessie beim Essen, während er, Jack, in seinem Penthouse hockte und schmorte. Er würde Jessie erst am Dienstag wiedersehen, wenn sie arbeitete, und erfahren, wie das Date gelaufen war. Wenn er sich vorher meldete, würde Jack wie ein eifersüchtiger, abgewiesener Verehrer wirken.

Egal wie viele erotische Träume er mit Jessie hatte, er war nicht ihr Liebhaber.

Zumindest noch nicht.

Jack ging zur Minibar, um sich etwas Starkes zu holen, als sein Handy in der Tasche seines Sakkos klingelte, das über der Stuhllehne hing. Auf dem Display stand Jessies Nummer. Vielleicht hatte sie ihr Date doch sausen lassen? Sein Mund verzog sich zu einem schiefen Grinsen.

»Hallo?«, meldete er sich und versuchte dabei gelangweilt zu klingen.

»Jack? Bist du es?«

Es war gar nicht Jessie.

»Ja, wer ist da?«

»Hier ist Monica, Jessies Schwester.« Sie klang aufgebracht. Jack legte sofort seine aufgesetzte Langeweile ab.

»Ich hoffe, es ist okay, dass ich dich anrufe.«

»Ist irgendetwas mit Jessie? Oder Danny?«

»Nein, ihnen geht es gut. Es tut mir leid, dass ich dich störe. Jessie ist mit diesem Kerl unterwegs, der von der Party.«

Als ob Jack daran erinnert werden musste.

»Und Danny ist hier. Es ist ... äh ... also Danny hat vorgeschlagen, dass ich dich anrufe.« Monica klang irgendwie verstört.

»Was ist denn los, Monica?«

»Ich bin in der Wohnung und eine Freundin ist hier zum Lernen. Auf jeden Fall hat Lynn gerade einen Anruf bekommen ... ihre Mutter hatte einen Autounfall. Lynn hat einen Schock und kann nicht fahren. Ich muss sie nach Pomona Valley fahren, aber ich muss doch auch auf Danny aufpassen. Ich könnte ihn mitnehmen, aber im Krankenhaus sind alle möglichen Leute, die Krankheiten übertragen.«

»Hast du Jessie angerufen und ihr gesagt, dass sie nach Hause kommen soll?«

»Sie hat leider ihr Handy vergessen. Ich habe sie angerufen, aber es hat im Schlafzimmer geklingelt.«

Jack zog sein Sakko an. »Soll ich kommen und auf Danny aufpassen, während du deine Freundin fährst?«

»Mann, würdest du das machen, Jack? Ich weiß, das ist wie ein Überfall, aber Jessie hat sonst keine Babysitter. Nur Mrs Hoyt, aber die besucht gerade ihre Verwandten. Ich wusste nicht, wen ich sonst noch hätte anrufen können. Ich weiß, dass sie dir vertraut und Danny kennt dich.«

»Ich bin in zehn Minuten da.« Jack legte auf, steckte das Handy in die Tasche und ging zur Tür hinaus.

Es war nur eine kurze Strecke zu Jessies Apartment und Jack fuhr auch nicht gerade langsam.

Monica begrüßte ihn an der Tür. »Danny geht um neun ins Bett. Meistens schläft er vorher auf der Couch ein.«

Danny sprang vom Sofa auf. Er rannte zu Jack und umarmte ihn stürmisch. »Ich wusste, dass du kommst. Ich habe Tante Monica gesagt, dass sie dich anrufen soll.«

»Du darfst mich immer anrufen, Danny«, meinte Jack und wuschelte ihm durch die Haare. Er schaute zu Monicas Freundin, die er noch nicht kannte. »Ich hoffe, Ihrer Mutter geht es gut.«

Die junge Frau kämpfte mit den Tränen. »Danke.«

»Danke noch mal, Jack. Ich schulde dir was.« Dann waren sie schon zur Tür hinaus.

»Monicas Freundin ist ganz traurig. Sie haben gesagt, dass ihre Mama einen Unfall hatte.«

Jack ging mit Danny zur Couch. Im Fernsehen lief ein Zeichentrickfilm. »Wahrscheinlich ist nichts Schlimmes passiert. Da müssen wir uns gar keine Sorgen machen.«

»Meine Mama ist heute auch mit dem Auto gefahren«, erzählte Danny.

Sehr gut, dachte er, sie hat ihn irgendwo getroffen, statt ihm ihre Adresse zu verraten.

Dannys Augen verengten sich. Da begriff Jack, dass Danny das gesagt hatte, weil er sich um seine Mutter sorgte. »Ich bin sicher, dass deine Mom eine gute Autofahrerin ist«, beruhigte ihn Jack.

»Bei unserem Auto ist immer irgendetwas kaputt.«

Ja, das wusste Jack bereits. Allein der Gedanke, dass Jessie ohne Handy unterwegs war, machte ihm Angst. Was war, wenn sie irgendwo auf einer abgelegenen Landstraße eine Panne hatte? Nach zehn Uhr abends gab es in Ontario viele dunkle, einsame Straßen. Es war aber erst Viertel nach acht.

»Wann ist denn deine Mom losgefahren?«

»Vor ungefähr einer Stunde. Glaube ich.«

Jack musste sich auf das verlassen, was Danny sagte, und höchstwahrscheinlich saß Jessie gerade im Restaurant.

Mit ihm. Brad! Sicher die Kurzform für Bradley. Hörte sich nach einem Waschlappen an.

»Was schaust du denn da?«

»SpongeBob Schwammkopf. Ist voll lustig. Das sind Patrick Star und Sandy Cheeks ...« Danny erzählte von den Hauptfiguren und Jack hörte ihm zu. Er hatte von der Serie zwar gehört, aber noch nie eine Folge gesehen. Er musste über die Witze lachen und über den Humor, den die Kinderserie auch für Erwachsene bot.

Um halb neun schlug Jack vor, dass sich Danny den Schlafanzug anzog und die Zähne putzte, damit er das vor dem Schlafengehen nicht vergaß.

Danny hüpfte auf und rannte in sein Zimmer.

Jack ging unterdessen in die Küche. Dort lagen noch die Bücher, über denen Monica mit ihrer Freundin gesessen hatte. Dazwischen standen Teller mit angebissenen Pizzastücken und Knabbereien. Jack rollte die Hemdsärmel hoch und stellte jetzt erst fest, dass er immer noch den Anzug trug, nur ohne Krawatte. Vielleicht kam Monica zurück, bevor Jessie nach Hause kam. Oder Jessie würde so müde sein, dass sie seiner Kleidung keine Beachtung schenkte. *Jetzt ist sowieso nichts mehr daran zu ändern.*

Jack nahm die Teller vom Tisch, spülte sie mit Wasser vor und räumte sie in die Spülmaschine.

Danny kam fröhlich kichernd zurückgehopst. »Fertig.«

»Okay, Kumpel, was möchtest du jetzt machen?«

»Kannst du Karten spielen?«

»Ich kenne ein paar Spiele.« Aber Jack zweifelte daran, dass es die waren, die Danny auch kannte.

»Cool«, und schon war er wieder fortgerannt. Wenige Sekunden später war er mit Spielkarten zurück. »Wir könnten Mau-Mau oder Krieg und Frieden spielen. Kennst du Krieg und Frieden?«

Keinen blassen Schimmer.

»Das kannst du mir sicher beibringen.«

Im Wohnzimmer hockte sich Danny auf den Boden und teilte die Karten aus. Er erklärte die Spielregeln, an die sich Jack nun doch vage erinnerte, und dann begannen sie zu spielen.

Um fünf nach neun erst blickte Jack auf die Uhr. »Sportsfreund, es ist schon über deine Bettgehzeit«, verkündete Jack. Danny machte einen Schmollmund. »Aber ich darf doch immer auf der Couch einschlafen.«

Stimmt, das hatte Monica gesagt. Jack ging davon aus, dass es nicht das Ende der Welt bedeutete, wenn der Kleine heute ausnahmsweise einmal länger als gewöhnlich aufblieb.

»Na gut, aber dann müssen wir jetzt die Karten wegräumen und uns hinlegen.«

»Ich finde es toll, wenn du bei mir babysittest«, informierte ihn Danny.

»Vielleicht kannst du bald wiederkommen?«

Jack wurde warm ums Herz. »Ich mag dich auch, Partner.«

Danny lehnte den Kopf an Jacks Schulter. Nach zwanzig Minuten eines anderen Zeichentrickfilms schnarchte Danny leise und lag mehr oder weniger zusammengerollt auf Jacks Schoß. Jack lächelte und streichelte über Dannys Kopf.

Jack schaltete mit der Fernbedienung zu den Nachrichten und stellte die Lautstärke herunter.

Neben dem Fernseher stand der Weihnachtsbaum. Ein paar Geschenke waren dazugekommen. Zwei waren leicht als Geschenke von Danny für seine Mom und seine Tante zu erkennen. Selbst gemachtes Geschenkpapier aus einer Papiertüte, die er rot und grün angemalt hatte, diente als Verpackung für seine Geschenke. Dannys Weihnachtsstrumpf hing an der Wand.

Der Baum bei Jack zu Hause wurde früher, als er ein Kind war, von Angestellten seines Vaters aufgestellt. Die Geschenke waren vom Kaufhaus verpackt worden. Wenn Jack jetzt darüber nachdachte, fragte er sich, ob sein Vater sie für Jack und Katie überhaupt selbst gekauft hatte. Wahrscheinlich war das Aufgabe der Sekretärin gewesen. Aber im Laufe der letzten Jahre hatte sich das geändert und das war gut so. Gaylord hatte es nicht böse gemeint, er war als Vater einfach nur unbeholfen gewesen.

Jessie hatte dagegen ein behagliches Zuhause geschaffen und es mit viel Liebe geschmückt. Die Wohnung war zwar klein, aber sie glänzte weihnachtlich und bot der kleinen Familie ein gemütliches Heim. Das alte Sofa war bequemer als jedwede Ledercouch, auf die er schon mal sein Hinterteil platziert hatte.

Als der Nachrichtensprecher die 22-Uhr-Nachrichten ansagte, wanderten Jacks Gedanken automatisch wieder zu Jessie. Was sie wohl gerade machte? Die Fröhlichkeit von vorhin verschwand. Wenn Jack ihr die Wahrheit über sich gesagt hätte, dann wäre sie wahrscheinlich mit diesem *Braaaad* gar nicht erst ausgegangen.

Ein Teil von ihm wollte ihr die Wahrheit sagen. Doch wenn sie dann mit ihm ausging, mit ihm Zeit verbrachte, mit ihm schlief, würde er nie wissen, ob sie ihn wirklich liebte oder nur sein Geld mochte.

Ihre offensichtlichen Schuldgefühle, weil sie sich mit diesem Waschlappen traf, sprachen Bände. Jessie machte sich Gedanken darüber, was Jack dachte. Jack musste unweigerlich schmunzeln. Es bestand kein Zweifel daran, dass Jessie ihn mit begehrlichen Blicken ansah. Er fühlte es jedes verflixte Mal, wenn sie sich trafen. Jemand da oben im Himmel sollte ihn heiligsprechen, weil er so zurückhaltend war, wenn er Jessie sah.

Danny seufzte im Schlaf. Ein Speichelfaden lief aus seinem Mund und tropfte auf Jacks Hose.

Jack wollte den Jungen gerade ins Bett tragen, da hörte er den Schlüssel im Schloss.

Jessie kam herein, den Blick auf den Boden gerichtet. Sie trug die Schuhe in der einen Hand, die Handtasche in der anderen. Sie drehte sich zur Tür, sperrte das Sicherheitsschloss ab und machte die Kette davor, ohne Jacks Anwesenheit zu bemerken.

Sie lehnte den Kopf gegen die Tür und ließ die Schuhe fallen.

»Oh Gott, Monica, das war vielleicht ein Date.«

Jack war erleichtert, dass Jessie dabei nicht gerade überschwänglich oder schwärmerisch klang.

Jessie drehte sich um und blickte zum Sofa. Überrascht entfuhr ihr ein Quietschton und sie beherrschte sich gerade noch rechtzeitig, um nicht laut aufzuschreien. Sie hielt die Hand vor den Mund und blickte fassungslos zu ihrem Sohn auf Jacks Schoß.

Jack legte den Finger auf die Lippen: »Pssst, Danny schläft.«

»Was machst du denn hier?«, zischte sie.

Kapitel Zehn

»Ich bringe ihn ins Bett«, flüsterte Jack. Er hob Danny hoch und brachte ihn ins Kinderzimmer.

Jessies Herz raste wie das eines kleinen Kaninchens. Was hatte Jack hier in ihrem Apartment zu suchen und wo in aller Welt war Monica?

Vor zwei Stunden hatte Jessie festgestellt, dass sie ihr Handy zu Hause liegen gelassen hatte, und wollte schon fast im Restaurant fragen, ob sie das Telefon benutzen konnte. Aber sie war weiter bei diesem katastrophalen Date geblieben, bis sie es nicht mehr länger aushielt.

An den Türrahmen gelehnt beobachtete Jessie, wie Jack Danny behutsam ins Bett legte, als ob er das schon hundertmal gemacht hätte.

Danny rollte sich im Schlaf zur Seite und hatte dabei Tex, die Schlange, im Arm.

Jack schlich auf Zehenspitzen vom Bett weg. Er quetschte sich an Jessie vorbei in den Flur. Sie schloss die Tür und signalisierte Jack, er solle ihr folgen.

»Was machst du hier?«, fragte sie wieder.

»Monica hat mich angerufen. Ihre Freundin, das Mädchen, das heute hier war ...«

»Lynn?«

»Genau. Lynns Mutter hatte einen Unfall und Monica musste sie ins Krankenhaus fahren. Deine Schwester fand, es sei kein guter Ort für ein Kind, und du hattest dein Telefon nicht dabei. Deshalb hat sie mich angerufen.«

»Warum dich?« Wen sonst, beantwortete Jessie sich die Frage selbst. Ihre Mutter wohnte zu weit weg und passte auch nicht gerade oft auf Danny auf. Aber im Notfall hätte sie das schon gemacht.

»Ich wohne in der Nähe und hatte Zeit. Es war Dannys Idee.«

Die Erklärung war zwar einleuchtend, aber Jessie war trotzdem nicht erfreut, den Mann zu sehen, der sich ohne es zu wissen, in ihr Date geschmuggelt hatte, bevor es überhaupt richtig anfing. Jack grinste. Und da waren wieder seine Grübchen. Verdammt.

Die letzte halbe Stunde hatte sie an nichts anderes gedacht als an seine Grübchen. Die letzte halbe Stunde, während sie zu Fuß nach Hause gelaufen war, weil ihr Auto, diese Schrottkarre, mal wieder den Geist aufgegeben hatte. »Kann dieser Abend überhaupt noch schlimmer werden?«, sagte sie leise, als sie sich von Jacks grauen Augen und seinem ungezwungenen Lächeln abwandte.

»Was hast du gesagt?«, fragte Jack nach.

»Ach, nichts.« Jessie hob die Schuhe vom Boden auf und öffnete wieder das Sicherheitsschloss und die Kette, damit Monica nicht ausgesperrt wäre.

»Ist bei dir alles in Ordnung?«, erkundigte er sich. Seine Stimme klang jetzt ernst und plötzlich war Jessie den Tränen nahe. Nein, bei ihr war ganz und gar nicht alles in Ordnung.

Aber, verdammt noch mal, sie konnte sich jetzt nicht bei ihm ausheulen. Jack hatte ohnehin schon so viel für sie getan, obwohl sie sich gerade mal einen Monat kannten. »Ja«, antwortete sie barsch.

»Du wirkst aber nicht sehr glücklich, Jessie.«

»Woher willst du denn wissen, ob es mir gut geht oder nicht? Wir kennen uns ja erst seit wie lange, einem Monat?« Sie machte ihrer Frustration und ihrem Ärger Luft. »Erst einen Monat und schon ruft dich meine Familie an, wenn es einen Notfall gibt.«

»Ich dachte, wir sind Freunde.« Jack kam ein Stückchen näher.

So ein Quatsch! Jessie hatte keine wilden Fantasien über ihre Freunde. Den ganzen Abend hatte sie Brad mit Jack verglichen.

Jack hatte Grübchen und lachende, graue Augen. Brads Augen waren langweilig, unverbindlich.

Jack wäre pünktlich gekommen. Brad kam zu spät.

Jack hätte gefragt, was sie wollte, und hätte nicht einfach für sie bestellt, wie Brad das getan hatte.

Jack versuchte in langen Gesprächen etwas über ihr Leben zu erfahren und sie kennenzulernen, statt wie vor Gericht eine Frage nach der nächsten abzufeuern.

Und vor allem hätte Jack niemals das gesagt, was Brad gesagt hatte, als sie mit dem Essen fertig waren.

Jack war ein echter Gentleman, er respektierte ihre Wünsche, selbst wenn sie nicht seinen eigenen entsprachen.

Der Held des Tages kam noch einen Schritt näher, hob mit einem Finger ihr Kinn an, sodass er ihr in die Augen sehen konnte. »Wir sind doch *Freunde*, Jessie.«

»Im Ernst Jack, ist es das, was wir sind … Freunde?«

»Natürlich.«

»Nur Freunde. Heißt das, du würdest mich abweisen, wenn ich jetzt nackt vor dir stünde und mit dir schlafen wollte?«

Bei diesen Worten weiteten sich Jacks Augen. Sein Blut geriet in Wallung, sein Gesicht wurde heiß. Diese Reaktion ließ wiederum einen Hitzestrom wie von geschmolzenem Eisen in Jessies Mitte schießen. Seine grauen Augen verengten sich: »Ich bin kein Heiliger, Jessie, und du weißt, was ich für dich fühle.« Seine Stimme war plötzlich belegt und machte nur allzu deutlich, was er sagen wollte.

»Freunde schlafen nicht miteinander«, erwiderte sie schwach.

»Gib mir ein Zeichen und ich werde diese Freundschaft in eine Liebesbeziehung wandeln, und zwar schneller, als eine Klapperschlange ihre Beute fängt.« Das würde er tun, das wusste sie. Sein feuriger Blick sprach Bände.

»Und was würde aus uns werden, Jack?« Jessie entfernte sich von ihm, merkte, wie ihr die Tränen in die Augen stiegen. »Was ist nur los mit mir? Es muss doch noch mehr geben als träumerische Fantasien von jemandem in Cowboystiefeln und als Anwälte, die denken, ich wäre leicht zu haben, weil ich Kellnerin bin und ein Kind habe.«

Jack griff nach ihrem Arm, zog sie näher zu sich, damit sie ihn ansah. Sein Gesicht war starr, Feuer und Funken erloschen.

»Was hast du gesagt?«

»Nichts.« Sie wollte sich losreißen, aber er ließ sie nicht gehen.

»Hat er dir wehgetan, Jessie? Ich schwöre, wenn er …«

»Nein, er hat nur meinen Stolz, mein Ego verletzt, er hat mir körperlich nichts getan.« Warum konnte sie nicht die perfekte Mischung finden – einen Mann, der finanziell gesehen sein Leben auf die Reihe bekam wie Brad, der aber sonst alle Charaktereigenschaften von Jack aufwies?

Sein Trost und seine Körperwärme führten dazu, dass schließlich die Tränen kullerten.

Es tat gut, alles herauszuheulen, so richtig, mit vollgeschnäuzten Taschentüchern und roten Augen und so. Brad hatte ihre Unterhaltung dominiert, über seine Arbeit geredet, über sein Einkommen, und dann hatte er sie gefragt, ob sie für ein paar Stunden mit ihm nach Hause gehen wolle, um »das Date abzuschließen«.

Sie war erst sprachlos und wusste gar nicht, wie sie reagieren sollte. Schließlich erklärte Jessie ihm, dass das so nicht funktionierte. Brad war eingeschnappt. Ihr war bis zu diesem Moment gar nicht so bewusst gewesen, was für ein Egomane er war. Er konnte kaum glauben, dass sie ihm einen Korb gab und dass sie sich kein zweites Mal mit ihm treffen, geschweige denn mit ihm ins Bett gehen würde.

Mit so viel Würde, wie sie aufbringen konnte, rechnete Jessie ungefähr aus, was ihr Essen kostete, warf ein paar Geldscheine auf den Tisch und verließ das Restaurant. Als ihr Auto auf halber Strecke stehenblieb, schrie sie, bekam einen regelrechten Wutanfall und hämmerte mit den Fäusten auf das Armaturenbrett ein. Zugegeben, der Fußmarsch nach Hause in den hochhackigen Schuhen hatte etwas von der Wut verdampfen lassen.

Aber als sie dann Jack auf der Couch sah, Danny dicht an ihn gekuschelt, überkam sie eine neue Emotionswelle.

Jack war so … Jack.

Und jetzt weinte sie in seinen Armen. Starke Arme, die eigentlich überhaupt keine Anziehungskraft auf sie haben dürften.

Jessie hob den Kopf von seinem weißen Hemd. »Ich muss schrecklich aussehen. Oh je, dein Hemd ist voller Flecken«, sagte sie, als sie den Wimperntuschefleck auf seiner Schulter bemerkte.

Jack nahm ihr Gesicht in beide Hände und sah ihr in die Augen. »Es ist bloß ein Hemd.«

Jetzt bemerkte sie auch, dass es ein Anzughemd war und dass er gar nicht wie sonst Jeans und Cowboyhut trug. Hatte ihn Monica von einem Date weggeholt? Sie wollte ihn fragen, aber eigentlich wollte sie es gar nicht wissen.

Mit dem Daumen wischte Jack ihre Tränen fort. »Soll ich diesen Typen verprügeln?«

Sie musste lachen. »Er ist Anwalt.«

»Und wahrscheinlich ein Weichei bei einer Prügelei.«

»Er wird dich anzeigen und zuletzt lachen.« Aber Jacks Reaktion zeugte von hoher Testosteronausschüttung und das schmeichelte ihr. »Trotzdem danke für das Angebot.«

Jacks Grinsen schwand, während er sie in den Armen hielt. Er musterte ihr Gesicht. Erst wischte er mit den Daumen ihre Tränen weg, dann begann er, ihre Unterlippe zu streicheln. Es war, als ob er versuchte, sich ihr Gesicht genau einzuprägen, jedes Detail, jede Linie.

Auch Jessie betrachtete ihn genau. Seine grauen Augen hatten silberfarbene Sprenkel, die immer wieder aufleuchteten. Sie strich mit dem Finger über sein Kinn, spürte die Bartstoppeln. Er war sonst glatt rasiert, aber seine Kinnpartie sah markanter aus, wenn die Bartstoppeln zu sehen waren. Ihr gefiel das – das Markante bei Jack, wenn er sie verteidigen und Brad einen Tritt in den Hintern verpassen wollte.

Sie betrachtete seine weichen Lippen über dem stacheligen Kinn.

Küssbare Lippen. Sie sehnte sich danach, diese Lippen auf ihren zu spüren.

Jessie zitterte in seinen Armen und biss sich auf die Unterlippe.

Er machte ein fragendes Gesicht, seine Hände packten fester zu und schließlich berührte sie mit ihren Lippen seinen Mund. Es war kein leises Knistern, sondern ein loderndes Feuer. Jack neigte den Kopf und vertiefte ihren Kuss. Jessie hatte ihre Hände in seinem Haar. Es fühlte sich seidig an.

Ihre Zungen rangen miteinander, lernten sich kennen.

Er war perfekt. Stark und hart an den richtigen Stellen, sonst unglaublich weich und zart. Sein Mund überfiel sie, während seine Hände langsam ihren Rücken und die Hüfte streichelten. Brennendes Verlangen und die Sehnsucht nach diesem Mann, diesem Träumer, lösten ihre Entschlossenheit in Luft auf. Ihre Brustwarzen wurden hart, ihr Körper bebte.

Jacks Hände strichen ihren Rücken entlang, bis Jessie sie auf ihrem Po fühlte. Die intime Berührung war erlösend und gleichzeitig frustrierend.

Erlösend, weil es wirklich Jacks Hände waren und es sich diesmal nicht um einen Traum handelte. Frustrierend, weil sie seinen Kuss, seine Berührung nicht genießen durfte.

Jack löste sich von ihren Lippen und erforschte ihren Hals, ihr Ohr.

Sie stöhnte und warf den Kopf nach hinten. Ihre Kleidung war plötzlich zu eng und unbequem.

Freunde mit gewissen Vorzügen. Das ging doch ... oder? Aber nein, das ging nicht. Das wäre Jack gegenüber nicht fair. Es wäre so leicht, ihn mit in ihr kaltes, einsames Bett zu nehmen, aber dann?

Was wäre am nächsten Tag? Jessie hasste es, dass sie diese lauernden Gedanken nicht aus dem Kopf bekam und sich nicht einfach seiner Berührung hingeben konnte.

Was, wenn es nicht funktionierte? Wie könnte dann ihre Freundschaft bestehen bleiben?

Jetzt erst merkte sie, dass ihre Hand schon längst zwischen seinen Hemdknöpfen durchgefahren war und seine nackte Haut berührte. Sie zog die Hand heraus. »Jack«, flüsterte sie.

Er hörte auf, ihren Hals zu küssen, blickte sie an.

»Wir ... wir sollten das nicht tun.« Nicht jetzt, nicht nach diesem schrecklichen Date, nicht während ihre Gefühle total durcheinander waren. Sie musste nachdenken und eine rationale Entscheidung über den Mann in ihren Armen treffen.

»Ich will das genauso sehr wir du«, sagte Jack und fasste lediglich in Worte, was offensichtlich war.

Es war nicht zu leugnen. »Ich möchte, dass wir hinterher nichts bereuen müssen, Jack. Du weckst so viele Gefühle in mir, dass ich nicht mehr klar denken kann.«

»Darling, da sind wir schon zwei.«

»Aber ... wir würden das bereuen. Vielleicht nicht heute, aber morgen oder übermorgen.« Nämlich wenn Jack genug hatte und fortging, um einem neuen Traum zu folgen. Dann würde sie es auf das Bitterste bereuen.

»Ich habe und ich werde auch niemals auch nur eine Minute, die ich mit dir verbringe, bereuen.« Seine nüchternen Worte machten nur klar, wie sehr sie es bereuen würde.

»Ich schätze unsere Freundschaft ... Wenn wir das hier tun, dann wäre es keine Freundschaft mehr.«

Jessie wusste, dass er das nicht abstreiten konnte.

Jack stöhnte und küsste ihre Stirn, bevor er sich zwang, sich von ihr zu lösen.

Sofort kühlte sie ab. Die harte Realität war wie eine eiserne Klammer, die sich um ihr Herz legte.

Jack nahm seine Jacke, zog sie an. An der Tür drehte er sich zu ihr um: »Du hast meine Nummer.«

Was bedeutete, dass sie diejenige war, die sich wieder melden musste.

»Danke.«

Jack nickte, warf ihr einen feurigen Blick zu und verschwand zur Tür hinaus.

★★★

Jack stieg unter die Dusche und drehte das kalte Wasser an. Eine kalte Dusche hatte wirklich nichts Befriedigendes an sich, aber sie diente immerhin dazu, seine in Wallung geratenen Hormone abzukühlen. In Jessies Gegenwart liefen sie immer auf Hochtouren.

Sie war heute Abend so verletzlich gewesen. Im Nachhinein war er sogar froh, dass sie ihm Einhalt geboten hatte. Er hätte es von sich aus nicht geschafft, sich von ihr loszureißen. Sie hätten Spaß gehabt im Bett, aber er hatte den Schmerz in ihren Augen gesehen; sie hätte es später bereut.

Sie hatte recht. Wenn sie miteinander schliefen, würde sich diese Pseudofreundschaft in Rauch auflösen und Jack würde versuchen, sie festzuhalten, so gut er nur konnte. Keine unpassenden Dates mit Anwälten mehr, die sie für leichte Beute hielten. Er konnte so tun, als ob es ihm nichts ausmachte, wenn ein anderer sie begehrlich ansah. Jack Morrison war vieles, aber er war kein Mann, der seine Frauen mit anderen teilte, und keine Frau hatte ihm je so viel bedeutet wie Jessie.

Jack ließ sich das kalte Wasser über das Gesicht laufen, dann drehte er sich um und spürte es auf seinem Rücken. Äußerlich war er wieder abgekühlt, aber in seinem Inneren brannte es noch. Vor allem war sein Gemüt wegen Brad, dieser Ratte, erhitzt. Wie konnte dieser Kerl nur etwas von einem ersten Date mit einer Frau erwarten, die er kaum kannte?

Wie konnte er Jessie für ein leichtes Mädchen halten? Jessie war liebevoll und warmherzig, sie verdiente, dass man ihr Respekt zollte. Jack wusste, dass sie sich um seine Gefühle Gedanken machte und deshalb nicht mit ihm schlief. Sie wollte nicht, dass er sich in sie verliebte, weil sie noch nicht bereit war. Doch Jessie war nicht klar, dass es für ihre Bemühungen schon längst zu spät war.

Jack drehte das Wasser ab, stieg aus der Dusche und trocknete sich ab.

Längst zu spät. Jack hatte es erwischt, und zwar gehörig.

Dann war da noch Danny ... Mann, das Kind war ihm richtig ans Herz gewachsen. Dass sein leiblicher Vater einfach abhauen konnte ohne zurückzuschauen, ging Jack nicht in den Kopf.

Er schlang das Handtuch um die Hüften und fuhr sich mit den Fingern durchs nasse Haar. »Nur Geduld«, sagte er zu seinem Spiegelbild.

Aber Geduld war etwas, was vollkommen überbewertet wurde.

★★★

Jedes Mal, wenn ein Pick-up auf den Parkplatz fuhr, hüpfte Jessies Herz in die Höhe. Dann folgte große Enttäuschung, wenn es nicht Jack war, der ausstieg.

Zurzeit arbeitete sie jeden Morgen zwei Stunden länger, damit es für Monica einfacher war, Jessie zur Arbeit zu bringen und wieder abzuholen, weil Jessies Auto noch kaputt war. Es würde bald aus der Werkstatt kommen, doch die Rechnung für die Reparatur konnte sie so kurz vor Weihnachten ganz und gar nicht gebrauchen.

Danny hatte mehr verdient als das, was sie ihm geben konnte.

Ein Mann wie Brad hätte vielleicht auf finanzieller Seite etwas leisten können, aber emotional hatte er wenig zu bieten.

Was war schlimmer, fragte sie sich, ein Mann, der sich kümmerte, aber nicht lange blieb, oder ein Mann, der sich um nichts scherte?

Würde das Geld länger währen als die Erinnerung?

Würde der Herzschmerz länger währen als das Geld?

Es war Mitternacht und der erste freie Abend seit dem desaströsen Date mit Brad. Jack rief nicht an, kam nicht vorbei. Monica hatte das Semester beendet und genoss ihre wohlverdienten Ferien mit einem Urlaub in Big Bear, wo knietief Schnee lag. Monica fuhr nicht Ski, aber sie mochte den Schnee und die Jungs, die er anzog.

Jessie starrte zur Decke. Sie konnte nicht schlafen.

Danny war mit leichtem Husten früh ins Bett gegangen.

Jessie stand wieder auf, warf sich den Bademantel über und schlüpfte in die Pantoffeln. Sie wollte in die Küche gehen, um sich eine warme Milch zu machen, damit sie besser einschlafen konnte.

Auf dem Weg hörte sie Danny im Kinderzimmer husten.

Sie ging in sein Zimmer. Er hatte die Bettdecke weggestrampelt. Sie wollte ihn zudecken, da bemerkte sie Schweiß auf seiner Stirn. Sie legte die Hand auf seine Wange. Er glühte.

Danny musste wieder husten, öffnete dabei seine Augen. Sie waren glasig, der Blick entrückt.

»Hallo, mein Hübscher.«

Dannys Augen füllten sich sofort mit Tränen. »Ich fühle mich nicht gut, Mami.«

Jessie richtete ihn auf. Er bekam einen heftigen Hustenanfall. Unter seinem Schlafanzug war seine Haut glühend heiß vor Fieber. »Warte mal kurz«, sagte sie und lief ins Bad, um ein Fieberthermometer zu holen.

»Hier, mein Hase. Lass uns mal messen, wie hoch dein Fieber ist.«

Sie schob ihm das Thermometer unter die Zunge. Er hustete, während sie ihm den Schlafanzug auszog. Die kühle Luft auf seiner Haut ließ ihn zittern, aber Jessie erinnerte sich an das, was Monica gesagt hatte, wenn Kinder ins Krankenhaus gebracht wurden. »*Es ist nicht schädlich, ein Kind mit hohem Fieber bis auf die Unterwäsche auszuziehen, denn es ist viel schlimmer, wenn man das Fieber steigen und die ganze Hitze drinnen lässt.*«

Danny hustete weiter, aber es klang nicht, als ob sich etwas dabei löste. Es rasselte, wenn er atmete.

Jessie geriet innerlich in Panik, aber nach außen blieb sie ruhig. Sie lächelte und streichelte über Dannys Kopf. Ihr Auto war in der Werkstatt und Monica war im Urlaub.

Es war spät abends. Der nächste Arzt war in der Notaufnahme in der Upland Community.

Jessie nahm das Thermometer aus Dannys Mund und las die Temperatur ab: 40,1.

Jetzt hatte sie allen Grund zur Panik.

Sie ging schnell ins Bad, suchte nach einem fiebersenkenden Mittel für Kinder, fand die Schachtel Paracetamol Kautabletten, sah auf die Dosierungsanleitung. Für sein Gewicht waren es zwei Tabletten.

Danny winselte, als sie ihm das Medikament gab. Er zitterte und sein Husten wollte nicht aufhören.

»Hier, Mäuschen, die musst du kauen.«

»Schmecken die schlimm?«

»Die sind gut, probier sie. Dann fühlst du dich gleich besser.«

Aber 40,1 war nicht gut. Sie musste ihn zu irgendeinem Arzt bringen. Der Husten machte ihr noch mehr Angst als das Fieber.

Warum war Monica ausgerechnet jetzt nicht da?

Jessie lief ins Schlafzimmer, holte das schnurlose Telefon, kam wieder zu Danny zurück.

Ihre Mutter war zu weit weg.

Sie begann zu wählen, ohne auch nur einen Augenblick zu zögern.

Jack meldete sich nach dem ersten Klingeln.

»Jack, Gott sei Dank, du bist zu Hause.«

»Jessie? Was ist los? Alles okay?« Die Panik in Jacks Stimme verstärkte ihre Angst.

»Es geht um Danny.« Danny hustete wieder. »Er ist krank und mein Auto ist in der Werkstatt. Er muss zum –«

»Bleib ganz ruhig. Ich bin sofort bei euch.«

»Beeil dich.« Aber er hatte schon aufgelegt.

Jessie streifte Danny ein T-Shirt über und setzte ihn mit ein paar Kissen unterstützt auf die Couch. Im Schlafzimmer zog sie sich die Klamotten an, die sie am Tag getragen hatte, und nahm die Handtasche von der Kommode.

Sie öffnete das Sicherheitsschloss der Eingangstür und dann musste sie warten. Zwischen Dannys Hustenanfällen fielen Danny immer wieder die Augen zu. In ihrem ganzen Leben hatte sich Jessie nie hilfloser gefühlt.

Jessie wiegte Danny, der Tex fest in den Armen hielt, sanft hin und her und versuchte, seinem starken Zittern keine Beachtung zu schenken. Das war eine Seite des Mutterseins, auf die sie gut verzichten konnte. Lieber wäre sie selbst krank, warum musste es Danny sein?

Dann hörte sie Jacks Schritte im Hausflur, bevor er die Wohnungstür öffnete. Gott sei Dank. Jessie war so erleichtert, dass ihr fast die Tränen kamen.

Jack verlangsamte seinen Schritt und nahm Danny sacht aus ihren Armen. »Hallo, Kleiner.« Er begrüßte zuerst ihren Sohn.

Danny versuchte zu lächeln, musste aber stattdessen husten.

»Hörst du, wie schlimm sein Husten klingt?«, fragte Jessie besorgt.

Jack schüttelte den Kopf. »Schschsch... schon gut, ich habe ihn. Nimm deine Tasche und schließ die Tür ab.«

»Okay«, sagte sie, seiner Anweisung folgend.

Draußen schlug ihr die kühle Luft entgegen. Jack öffnete die Beifahrertür und schnallte Danny auf dem Mittelsitz an. Jessie setzte sich neben ihn, während Jack um den Wagen herum zur Fahrertür ging.

»Wo ist die nächste Notaufnahme?«, erkundigte er sich.

Jessie sagte ihm, wo er entlangfahren musste, während Jack schweigend das Auto steuerte. Es gab kein Plaudern, kein Lächeln. Jack sah genauso besorgt aus wie sie.

Am Krankenhaus angekommen, trug Jack Danny hinein. Im Wartebereich war nur ein Viertel der Stühle besetzt. Die Leute warteten halb schlafend auf ihre Familienangehörigen.

»Hallo«, sagte die Dame hinter der gepanzerten Scheibe freundlich und schob ihnen einen Anmeldebogen zu.

Wie in Trance schrieb Jessie Dannys Namen auf das Formular. »Er hat über 40 Fieber und wegen des Hustens bekommt er nur schwer Luft.«

Die Frau sah sie voll Mitleid an und sagte: »Ich hole die Schwester von der Notaufnahme.«

Jessie blickte zu Jack, der immer noch stand. Danny hustete auf seinem Arm.

»Warum dauert das so lange?«, fragte Jack, obwohl die Frau gerade erst eine Minute fort war. Sie kam mit einer anderen, älteren Frau mit Stethoskop um den Hals und Kugelschreiber in der Hand zurück. Die Frau blickte durch das Fenster zu Danny und winkte ihnen. »Kommen Sie bitte mit.«

Jessie und Jack wurden durch das geschäftige Treiben der Notaufnahme in einen kleinen Raum geführt. Jack setzte sich neben den Tisch und nahm Danny auf den Schoß. Jessie zog einen Stuhl heran.

»Ich bin Schwester Teresa. Wie lange ist Danny schon krank?«

»Erst seit ein paar Stunden. Er hat sich schon nicht gut gefühlt, als er ins Bett ging, aber er hat nicht so gehustet wie jetzt.«

Teresa befestigte mit einem Heftpflaster einen Sensor an Dannys Finger.

»Wie hoch war das Fieber zu Hause?«

»40,1. Ich habe ihm Paracetamol gegeben, bevor wir gefahren sind.«

»Gut. Die meisten Eltern fahren kopflos ins Krankenhaus und denken nicht mit.«

Teresa stellte viele Fragen. Sie wollte Dannys Gewicht wissen, Vorerkrankungen, Impfungen, Allergien auf Arzneimittel. Jessie antwortete und die Schwester schrieb eifrig mit.

Sie steckte den Sensor von der Maschine ab, nahm ihn aber noch nicht von Dannys Finger. »Die Sauerstoffsättigung im Blut ist niedrig. Es ist gut, dass Sie gekommen sind.«

»Ist das schlimm?«, fragte Jack.

»Wenn man nichts dagegen tut, schon«, bestätigte sie. »Aber keine Angst, wir kümmern uns um Ihren Sohn.«

Weder Jessie noch Jack berichtigten sie.

»Er hat immer noch hohes Fieber, 39,2. Ich gebe ihm Ibuprofen.«

»Verträgt sich das mit dem Paracetamol?«

»Ja, das ist kein Problem. Beide Medikamente haben das gleiche Ziel, arbeiten aber auf verschiedene Weise. Wenn Kinder hohes Fieber haben, geben wir ihnen oft beides, um das Fieber zu senken.« Teresa stand auf und bedeutete Jack, ihr zu folgen. »Wenn der Papa bitte mal mitkommen würde.« Jack folgte der Schwester mit Danny auf dem Arm und Jessie lief hinterher.

Kapitel Elf

Die Schwester führte sie in einen anderen Raum. Dort steckte sie den Anschluss des Sauerstoffsensors, den Danny noch am Finger hatte, ein und stellte einen Monitor an. Jack sah die Anzeige – vierundneunzig – wusste aber nicht, was es bedeutete. Als die Zahl auf zweiundneunzig sank, begann die Maschine zu piepsen, was wahrscheinlich nichts Gutes verhieß. Irgendwann verschwand die Schwester, um einen Arzt zu holen, und Danny wollte zu seiner Mutter.

Jessie zog ihn auf ihren Schoß und saß mit ihm auf der Liege. Sie schaukelte ihn sanft vor und zurück und sprach leise zu ihm. Danny war nun wacher und hatte Angst, weil er nicht wusste, was los war und was mit ihm geschah.

»Bekomme ich eine Spritze? Ich will keine Spritze!«

Jack lief nervös auf und ab.

»Hab keine Angst, mein Schatz«, beruhigte Jessie ihren Sohn, während sie Jack ansah. »Hast du eigentlich gemerkt, dass wir mit Jacks Pick-up gefahren sind? Cool, oder?«

Danny sah zu ihm. »Mir gefällt dein Pick-up«, sagte er mit glasigen Augen.

Jack wusste, dass Jessie versuchte, ihren Sohn abzulenken.

»Wenn es dir wieder besser geht, machen wir mal eine kleine Matschralley«, sagte Jack. »Das macht großen Spaß.«

»W-was ist das?«, wollte Danny hustend wissen.

»Wenn man nach dem Regen mit dem Pick-up durch alle großen Schlammpfützen fährt, die es gibt. In Texas können die ganz schön groß werden.«

»Das« – hust, hust – »wäre toll.«

Die Schwester kam mit einem Arzt zurück. »Hallo miteinander, ich bin Dr. Shields. Und du musst wohl Danny sein.«

Dr. Shields stellte ein paar Fragen, während er Dannys Lunge abhörte und Ohren und Hals untersuchte. Er wandte sich an die Schwester: »Wir behandeln ihn mit Albuterol. Danach schicken wir ihn zum Röntgen, um uns das mal anzusehen.«

Teresa verließ das Zimmer, während Dr. Shields erklärte, was los war.

»Danny hatte noch nie Asthma oder irgendwelche Allergien?«

»Nein, nicht wirklich.«

»Und er hat dieses Jahr mit der Vorschule angefangen?«

»Ja.«

»Im Kindergarten und in der Schule schnappen die Kinder leider alle möglichen lustigen Krankheiten auf. Wir lassen ihn inhalieren, damit die Atemwege frei werden und die Bronchien sich weiten. Wenn sein Fieber sinkt, wird er sich entspannen und die Sauerstoffsättigung wird sich verbessern. Er hat auch eine Ohrenentzündung. Dagegen gebe ich Ihnen ein Antibiotikum mit, aber bitte gehen Sie im Laufe der Woche auch zu Ihrem Kinderarzt.«

»Hat er Asthma?«, fragte Jack nach.

»Ich denke nicht, denn es ist schließlich das erste Mal, das er diese Symptome zeigt. Viele Pflanzen blühen bei uns auch spät im Jahr. Allergien bereiten also nicht nur im Frühling Probleme. Der Wind hier ist auch für so manches verantwortlich, sogar bei denen, die sonst kein Asthma haben. Doch um sicherzugehen, sollte ihn sein Arzt weitergehend untersuchen. Wir machen noch ein Röntgenbild, damit wir nichts übersehen, und Sie nehmen eine Kopie davon auf CD mit.«

»Okay«, murmelte Jessie.

»Aber ich bin schon wieder einen Schritt voraus. Jetzt müssen wir erst zusehen, dass es Danny ein bisschen besser geht. Ich bin gleich wieder zurück und Teresa kommt mit dem Inhalator.«

Jack gab dem Doktor die Hand. »Vielen Dank.«

»Keine Ursache.«

»Muss ich eine Spritze bekommen?«, fragte Danny auf Jessies Arm.

»Diesmal nicht. Außer, du möchtest vielleicht eine?«, fragte Dr. Shields mit gespielter Hoffnung.

»Auf gar keinen Fall.«

Alle mussten lachen.

Danny bekam einen Plastikschlauch in den Mund gesteckt und inhalierte die Medizin tief in seine Lungen.

Die Anspannung wich von Jacks Schultern und die sorgenvollen Falten auf Jessies Stirn verschwanden.

Schon kurze Zeit später wollte Danny alleine auf der Liege sitzen. Jessie setzte ihn ab und nahm neben Jack Platz. Armer Danny, dachte Jack. Er musste sich wie unter einem Mikroskop fühlen, weil sie ihn beide anstarrten und jede Bewegung beobachteten. Als Danny mit dem Inhalieren fertig war, kam die Schwester zurück und stellte den Sauerstoff ab.

Eine der Verwaltungsangestellten betrat den Raum, um Jessie nach den Versicherungsdetails zu fragen. Sie nahm die Angaben der gesetzlichen Krankenversicherung auf und erklärte, welche Kosten Jessie in Rechnung gestellt werden würden. Es dauerte nicht sehr lange.

Mittlerweile hatte sich Danny hingelegt und die Augen geschlossen.

»Danke, dass du mitgekommen bist, Jack«, sagte Jessie neben ihm.

Er blickte in Jessies müdes Gesicht und legte einen Arm um sie. »Ich bin froh, dass du mich angerufen hast.«

Zu seiner Überraschung kuschelte sie sich in seine Arme.

»Monica ist nicht da und ich habe mein Auto noch nicht zurück.«

»Wann ist dein Auto wieder kaputtgegangen?« Er hätte Max wirklich alles, was nicht funktionierte, austauschen lassen sollen.

»Erinnerst du dich noch an mein schreckliches Date?«

Als ob er das jemals vergessen würde. »Am Samstag?«

»Mein Auto ist auf dem Rückweg stehen geblieben. Die letzten drei Meilen bin ich zu Fuß gegangen.«

Verdammt. Es schauderte ihn bei dem Gedanken, dass sie nachts alleine zu Fuß gelaufen war. Jack zog sie enger an sich, wollte ihr Leben leichter machen. »Das hättest du mir erzählen müssen.«

Sie gähnte. »Damit du mir wieder zu Hilfe kommst? Die Karre wird langsam zu alt. Normalerweise bin ich nicht so hilflos.«

»Machst du Witze? Du schmeichelst meinem Ego, junges Fräulein. Ich kann mir nichts Besseres vorstellen, als dir die Last von den Schultern zu nehmen.«

Danny war eingeschlafen und endlich sah man, dass er keine Atemnot mehr hatte.

»Das machst du auch. Nimmst mir die Last von den Schultern. Vorhin bin ich in Panik geraten. Wenn du nicht ans Telefon gegangen wärest …«

»Aber ich bin rangegangen. Alles ist gut und Danny sieht schon viel besser aus.«

Jack zog Jessie an sich und streichelte über ihren Arm. Bald waren Mutter und Sohn eingenickt.

★★★

Jack legte Danny ins Bett und deckte ihn zu. Jessie gab ihrem Sohn einen Kuss und ging aus dem Zimmer.

Es war drei Uhr morgens.

»Ich weiß nicht, wie ich das wiedergutmachen kann.«

»Das hast du schon längst, Jessie.« Jack blickte sich im Wohnzimmer um. »Ich werde mich hier auf die Couch legen.«

»Das musst du aber nicht. Ich bin sicher, dass es Danny jetzt besser geht. Der Arzt hat gesagt, dass er wahrscheinlich bis morgen früh durchschlafen wird.«

Jack setzte sich auf das Sofa und strich mit den Füßen die Schuhe ab.

»Wenn es dir nichts ausmacht, dann bleibe ich lieber. So muss ich nicht wieder herfahren, falls doch etwas ist.«

Jessie sah aus, als ob sie etwas sagen wollte, schüttelte aber nur den Kopf. »Okay. Man kann die Couch ausziehen.«

»Ist nicht nötig.«

Jessie verschwand und kam mit einer Decke und einem Kissen zurück. »Bist du sicher?«

Er zog seine Jacke aus und zwinkerte. »Ganz sicher.«

»Okay«, sagte sie. »Gute Nacht.«

»Gute Nacht, Süße.«

Jessie lächelte, dann ging sie ins Schlafzimmer.

Jack warf das Kissen auf eine Seite des Sofas und breitete die Decke aus. Zu überdreht, um sich hinzulegen, blieb er sitzen und hörte, wie Jessie in ihrem Zimmer auf und ab ging.

Der mickrige Christbaum war fast genauso leer wie letzte Woche. Es war nicht richtig. Den üppigen Baum, der in seiner Penthouse-Suite im Morrison Hotel stand, hätten Jessie und Danny eher verdient. Langsam wusste er nicht mehr, warum er weiterhin vorgab, ein armer Träumer zu sein. All die Halbwahrheiten und unschönen Lügen nahmen überhand.

An diesem Abend, als Jessie im Krankenhaus in seinen Armen schlief und Danny auf der Liege leise schnarchte, war Jack bewusst geworden, wie sehr er sich in Jessie verliebt hatte. Und wie sehr ihm Danny ans Herz gewachsen war.

Alle Anzeichen sprachen dafür, dass es sich um Liebe handelte. Aus irgendeinem Grund beunruhigte ihn das L-Wort gar nicht. Mit einer anderen Frau hätte er sich vielleicht eingeengt, eingesperrt gefühlt, aber nicht mit Jessie. Wie sie ihn ansah. Dass sie ihn anrief, wenn sie ihn brauchte. Sie lachte über seine Witze und hörte zu, wenn er etwas loswerden wollte. Die Art und Weise, wie sie ihre Hüften bewegte und ihre Haare nach hinten warf, brachte sein Blut in Wallung.

Auch jetzt, als er hörte, dass sie sich im Nebenzimmer im Bett schlaflos hin und her wälzte. Er sollte einfach zu ihr gehen und ihr die Wahrheit sagen.

»Jessie«, würde er sagen. *»Ich habe mir mein ganzes Leben eine Frau gewünscht, die mich um meiner selbst willen mag. Weil ich so*

bin, wie ich bin, und nicht weil ich diesen Namen trage oder so viel Geld besitze. Als ich dich zum ersten Mal im Diner sah, hat es mir den Atem verschlagen. Ich musste einfach wissen, dass du wirklich mich meinst, falls du dich in mich verliebst. Ich kann dich nicht weiter glauben lassen, ich sei ein Träumer, der dich nicht glücklich machen kann. Gib mir eine Chance.«

Wie hart konnten diese Worte sein? In seinen Ohren klang es gut und er hatte sich schon seit Wochen vorgestellt, dass er ihr das so sagen würde.

Jack hörte die Federn ihrer Matratze quietschen und stand auf.

Bringen wir es hinter uns.

Doch je näher er der Tür kam, desto stärker zog sich sein Magen zusammen.

Ihre Tür stand offen. Wahrscheinlich, weil sie Danny hören wollte, wenn er nach ihr rief.

Sie drehte sich im Bett und schlug in ihr Kissen.

Jack sah ihr dabei zu und schmunzelte. Immerhin war er nicht der Einzige, der nicht schlafen konnte. Jessie drehte sich wieder und knautschte die Bettdecke. »Mist«, fluchte sie flüsternd.

»Einschlafprobleme?«, fragte er mit leiser Stimme.

Jetzt bemerkte sie ihn im Türrahmen. Sie knipste die Nachttischlampe an. Ein matter Schein erleuchtete das Zimmer.

»Das ist doch verrückt«, flüsterte sie.

Sie warf die Bettdecke schließlich ganz zur Seite und dabei kam ihr langes T-Shirt zum Vorschein, auf dem ein Schneemann zu sehen war, der seine Nase aß. So ein Bild konnte eigentlich nicht sexy sein, aber an ihr war es das. Und als Jessie vom Bett aufstand und mit verlangendem Blick langsam auf ihn zukam, schaltete sich sein Verstand aus. Vernünftige Gedanken verabschiedeten sich. Sein Puls erreichte Maximalgeschwindigkeit.

Sie standen Zehenspitzen an Zehenspitzen. Jessie zog ihn in ihr Zimmer und schloss die Tür. Er war zu ihr gekommen, um ihr etwas zu sagen, aber er konnte sich nicht mehr erinnern, was es war.

Ihre Brüste stießen frech von innen gegen den Schneemann. Ihre Brustwarzen zeichneten sich unter dem dünnen Stoff ab. Jessie fuhr mit der Hand seinen Arm entlang.

»Was machst du da, Jessie?«

»Wenn du das fragen musst, dann lasse ich wohl ganz schön nach«, antwortete sie lächelnd. Hatte er so etwas Ähnliches nicht erst vor Kurzem gesagt?

»Aber du möchtest nicht –«

Sie brachte ihn zum Schweigen, indem sie einen Finger auf seine Lippen legte. »Lass uns nicht mehr reden. Ich habe schon viel zu viel geredet. Ich will dich spüren, Jack.« Sie trat einen Schritt zurück, überkreuzte die Arme und zog sich das Nachthemd aus.

Sie stand vor ihm in rosafarbenem Spitzenslip, sonst hatte sie nichts an. Das Feuer in ihren Augen fuhr ihm direkt in den Unterleib und sein Herz sang Halleluja.

Ihre straffe Haut sank und hob sich genau an den richtigen Stellen. Jack wurde von Ehrfurcht erfasst. Er streckte eine Hand aus, berührte ihre Schulter, ließ die Hand sanft über ihren Arm wandern. Er beobachtete dabei, wie seine Finger über ihre Haut strichen, und spürte, wie Jessie durch seine Berührung erzitterte.

Jack kam es vor, als ob er sein ganzes Leben lang nur darauf gewartete hätte, sie zu berühren, sie zu schmecken. Die beiden Küsse hatten seinen Hunger nach ihr nicht gestillt, sondern nur weiter angefacht. Seine Finger verweilten auf ihrem Ellbogen, dann umfasste er ihre Taille. Er breitete die Finger aus, so weit es ging, damit er möglichst viel Haut von ihr berührte, aber es war nicht genug. Mit seiner anderen Hand folgte er der Kurve ihrer weichen, einladenden Hüfte. Er bekam eine Gänsehaut. Als Jessie lustvoll ausatmete, blickte Jack in ihre braunen Augen – Augen, die dunkler wurden, wenn sie, wie jetzt, erregt war. Sie stand einfach nur da, genoss seine Berührung und forderte nichts.

Ihre Lippen öffneten sich, als er die Kurve ihrer Hüfte nach oben verfolgte, bis er auf der Unterseite ihrer großzügigen Brüste angekommen war. Ihre Brustwarzen wurden zu harten Knospen, die sich nach seiner Berührung sehnten.

»Ich möchte alles für dich sein«, hörte sich Jack sagen.

Jessie öffnete die Knöpfe seines Hemdes. Mit zitternden Händen war sie endlich beim letzten Knopf angekommen und drückte ihn durch das Knopfloch. Ungeduldig streifte sie ihm das Hemd ab, das vor ihren Füßen landete.

Ihre Finger fuhren über seine Brust, durch die Haare darauf. Ihr Daumen strich über seine Brustwarze und regte wie ein Feuer die Nervenenden an, die lange Zeit im Schlummerzustand gewesen waren.

Sie hatten sich noch nicht einmal geküsst und schon fand seine Erektion kaum noch Platz in der Hose.

Aber so sehr er sie auch begehrte, er wollte diesen Moment auskosten.

Diesen Moment, in dem sie sich erkundeten, sich fühlten, berührten, schmeckten, er wollte diesen Moment mit seinem ganzen Sein genießen.

Er beugte den Kopf und berührte ihren Hals mit seinen Lippen. Er spürte ihren Puls schnell und kräftig. Er knabberte, leckte und küsste sich den Weg zu ihrem Schlüsselbein, bis er spürte, wie Jessies Körper schier mit seinem verschmolz.

Jack schlang die Arme um sie. Er löste die Lippen von ihrer süßen Haut und fand ihren Mund. Sie stöhnte auf, hatte es aber nicht eilig. Als ob sie sich vorher darauf geeinigt hätten, sich Zeit zu lassen, sich langsam und gründlich zu lieben.

Ihre Lippen waren weich und köstlich. Jacks Mund blieb auf ihrem, er erforschte sie mit seinen Lippen, erkundete jede Kurve, jede Bewegung, die Jessie aufstöhnen ließ, dann ließ er seine Zunge tiefer zu ihrer vordringen. Ihre Nägel krallten sich in seinen Rücken, als er sich an sie drückte. Ihre Brüste pressten sich gegen ihn, als sie sich dem unbeschreiblichen Gefühl hingab und es zuließ, dass sein fordernder Mund sie verschlang. Es wurde heiß, Jessie schmolz in seinen Armen.

Jack führte sie rückwärts in Richtung Bett und folgte ihr auf die Matratze. Jessie hatte nun die Hände frei und wanderte mit ihnen über seinen Körper, streichelte ausgiebig seinen Rücken, seinen Jeanshintern, die Rückseite der Oberschenkel. Hätte er nichts mehr angehabt, wäre er schon längst in ihr gewesen. Besser die Hosen so lang wie möglich anzulassen, bis er die süße Folter ihrer Berührung nicht länger aushielt.

Jessie brannte. Jacks Gewicht, das sie auf das Bett drückte, war genauso verführerisch wie seine Hände, die über ihre Hüfte fuhren, über ihren Slip und ihre Schenkel entlang. Seine Lippen waren wie eine tödliche Waffe. Seine Zunge die Munition. Sie musste sich ergeben.

Er küsste sie, bis es ihr den Atem verschlug, dann verließ er ihren Mund, küsste ihren Hals, ihre Schulter. Seine Hände umfassten ihre straffe Brust, überströmten sie mit Wellen der Lust, die durch ihren Bauch fuhren und zwischen ihren Beinen ankamen.

Jessie hob ein Bein und zog damit seines so weit, dass sein Knie fest in die Mitte zwischen ihren Beinen drückte. Es war so köstlich, ihn in ihren Armen zu spüren. Der Gedanke daran, aufzuhören, kam ihr nicht in den Sinn. Nur das Verlangen danach, ihn überall zu spüren, regierte ihr Handeln.

Als Jacks Mund ihre Brustwarze berührte, bäumte sie sich auf, drückte ihre Hüfte gegen seine Schenkel. Die Bewegung und Reibung, diese Verbindung, forderte Wiederholung.

Sie wollte ihn so sehr, würde aber nichts beschleunigen, nicht schneller sein als er.

Jessie ließ ihre Hand seinen Oberschenkel entlangwandern und zog sie zwischen ihren Beinen wieder hervor. Jack lachte an ihren Brüsten. »Jetzt lachst du noch«, sagte sie, als sie schamlos ihren Unterleib gegen sein Bein drückte. »Ich weiß, was du machst.«

»Wirklich?«

»Du hältst mich hin, weil ich mich dir all die Zeit verweigert habe.« Er knabberte an ihrer Brust, ließ die Worte aus ihrem Mund und ihrem Gehirn verschwinden.

»Ich halte dich hin, aber nicht aus Rache … sondern aus Lust.« Seine Hand schlängelte ihren Bauch entlang und verweilte neckend am Rand ihres Slips.

Sie hielt die Luft an, wartete.

Als er zögerte, öffnete Jessie die Augen und sah, dass er sie forschend anblickte. Die rauchigen Flecken in seinen Augen funkelten im Halbdunkel des Zimmers. Seine Finger wanderten unter die Spitze, berührten ihre Haut. Dann suchten sie langsam ihre feuchte, pulsierende Mitte. Sie konnte ihre Augen nicht offenhalten, während er in sie eindrang und sie für ihn öffnete. Es war lange her, seit sie jemand berührt hatte, und wenn sie ehrlich war, hatte sich noch nie jemand so um ihre Bedürfnisse gekümmert.

Seine Hand bewegte sich im Takt mit ihren Hüften. Ihr Atem wurde flach, als ihr Körper sich anspannte und bog. Langsam zog sich Jack zurück, ließ sie frustriert inmitten einer wachsenden Flutwelle der Ekstase zurück. »Du bist ein Mistkerl, Jack Moore.«

»Gut Ding will Weile haben«, konterte er.

Weile haben? Hatten sie nicht schon lange genug gewartet?

Na warte …

Schelmisch lächelnd strich Jessie Jacks Schenkel entlang. Ihre Finger spielten mit dem Hosenbund, bis sie schließlich den Knopf öffnete.

»Oh nein«, stöhnte Jack, als sie die Konturen seiner Erektion durch die Jeans hindurch streichelte. »Jetzt sitze ich wohl in der Patsche, was?«

Jessie stieß ihn von sich weg und beugte sich über ihn. »Und wie, Cowboy.«

Sexy Grübchen dominierten sein lächelndes Gesicht, als er die Hand hob und ihr über die Wange streichelte. »Das macht mir nichts aus«, gab er an.

Das werden wir ja sehen.

Jessie ließ sich alle Zeit der Welt, die Knöpfe seiner Hose zu öffnen. Als sie die Jeans langsam herunterzog, umging sie mit Absicht den heißesten Teil seines Körpers.

Jack richtete sich auf und half, die Hose abzustreifen. Dann legte er sich zurück, mit einem Grinsen und geweiteten Augen.

Er trägt Boxershorts, dachte Jessie, während sie seine Hüfte streichelte und über das Gesäß fuhr, bevor sie sich der Vorderseite widmete, aber immer noch nicht seiner beeindruckenden Länge.

Sie legte ihre Lippen auf seine und öffnete sie für seine fordernde Zunge.

Jacks Hand wanderte zu ihrer Taille und zog sie näher. Ihr Bein fuhr zwischen seine Beine und diesmal war Jack an der Reihe, auf ihrem Schenkel zu reiten. Er bewegte sich schneller und Jessie lächelte unter seinem Kuss, griff zwischen seine Beine, durch den Baumwollstoff seiner Boxershorts.

Er riss den Mund weg und zischte: »Achtung, Lady, wenn du so weitermachst, wird es zu schnell vorbei sein.«

Jessie ließ ihre Hand durch den Schlitz seiner Shorts wandern und nahm ihn fest in den Griff. »Gut Ding will Weile haben«, neckte sie ihn.

Bei Jack legte es einen Schalter um und innerhalb eines Atemzugs lag er auf Jessie, hielt sie fest an den Handgelenken. Er küsste sie hart und Jessie hatte noch nie einen Mann so sehr gewollt wie in diesem Moment.

Er zitterte vor Erregung, als er ihr das Höschen auszog.

Dann warf er seine Shorts dazu und griff nach der Jeans. Aus dem Geldbeutel holte er ein Kondom und streifte es über. Sogar das war unglaublich sexy.

Als er zurückkam, öffnete sich Jessie für ihn, drückte ihn zwischen ihre Beine. Er beugte sich zu ihr, küsste sie sanft, während die Spitze seiner Erektion an ihr entlangglitt, sie neckte.

Keiner von beiden konnte länger warten. Jessie strich mit der Hand seinen Körper, seine Hüfte entlang, griff ihn, positionierte ihn.

Sie blickten sich in die Augen, als er langsam in sie eindrang.

Ihr Körper erwachte, er hatte so lange geschlummert. Sie merkte, dass sie ihn straff in ihrem Inneren festhielt.

»Gütiger«, stöhnte er, als er sie vollständig ausfüllte.

Voll und trotzdem begierig wartete Jessie, dass Jack wieder Atem schöpfte, bevor sie anfing, mit dem Becken zu wippen.

Jack suchte ihre Lippen und küsste sie, als sie sich bewegten. Sie klammerte sich an ihn. Beide rangen um Atem, in dem Bestreben, ihrem Ziel der Lust näherzukommen. Jessie kostete es aus, ihn zu fühlen, wie er in sie hineinglitt. Mit jedem Stoß erregte er sie mehr.

Sie hob die Beine, legte sie um seine Taille und konnte ihn so noch vollkommener in sich spüren.

»Ja«, sagte sie mit kehliger Stimme. So kurz davor zu explodieren, so kurz davor; und dann geschah es, sie erstickte ihr Stöhnen an Jacks Schulter und fühlte, wie ihr Körper sich um ihn herum zusammenzog, alle Nervenenden, die sich so lange hatten zurückhalten müssen, vibrierten.

Jack ritt auf ihr, verlängerte ihren Orgasmus, bis auch ihm der Atem stockte und er sich schneller bewegte.

»Jessie«, seufzte er, als auch er seine Erlösung fand. Seine Stöße wurden langsamer, länger, bis er auf ihr liegen blieb.

Phänomenal. Man konnte es kaum beschreiben, was sie beide zusammen waren. Sie umarmte ihn fest und stieß jeden rationalen Gedanken von sich weg.

Es zählte nur dieser Moment. Das Nachglühen ihres Liebesakts. Jack legte sich neben sie, zog sie an sich.

Jessie verwob seine Finger mit ihren und schloss die Augen. Sie wollte etwas sagen, fand aber keine Worte und kuschelte sich schweigend an ihn. Sie schliefen eng umschlungen ein.

Kapitel Zwölf

Sie wurde von Kaffeeduft geweckt. Jessie öffnete verschlafen die Augen. Das Bett neben ihr war leer. Zu ihrer Überraschung stellte sie fest, dass der Wecker auf der Kommode bereits nach acht Uhr anzeigte. Danny sprang normalerweise schon um sieben herum, aber entweder schlief der Kleine noch oder er gab sich heute große Mühe, leise zu sein.

Die Erinnerung an letzte Nacht zauberte ein Lächeln auf ihr Gesicht. Sie streckte sich und spürte einen leichten Muskelkater. Hm, aber es fühlte sich sehr gut an.

Sie rollte sich aus dem Bett, fand ihre Pantoffeln und streifte sich den Morgenmantel über.

Als sie aus dem Zimmer kam, hörte sie den Fernseher mit einer Zeichentrickserie laufen. Im Wohnzimmer saß Danny in eine Decke gekuschelt auf der Couch und hielt eine Cornflakesschüssel in den Händen. Eigentlich durfte er nicht auf dem Sofa essen, aber es sah so gemütlich aus. Nach der Nacht, die er durchgemacht hatte, brachte es Jessie nicht übers Herz, ihn zu ermahnen, dass er sich an den Tisch setzte.

»Du bist wach.« Jack lächelte, als er auf sie zukam und ihr zur Begrüßung eine Tasse Kaffee reichte. Sein Gesichtsausdruck verriet, dass er sie am liebsten küssen wollte, sich aber mit einem Blick auf Danny zurückhielt.

Die Tatsache, dass er sich anscheinend Gedanken um Danny machte, zeigte, dass Jack sie verstand. »Danke«, sagte sie und nahm einen Schluck. Er hatte sogar Sahne und Zucker in die Tasse gegeben.

Sehr aufmerksam. Er war immer sehr aufmerksam.

»Guten Morgen, Mami.«

Jessie stellte ihre Tasse auf den Couchtisch und legte eine Hand auf Dannys Stirn. »Wie fühlst du dich, mein Schatz?«

Seine Wangen und seine Nase waren gerötet und seine Augen sahen müde aus. Aber seine Haut war nicht mehr so heiß wie in der Nacht.

Danny hustete und antwortete: »Besser. Ich glaube, wir können nachher auf den Spielplatz gehen.«

Ja, klar. »Ich glaube, das ist heute keine gute Idee. Aber vielleicht morgen.« *Oder übermorgen.*

»Wir haben Fieber gemessen, als er aufgewacht ist«, berichtete Jack. »Er hat 38,4. Ich habe ihm Motrin gegeben, wie es der Arzt verordnet hat.«

Jessie blickte von Danny zu Jack und wieder zurück. Sie strich Danny die Haare aus den Augen. Danny sah wieder fern und schenkte ihr keine Beachtung. Sie ging in die Küche, wo der Duft nach frischem Toast den Raum erfüllte.

»Danke, dass du Danny geholfen hast.«

»Ich hoffe, das war okay.«

»Okay? Jack, ich weiß das sehr zu schätzen!«

Er lehnte sich an die Arbeitsfläche und trank Kaffee.

»Ich kann gar nicht glauben, dass ich so lange geschlafen habe. Wie lange seid ihr zwei schon wach?«

»Seit ungefähr einer Stunde. Ich habe Danny im Bad gehört und dachte mir, dass ich kurz mal nach ihm sehe und dich weiterschlafen lasse.«

Jessie zog Jack aus der Sichtweite von Danny und küsste ihn. »Danke«, sagte sie. Jack zog sie an sich für einen richtigen Kuss.

Als er sie wieder losließ, lächelte sie und ihre Wangen glühten. Jessie konnte sich nicht von seinem warmen Blick losreißen. Was dachte er? Sie sah schrecklich aus, die Haare vom Kissen verdrückt, Schlaf in den Augen, aber er lächelte sie an, als ob sie für einen Ball hergerichtet wäre.

»Du bist schön«, sagte er sanft.

»Ich sehe furchtbar aus«, korrigierte sie ihn. Aber die Tatsache, dass er über ihr desolates Aussehen direkt nach dem Aufstehen hinwegsehen konnte, war definitiv ein Pluspunkt.

Er strich ihr über das Gesicht und blickte ihr tief in die Augen. »Heirate mich.«

Zuerst dachte Jessie, sie hätte sich verhört. Doch so wie Jack sie anlächelte, wusste sie, dass sie richtig gehört hatte.

»W-wie bitte?«

Er lachte und legte den Arm um ihre Taille. »Ich habe gesagt: Heirate mich!«

Nein, nicht so was. Bitte nicht jetzt.

Ihr blieb die Luft weg. Sie konnte an Jacks Blick ablesen, dass sie verwirrt aussah.

Ihr Lächeln verschwand, ihre Hände fingen an zu zittern. Jessie begann den Kopf zu schütteln. »Jack«, sagte sie atemlos.

»Du willst es auch, Jessie. Du, ich, Danny. Ich weiß, du hast Vorbehalte ...«

Sie befreite sich aus seiner Umarmung. »Nein. Mach das nicht. Bitte.« Verdammt. Er wusste doch, was sie von Träumern hielt und all das.

Jessie blickte um die Ecke zu Danny. Er hatte den Kopf auf das Kissen gelegt. Sie nahm Jack an der Hand und zog ihn ins Schlafzimmer. Dort schloss sie die Tür hinter sich und sprach mit unterdrückter Stimme.

»Warum tust du das? Du weißt, dass ich dich nicht heiraten kann.«

Jacks Lächeln verschwand. Ihm wurde bewusst, dass sie ihn ablehnte. »Weil ich nicht reich bin?«

»N-Nein.« Sie drehte sich von ihm weg, von der Kälte, die in seine Augen getreten war. »Ich habe dich gern. Wirklich. Letzte Nacht war unglaublich ...«

»Was ist dann das Problem?«

»Denk doch mal darüber nach, Jack. Wir heiraten, du ziehst hier ein. Irgendwann lässt das Neue nach und wegen der Rechnungen fangen wir an, uns anzuschreien. Oder dir kommt wieder in den Sinn, wie sehr du Texas liebst und dann fällt dir ein, dass wir es uns nicht leisten können, dorthin zurückzuziehen. Du haust ab und ich bleibe hier.« Sie redete, ohne dass es einen Sinn ergab. Warum musste er das machen? Konnten sie nicht einfach eine Bettbeziehung haben? Warum ein Versprechen abgeben, wenn er es später wieder brechen würde?

»Das wir nicht geschehen.« Er griff nach ihrem Arm, aber sie wehrte ihn ab.

»Doch. Du brauchst jemanden, mit dem du abhauen und deine Träume verwirklichen kannst. Du brauchst nicht mich und ein Kind, die dich davon abhalten.« Er würde es schon im nächsten Jahr bereuen, dass er mit ihr und Danny zusammen war. Träumer hassten es, wenn die Realität sie einholte.

»Und wenn ich dir sagen würde, dass ich Geld habe?«

»Hör auf! Hör einfach auf!« Sie hasste es. Sie hasste, dass sie fühlte, wie ihr Herz brach, nachdem es noch vor wenigen Minuten so voller Leben gewesen war. »Wir sind Freunde, Jack. Ich möchte die letzte Nacht nicht bereuen müssen, weil ich gedacht habe, wir könnten Freunde mit besonderen Vorzügen sein oder so. Aber offensichtlich ist das nicht der Fall.« Sie sah immer noch Hoffnung in seinen Augen und Jessie wusste, dass sie etwas sagen musste, damit er seinen Traum mit jemand anderem erfüllen konnte. »Es war einfach nur Sex, Jack.«

»Das ist alles, was es für dich war?«, fragte er barsch. Sein Ton ließ sie erschaudern.

Ihre Lippen zitterten, Tränen brannten in ihren Augen. »Ja.« Sie tat ihr Bestes, überzeugend zu klingen. Als er sie weiter anstarrte, wandte sie sich ab. »Ich glaube, es ist besser, wenn du jetzt gehst.«

Ich werde nicht weinen. Ich werde nicht weinen.

»Jessie?«

»Geh einfach.« Sie drehte sich nicht um. Sie konnte es nicht. Wenn er den Schmerz in ihren Augen sah, dann wusste er, dass er ihr etwas bedeutete, und würde nicht aufgeben.

Jessie hielt die Luft an, bis sie hörte, dass er aus dem Zimmer ging. Sie ließ sich aufs Bett fallen, denn ihre Beine trugen sie nicht länger. Die Wohnungstür wurde geöffnet und geschlossen. Das Geräusch ließ die Tränen fließen, die sie zurückgehalten hatte.

Warum? Warum konnte er nicht zufrieden sein mit dem, was sie hatten?

Bedauern war gar kein Ausdruck für den Schmerz, den sie spürte.

Sie hatte gut daran getan, ihn wegzustoßen. Er würde sie irgendwann hassen, weil sie ihn festhielt.

Aber gütiger Gott, tat das weh.

Als ob sie etwas hatte gehen lassen, was man nur einmal im Leben bekam.

★★★

Jack unterdrückte das Verlangen, den Weihnachtsbaum vom Wohnzimmer seiner Suite aus dem Fenster zu werfen. Der Drink in seiner Hand schaffte es nicht, ihn ausreichend zu betäuben. Mit jeder Stunde, die verging, nahmen Wut und Niedergeschlagenheit zu. Er gab sich selbst die Schuld, weil ihm der Heiratsantrag herausgeplatzt war. Wenn er doch nur gewartet hätte, einen Ring gehabt hätte, es richtig gemacht hätte ...

Aber nein. Der impulsive Jack hatte ein Kapitel übersprungen und jetzt war Jessie außer Reichweite.

Es wäre lustig gewesen, hätte er sich nicht so erbärmlich gefühlt. Jessie wollte ihn nicht heiraten, weil sie dachte, er sei ein armer Schlucker, der nichts zu bieten hatte.

Wie bescheuert und ironisch war das eigentlich?

Vor allem, wenn man bedachte, dass er die blöde Autowerkstatt angerufen hatte, wo man an ihrer beschissenen Schrottkarre schraubte, und ihnen praktisch einen Blankoscheck gegeben hatte.

Er war von ihrer Wohnung weggefahren und hatte gedacht, dass sie wieder zu dem Punkt zurückkommen konnten, an dem sie einmal gewesen waren. Freunde.

Aber es gab kein Zurück mehr und weiter ging es auch nicht. Verdammt. Er und Jessie konnten nicht einmal stillstehen.

Er ließ den Kopf in die Hände fallen.

Das Telefon klingelte und erschreckte ihn. Als er aufstand, um abzuheben, drehte sich der Raum.

Jack blickte auf die Uhr an der Wand. Es war achtzehn Uhr und er trug immer noch die Kleidung, die er sich mitten in der Nacht übergeworfen hatte, um Danny ins Krankenhaus zu bringen.

Das Telefon klingelte weiter.

»Ich komme ja schon«, schrie er das Telefon an. Er hob ab, ließ dabei aber fast den Hörer fallen. »Was?«

»Ui, du klingst wie ein frischer Sonnenstrahl«, hörte er eine weibliche Stimme.

»Katiiiie?«

»Himmel, Jack, es ist bei euch doch erst sechs Uhr abends, oder? Ist das nicht ein bisschen zu früh zum Feiern?«

Jack setzte sich, damit er nicht umfiel. »Meinsdu, dass nur du maßlooos sssein darfs?« Außerdem hatte er einen schlechten Tag gehabt.

»Erst höre ich, dass du Weihnachten nicht nach Hause kommst, und dann bist du mitten am Tag besoffen.«

»Es is' nich' mitten am Tag.«

»Es dauert eine Weile, bis man anfängt zu lallen, Jacko. Was zum Teufel ist los mit dir?«

Frauen! »Nix. Allesss gut.« Besoffen, aber alles gut. So lange er still saß, schwankte das Zimmer nur beim Einatmen ... und Ausatmen.

Katies hochnäsige Stimme wurde leise. »Wer ist sie?«

Verdammte Frau. »Ich leg jetz' auf.«

»Jack. Wage das ja nicht. Ich wette, dass –«

Er führte das Telefon dicht vor seine Augen und drückte den Auflegeknopf ... zwei Mal.

Dann, weil das Schlafzimmer zu weit entfernt war, lehnte sich Jack zurück und schloss die Augen.

★★★

Die nächsten vierundzwanzig Stunden verbrachte Jessie wie im Nebel. Dannys Fieber stieg und sank, aber am Abend hatte er die schlimmsten Symptome überstanden. Am nächsten Morgen würde man ihn kaum ruhig halten können.

Danny fragte viel zu oft nach Jack.

Wo war er?

Wann kam er zurück?

Warum ist er gefahren?

Würden sie ihn Weihnachten sehen?

Jede Frage fühlte sich an wie ein Nagel, der in den Sarg geschlagen wurde, in dem sie fortan ihr Leben verbringen würde. Monica sollte an diesem Abend wieder nach Hause kommen und Jessie konnte es kaum erwarten, dass ihre Schwester heimkam. Dann konnte sie sich an ihrer Schulter ausheulen und sich von Monica anhören, wie dumm sie gewesen war.

Zweifelsohne würde Monica ihr alles Mögliche vorhalten, weil sie Nein gesagt hatte.

Sie würden sich streiten. Jessie würde ihr erklären, warum sie sich von Jack hatte losreißen müssen, und Monica würde versuchen, sie umzustimmen.

Aber Jessie war älter. Und sie wusste es besser.

Ihr Telefon klingelte. Jessies Herz schlug bis zum Hals. Was, wenn das Jack war?

Jessie wartete, bis der Anrufbeantworter anging.

»Das ist eine Nachricht für Jessica Mann. Ms Mann, hier spricht Phil Gravis von Upland Toyota ...«

Ihr Auto. Sie holte das Telefon, hob ab. »Hallo?«

»Ms Mann?«

»Ja, das bin ich. Tut mir leid, ich war gerade im anderen Zimmer«, log sie, »und habe das Telefon nicht gehört.« Die zweite Lüge.

»Kein Problem. Ähm, es geht um Ihr Auto.«

Oh bitte ... nicht noch mehr schlechte Nachrichten. Mehr konnte sie nicht ertragen. »Ja?«

»Wir hatten hier in der Werkstatt ein kleines Unglück.«

»Unglück?« Das klang nicht gut.

»Einen Brand, genau genommen.«

Ihr Auto. Egal wie schlecht es war, für den anderen war es nur ein Versicherungsfall. Verdammt, der Himmel stürzte herab und Jessie stand in der Mitte des Wirbelsturms.

»Ein Feuer?«

»Ja, ein Brandunglück. Keine Angst, Ihr Auto ist –«

»Unbeschädigt? Mein Auto ist unbeschädigt?«

Mr Gravis lachte. »Ihr Auto ist ein Totalschaden.«

Wie ein Schlag ins Gesicht. »Das finde ich nicht lustig.«

»Nun ja, bei dem Auto wäre ein Haufen Reparaturen nötig gewesen.« Seine Stimme klang flach.

»Das ist mein einziges Transportmittel.« Sie wurde laut, Panik setzte ein.

»Also, Ms Mann, bitte ... es ist alles gut. Wir von Toyota übernehmen die volle Verantwortung und möchten Sie einladen, sich ein Ersatzfahrzeug auszusuchen.«

»Ein Ersatzfahrzeug?«, wiederholte sie wie ein Papagei.

»Lassen Sie mich erklären. Ich verstehe Ihre Bestürzung.«

Die Untertreibung des Jahres.

»Es hat gebrannt, Ihr Auto ist ein Totalschaden, aber wir bieten Ihnen als Schadenersatz ein brandneues Auto an. Wenn Sie keinen emotionalen Bezug zu Ihrem früheren Celica-Model haben, dann ist das eine gute Sache für Sie.«

Gut, dass sie saß, denn als sie begriff, was er sagte, fühlte sie sich benommen.

»Ein ganz neues Auto als Ersatz für meine Schrottkarre?« Wahrscheinlich hatte ihr Auto das Feuer überhaupt ausgelöst.

»Genau. Wann möchten Sie gerne vorbeikommen?«

Das geschah nicht wirklich. Sie träumte sicher und sollte jetzt besser aufwachen.

»Ms Mann?«
Sie wachte nicht auf. »Ja?«
»Können Sie morgen kommen?«
»Morgen?« Sie starrte auf die Wand gegenüber.
»Ja.«
»Ja.«
»Ja, Sie können morgen kommen?«
Jessie begann zu nicken. »Ja, ich kann morgen kommen.« Der Nebel verschwand langsam. »Ist neun Uhr zu früh?«
»Neun ist gut. Fragen Sie nach mir.« Er klang erheitert.
»Das ist kein schlechter Scherz, oder, Mr Gravis? Ich habe nämlich ziemlich beschissene Tage hinter mir und ich halte so einen Scherz gerade nicht aus.«
Er musste lachen. »Es ist kein Scherz, Ms Mann. Denken Sie darüber nach, welches Auto Sie gerne fahren möchten. Mit vier Türen oder zwei, einen Pick-up oder einen Komfort-Geländewagen oder vielleicht ein Hybrid-Fahrzeug? Sie haben die Wahl.«
Sie musste an Weihnachten denken, an Danny, an die Arztrechnungen, die kommen würden. »Kann ich nicht das Geld nehmen und mir stattdessen ein gebrauchtes Auto aussuchen?«
»Tut mir leid. Ich habe die Anweisung bekommen, Ihnen ein neues Auto Ihrer Wahl anzubieten.«
»Anweisung?« Der Papagei war zurück.
Er zögerte, hüstelte und antwortete dann: »Von meinem Chef.«
»Aha. Gut. Ich wollte nicht undankbar klingen. Ich bin sehr dankbar. Wirklich.« Das war sie auch. Es war zwar nicht das neue Fahrrad, das Danny haben wollte, aber ein neues Auto wäre für ihn auch spannend. Das Geld, das sie für die Reparaturen sparte, würde ihr auf lange Sicht helfen, sich mehr für ihren Sohn leisten zu können.
»Wir sehen uns um neun.«
Während sie auflegte, öffnete sich die Wohnungstür. Monica kam im dicken Skianorak herein.

Als sie ihre Schwester sah, musste Jessie wieder an Jack denken. Monica sah sie an, wollte gerade etwas sagen, doch dann verflog ihr Lächeln.

»Was ist passiert?«

Die Tränen kamen aus dem Nichts. »Ich habe mit Jack geschlafen. Er hat mich gefragt, ob ich ihn heirate. Ich habe Nein gesagt. Er ist gegangen und ruft nicht mehr an. Ich glaube, ich habe vielleicht einen großen Fehler gemacht.«

Monica ließ die Taschen an der Tür fallen und eilte zu Jessie. »Ach, Jessie.«

Die Umarmung ihrer Schwester löste eine neue Flut von Tränen aus.

Kapitel Dreizehn

Monica schubste Jessie sachte auf das Sofa und ließ sie weinen.

»Schon gut«, beruhigte sie Monica sanft. »Ich bin mir sicher, dass es nicht so schlimm ist.«

Nein! Es war noch viel schlimmer.

Als die Tränen versiegten, stammelte sie: »Danny hatte vorletzte Nacht hohes Fieber. Ich habe Jack angerufen.« Allein seinen Namen auszusprechen, löste einen körperlichen Schmerz in ihrer Brust aus.

Monica zupfte ein Taschentuch aus der Kleenexbox und reichte es ihr.

»Danke.«

»Jack hat dich zum Arzt gefahren?«

Jessie nickte. »Ja. Dannys Fieber war so hoch. Ich hatte Angst um ihn.«

Monica blickte zum Kinderzimmer. »Geht es ihm besser?«

»Der Arzt hat ein Antibiotikum verschrieben. Jetzt schläft er.«

Jessie holte ein Kissen vom Sofa und umarmte es fest, während sie sprach. »Jack hat darauf bestanden, den Rest der Nacht hierzubleiben. Falls wir wieder ins Krankenhaus zurück müssen.«

»Klingt vernünftig. Wie ist es dann dazu gekommen, dass ihr miteinander geschlafen habt?«

Jessie kniff die Augen zusammen. »Ich habe nachgegeben. Ich konnte es nicht länger aushalten ... weißt du, was ich meine?«

Mo grinste und hob die Augenbrauen. »Ich hätte schon viel früher nachgegeben. Ihr zwei habt euch ja von Anfang an neugierig beschnuppert.«

Jessies Augen wurden wieder wässrig. »Es war w-w-wunderbar. P-perfekt«, schluchzte sie. »Alles, was ich schon immer wollte.« Die Tränen hörten nicht auf. Monica reichte ihr frische Taschentücher und wartete, bis das Schluchzen aufhörte.

»Und was ist dann passiert?«

»Alles war ...«

»Perfekt, ja, das habe ich verstanden«, sagte Monica. »Wann hat er dich gefragt, ob du ihn heiratest?«

»Am nächsten Morgen. Aus dem Nichts heraus. Er hat Danny Frühstück gemacht, mich geküsst und dann Bumm! Fragt er mich, ob ich ihn heirate.« Sogar jetzt noch löste die Erinnerung daran erneut einen Schock aus.

»Ich nehme an, du warst nicht erfreut.«

»Ich war fassungslos. Ich meine, wir haben ja nur miteinander geschlafen. Wer geht denn schon direkt vom ersten Mal zum Heiraten über?«

»Jack ... offensichtlich.«

»Aber er weiß besser als jeder andere, dass ich auf diesen Hochzeitszug nicht einfach so aufspringe. Ich habe Angst bekommen, Mo.«

Monica zog die Knie an. »Du hast Nein gesagt?«

»Ich habe ihm gesagt, dass er es bereuen würde.«

»Bereuen?«

»Ja. Früher oder später würde er merken, dass es eine Last ist, eine Frau mit Kind geheiratet zu haben, und er würde es hassen, weil wir ihn bremsen. Er hat so viele Ziele, Mo. Mehr noch als ich.« Als sie wiederholte, was sie zu Jack gesagt hatte, fühlte sie etwas von ihrem Stolz zurückkehren.

»Also, dass du Nein gesagt hast, hat weniger damit zu tun, dass er kein Geld hat, sondern eher damit, was du für ihn willst.« Monica lächelte sie schief an.

»Natürlich. Vielleicht denkt er, es würde ihn glücklich machen, mit mir verheiratet zu sein. Aber er wäre nicht glücklich. Ich wäre nur Ballast. Von heute auf morgen Papa zu sein klingt vielleicht spannend, aber es ist eine große Aufgabe. Ich kann das Risiko nicht eingehen, dass Danny denkt, er hat endlich einen Vater, und dann packt Jack seine Siebensachen und haut ab.« Danny würde einfach noch eine Weile auf die Vaterfigur in seinem Leben warten müssen.

Verdammt.

»Jack ist nicht wie unser Vater, Jessie.«

»Das weiß ich«, sagte sie und tippte sich an den Kopf. »Hier weiß ich es. Aber hier«, sie zeigte auf die Brust, »kann ich das Risiko nicht eingehen.«

Monica nahm ihre Hand und drückte sie. »Wenn du wirklich so fühlst, warum bist du dann so traurig und aufgelöst?«

»Weil der Gedanke, ihn nie wiederzusehen, so wehtut. Der Schmerz ist so gewaltig und die Luft ist so dick, dass ich kaum atmen kann. Was ist, wenn ich falsch liege? Was ist, wenn wir es doch schaffen würden? Er ist so schnell von hier verschwunden. Ich habe ihn noch nie so wütend gesehen.« Sie wischte eine Träne fort und unterdrückte die, die noch kommen wollten.

»Er hat dich gefragt, ob du ihn heiratest und du hast Nein gesagt. Er ist wahrscheinlich auch verletzt.«

Jessies Lippen zitterten. »Ich weiß.«

»Liebst du ihn?«, flüsterte Monica.

Jessie zog die Luft ein. »Ich kann nicht, Mo. Ich kann nicht.« Aber – möge Gott ihr beistehen – sie tat es trotzdem.

»Weißt du, was ich glaube?« Monica legte die Handflächen aufeinander und lächelte. »Ich glaube, wenn er dich wirklich will, wenn er dich liebt, dann kommt er zurück.«

Jessie begann, den Kopf zu schütteln.

»Und wenn er dich nicht liebt, dann kommt er nicht zurück. Und wenn das der Fall ist, dann hast du die richtige Entscheidung getroffen.«

»Du hast recht.« Gott sei Dank war ihre Schwester hier, die sie zur Vernunft brachte.

»Ich habe recht, aber es tut trotzdem weh.«

»Stimmt.«

Als Monica sie wieder umarmte, flossen die letzten Tränen des Tages.

★★★

Jacks Augen flatterten, als ein Blitz sein Gehirn traf. Seine Zunge klebte am Gaumen und der Geschmack und Geruch nach abgestandenem Whiskey hafteten auf seinen Lippen. Es war wie ein Aufwachen in der Hölle.

»Also, jetzt hast du dich endlich entschlossen aufzuwachen?« Die mitleidlose Stimme seiner Schwester kam irgendwo aus dem Zimmer.

Katie saß ihm gegenüber im Sessel. Ihre schlanken Beine steckten in einem engen Minirock, ein Fuß im hohen Schuh wippte auf und ab.

Vielleicht schlief er ja noch. Jack schloss die Augen und ignorierte den explodierenden Schmerz in seinem Kopf.

»Oh nein, Jacko. Ich habe dir zu viele Stunden beim Schlafen zugesehen und lasse dich jetzt nicht wieder einschlafen.«

Wieder? Wie lange war sie schon da? Jack erinnerte sich an ihr Gespräch am Telefon und an ... nichts mehr.

»Was machst du hier?«

»Ich hole dich aus deinem elendigen Selbstmitleid.«

Jack öffnete ein Auge und sah sie aufstehen. Blond, schlank, schön und reich. Katie sah aus wie ein zerbrechliches Porzellanpüppchen. Doch Jack kannte sie besser. Katie Morrison ließ sich von niemandem etwas erzählen. Niemals. Wenn sich das Mädchen in den Kopf gesetzt hatte, etwas oder jemanden geradezurücken, dann konnte sie nichts aufhalten.

Jack entschloss sich, lieber nichts über Jessie zu sagen. Er konnte es nicht gebrauchen, dass sich seine Schwester einmischte.

Katie stellte sich vor ihn und reichte ihm ein Glas. »Hier. Trink das.«

Da sein Hals so trocken war wie eine Wüste, trank er, ohne zu fragen, was es war. Er nahm den ersten Schluck und schon saß er und spuckte und prustete.

Whiskey.

»Willst du mich vielleicht umbringen?«

Katie lachte. »Ein ›Reparaturseidl‹.«

»Das soll helfen?«

»Na ja«, sagte sie. Er machte neben sich Platz. »Wenn man so voll war wie du, dann hilft manchmal ein Konterbier beziehungsweise Konterwhiskey.«

Jack rieb sich das Gesicht und nahm artig einen Schluck. »Wie lange bist du schon hier?«

Sie legte die Hand auf seinen Arm und sah ihn mit ihren blauen Augen an. »Lange genug, Bruderherz.«

Nein, nein, nein, nein ... das war nicht gut. »Wie lange, Katelyn?«

»Ach, jetzt bin ich Katelyn. Das bedeutet, dass du langsam nüchtern wirst.«

Sie war schon als kleines Mädchen frech gewesen. Das hatte sich bis heute nicht geändert. Jack leerte sein Glas und merkte, wie der Kopfschmerz allmählich nachließ. Seine Klamotten waren zerknautscht, er stank – das merkte er sogar selbst – und er hatte beim besten Willen keine Ahnung, welches Datum war. Die Erinnerung an Jessies Zurückweisung war ein vertrauter Schmerz in seiner Brust.

Verdammt.

Wo ist die Flasche?

»Komm. Beweg deinen Hintern in die Dusche und zieh dir etwas an. Ich bestelle in der Zwischenzeit Steak und gebratene Eier. Und dann gehen wir.« Katie stand auf und zog ihn hoch. Mit ihren Absätzen war sie fast genauso groß wie er.

»Wohin?«

»Nach Hause. Das Flugzeug wartet schon.« Sie schubste ihn in sein Zimmer.

»Ich fliege nicht weg.« *Nicht ohne Jessie.*

»Doch, das tust du. Hier herumzusitzen und dich selbst zu bemitleiden, hilft dir nicht, klar zu denken. Ganz zu schweigen vom Alkoholfaktor. Du musst dich auf Dancers Rücken schwingen und reiten. Vielleicht kommst du dann in die Gänge und überlegst, was du tun kannst. Im Hotelzimmer herumzusitzen ist keine Lösung.«

Dancer ... schon seit Monaten hatte er nicht mehr an sein Pferd zu Hause gedacht. Ein Ausritt in der Natur würde helfen, seine Gedanken zu ordnen. Er musste schmunzeln, weil seine Schwester ihn so gut kannte.

»Vielleicht hast du recht.«

»Schätzchen, ich habe immer recht. Ab in die Dusche mit dir. Du stinkst.«

Während er Richtung Bad stolperte, klingelte das Telefon in der Hosentasche. Umständlich holte er es heraus und erkannte Deans Nummer. »Hallo?«

»Na, zumindest klingst du jetzt etwas nüchterner.«

»Wir haben gestern Abend wohl telefoniert?« Nicht, dass sich Jack daran erinnern konnte.

»Du hast gelallt, ich habe zugehört.«

»Das war wahrscheinlich sehr amüsant.« Er lehnte sich gegen das Sideboard und zog die Socken aus.

»Vor allem aufschlussreich. Ich wollte nur mal hören, ob es dir gut geht.«

Sein Herz war in zig Stücke zersprungen. Ihm ging es überhaupt nicht gut. »Mir gehts gut.«

Dean schnaubte ins Telefon. »Sicher. Hör mal, wenn du nüchtern bist, dann gebe ich dir einen Rat. Du weißt doch, dass du mir gesagt hast, Maggie und ich hätten eine unterschiedliche Vorstellung vom Leben, oder?«

»Ja.« Maggie hatte Dean erst verlassen müssen, bevor Jack sich getraut hatte, ihm zu sagen, dass sein Freund ohne sie besser dran war.

»Also, dieses Mädel, Jessie ... sie ist eine Kellnerin bei Denny's, Jack. Nicht wirklich die Art von Frauen, mit denen du früher ausgegangen bist.«

Jacks Kiefermuskeln pochten, während er seine Zähne aufeinanderbiss. »Dean«, warnte er.

»Also, eine Kellnerin. Komm schon. Hat sie überhaupt einen Schulabschluss?«

»Du hast verdammtes Glück, dass du nicht hier bist, Dean, sonst wäre meine Faust schon längst in deinem Gesicht gelandet.« Jack hielt das Telefon in der einen Hand, mit der anderen schlug er auf das Sideboard ein.

»Hey, schon gut, Jack, beruhige dich. Ich wollte nur sagen, dass das alles nicht ohne Grund geschieht. Du hast vor Kurzem das Gleiche zu mir gesagt.«

Das hatte er. Aber hier redeten sie von Jessie.

»Ich versuche zu vergessen, dass wir diese Unterhaltung je geführt haben.«

»Ich will ja bloß helfen.«

»Bemühe dich das nächste Mal gar nicht erst!« Jack legte auf und warf das Telefon fort.

★★★

Katelyn hatte ihren Bruder beobachtet, wie er auf dem Weg ins Bad telefonierte. Jetzt wartete sie, bis sie das Wasser laufen hörte, dann holte sie ihr eigenes Telefon heraus. Sie hatte mehr von Jacks Geschichte mitbekommen, als er wusste, weil er sich nicht daran erinnerte.

Katie war gegen Mitternacht angekommen, hatte Jack auf dem Sofa lümmelnd vorgefunden und zugehört, während er sich über sein Leben beklagte. Es hatte viele Stunden gedauert, bis sie aus dem Lallen schlau geworden war, aber schließlich war ihr klar geworden, dass sie helfen musste.

Ihr Bruder war verrückt nach dieser Jessie, deren Namen er immer wieder gerufen hatte. Wenn Katie richtig verstand, hatte ihr Bruder versucht, die wahre Liebe zu finden, indem er der alleinerziehenden Mutter verschwiegen hatte, dass er steinreich war. Als die Dinge ihren Lauf nahmen, hatte die weise Frau seinen Heiratsantrag abgelehnt, weil sie Angst hatte, er würde sie verlassen, um seine Träume zu verwirklichen.

Er fuhr sogar mit seinem uralten Pick-up herum, den er schon hatte, seit er sechzehn war. Kein Wunder, dass Jessie Nein gesagt hatte.

»Sie glaubt, ich bin ein Kelllllner, hier im Hotelll«, hatte er letzte Nacht lallend erzählt, als Katie ihm zum Reden gebracht hatte. »Als Sssaisonkraft.«

Katie wollte an seine Vernunft appellieren, aber es hatte keinen Zweck, weil er sich am nächsten Morgen kaum, wenn überhaupt, an etwas würde erinnern können.

Jack hatte ihr sogar ein Bild gezeigt, dass er von ihr und ihrem Sohn auf dem Telefon hatte. Jessies Gesichtsausdruck zeigte große Zuneigung. Ihr Sohn, Danny, strahlte in die Kamera.

Katie hatte die Zeit genutzt, um sich einige Nummern, die er in seinem Handy gespeichert hatte, zu notieren. Für spätere Zwecke, wie sie sich selbst sagte und damit das Eindringen in seine Privatsphäre rechtfertigte.

Aber sie wusste durchaus, dass man einen Mann nicht drängen durfte. Ihr Vater war genauso stur wie Jack oder vielleicht war es auch andersherum. Egal, auf jeden Fall hatten beide Männer eines gemeinsam: Wenn sie einmal verliebt waren, dann gab es kein Zurück mehr und es passierte nur ein Mal.

Katie hatte mit ansehen müssen, wie sich ihr Vater all die Jahre nach ihrer abwesenden Mutter sehnte, was dazu geführt hatte, dass Katie ihre Mutter immer mehr hasste.

Katie wollte nicht zulassen, dass auch ihr Bruder jahrelang litt.

Er saß in der Klemme und musste nachdenken. Er brauchte seine kleine Schwester, die auf ihn aufpasste, bis er selber herausfand, wie er das Problem lösen konnte.

Und selbstverständlich würde Katie es am liebsten selbst in die Hand nehmen, diese Jessie anzurufen, um ihr die Wahrheit über ihren Bruder zu erzählen, aber wer weiß, ob das gut gehen würde. Wenn es schiefging, dann wäre die Beziehung zwischen Katie und Jack noch belasteter, als sie es ohnehin schon war.

Sie vermisste ihren Bruder. In letzter Zeit hatte sie kein leichtes Leben gehabt und hatte gemerkt, wie sehr sie ihre kleine Familie brauchte.

Sie rief den Zimmerservice, bestellte ein proteinreiches Frühstück für ihren Bruder und bat den Manager des Restaurants, sie zusammen mit dem diensttuenden Leiter des Hotels in der Lobby zu treffen.

Sie musste sich noch um einige Dinge kümmern, bevor sie und Jack ins Flugzeug stiegen.

Im Büro des Managers bat Katie die beiden Männer, sich zu setzen. »Ich möchte Sie um einen großen Gefallen bitten. Es handelt sich um eine Privatsache und was ich sage, darf diese vier Wände hier nicht verlassen.«

Zum ersten Mal seit Monaten fühlte sich Katie gut.

★★★

Monica begleitete ihre Schwester. Sie liefen beide über den Parkplatz voll glänzender Neuwagen. Obwohl sich Danny wieder besser fühlte, hatte Jessie an diesem kühlen Tag lieber die Nachbarin gebeten, auf ihn aufzupassen, während sie sich ein neues Auto aussuchte.

Diese Geschichte von wegen »*Ihr Auto ist verbrannt, also kommen Sie einfach vorbei und suchen Sie sich ein neues aus*« fand Monica äußerst merkwürdig. Wenn Jessie nicht so niedergeschlagen gewesen wäre, hätte sie diesen Glücksfall sicher auch infrage gestellt.

Dennoch liefen sie zwischen den Sportfahrzeugen, Familienkutschen und Geländewagen herum und diskutierten über die Vorzüge der verschiedenen Autos.

Mr Gravis zählte die unterschiedlichen Eigenschaften der Wagen auf. »Navigationsgeräte sind heutzutage sehr beliebt. Alle neueren Autos haben Bluetooth, damit Sie im Auto sicher mit dem Handy telefonieren können.«

»Geringer Benzinverbrauch ist mir wichtiger als viele PS«, sagte Jessie dem Autohändler.

»Möchten Sie ein Hybridfahrzeug?«

»Ich wohne in einer kleinen Wohnung. Es wäre schwierig, es aufzuladen«, erklärte Jessie.

Monica hätte nicht daran gedacht.

»Also eher eines mit einem kleineren Motor, der wenig verbraucht. Sie haben doch einen Sohn, oder?«

Jessie nickte.

»Ich glaube, der kleine SUV ist perfekt«, meinte Monica. »Es gibt Platz für fünf Leute und er hat genügend Stauraum. Und er verbraucht weniger als die großen Geländewagen.« Monica führte ihre Schwester zu einer Reihe Autos und öffnete die Tür eines blauen Fahrzeugs.

Jessie setzte sich und legte die Hände ans Lenkrad. »Schönes Auto.«

»Bei den Modellen mit Vollausstattung gibt es Ledersitze mit Sitzheizung und die Rückfahrkamera, die alles auf dem Bildschirm des Navigationssystems abbildet.« Mr Gravis zählte weitere Besonderheiten des Wagens auf, während Monica auf der Beifahrerseite einstieg.

»Was meinst du, Jessie?«

»Es gefällt mir ...«

»Aber?«

»Die Pick-ups sind auch schön.«

Monicas Lächeln verschwand. Jacks Wagen war alt. Sogar jetzt dachte Jessie an ihn. Monica legte ihre Hand auf Jessies. »Das ist dein Auto. Jack ist nicht hier.«

»Ich weiß.« Jessie blickte sich im Inneren des Autos um und schüttelte den Kopf.

»Wahrscheinlich wäre es eine gute Wahl.«

»Darf ich Ihnen einen Vorschlag machen?«, fragte Mr Gravis.

»Ja, bitte.«

»Für lange Strecken empfiehlt sich das Entertainment-Paket für die Kinder im Auto.«

Jessie legte den Kopf schief. »Der Händler möchte, dass ich einen Wagen mit Luxusausstattung nehme?«

Mr Gravis lächelte und nickte.

Jessie sah ihre Schwester an. »Was habe ich zu verlieren?«

»Nimm es.«

Jessie blickte den Autoverkäufer an und sagte: »Zeigen Sie mir bitte dieses Auto mit der Luxusausstattung und ich mache eine Probefahrt.«

»Gute Wahl, Ms Mann.«

Monica stieg aus und folgte dem Mann und ihrer Schwester über den Parkplatz.

Als Jessie vor dem Auto mit besagter Ausstattung stand, reichte Mr Gravis ihr den Schlüssel und ließ sie fahren.

Monica und der Händler traten in den Schatten des Gebäudes.

»Also, Mr Gravis, jetzt erzählen Sie mir doch mal die wahre Geschichte.«

Mr Gravis grinste sie unsicher an. »Es ist, wie ich gesagt habe. Es hat gebrannt und der Werkstattleiter –«

»Die Werkstatt ist verantwortlich, ja, das habe ich schon gehört, aber es fällt mir trotzdem schwer, das zu glauben. Wo ist Jessies Auto jetzt?«

»Wir haben es abschleppen lassen.«

Sehr praktisch.

Sie nahm ihm das nicht ab.

»Wohin haben Sie es abschleppen lassen?«

Mr Gravis trat von einem Bein auf das andere. »Ich bin mir nicht sicher. Ich nehme an, auf den Schrottplatz.«

»Und wenn meine Schwester irgendetwas im Handschuhfach hatte …«

»Keine Sorge, wir haben alle persönlichen Gegenstände entfernt.«

Ja, klar!

»Guten Leuten geschieht manchmal etwas Gutes«, sagte Mr Gravis. »Ihre Schwester scheint es verdient zu haben. Unter uns – ich glaube, mein Chef ist sehr großzügig. Vielleicht liegt es an der Weihnachtsstimmung.«

Monica kniff die Augen zu kleinen Schlitzen zusammen. »Weihnachtsstimmung?«

»Ja, Adventszeit und so.«

Sie gab auf. Sie glaubte kein bisschen von dem Unsinn, den er erzählte, aber sie ließ die Sache auf sich beruhen.

Einige Minuten später bog Jessie wieder auf den Parkplatz ein und stieg aus. Sie lächelte, aber ohne echte Freude. Monica konnte es kaum ertragen, ihre Schwester so niedergeschlagen zu sehen.

»Es gefällt mir. Es hat alles.«

»Sollen wir also den Vertrag ausfüllen?«

Jessie nickte.

Zwei Stunden später stand Monica neben Jessie, die sich in ihr neues Auto setzte. »Weihnachten ist dieses Jahr früh gekommen«, versuchte sie Jessie aufzumuntern.

»Ich kann das nicht glauben. Jack wird staunen ...« Sie verstummte und senkte den Blick.

»Versuch, dich auf das Gute zu konzentrieren, das gerade geschieht. Keine Pannen oder kaputte Autoheizungen mehr. Ich wette, hier musst du noch nicht einmal die Fenster herunterkurbeln.« Ihr altes Auto war eine Klapperkiste gewesen. Es war gut, sich davon zu verabschieden. »Du, ich muss noch ein paar Dinge erledigen. Kommst du ohne mich klar, wenn ich erst in ein paar Stunden heimkomme?«

Jessie lächelte ihr zu. »Ich bin schon groß, Mo. Ich komme zurecht.«

Monica beugte sich ins Auto und umarmte ihre Schwester. »Ich würde sagen, bei der nächsten Gelegenheit machen wir einen Roadtrip.«

»Danny wird so aufgeregt sein.«

»Schau, so soll es sein. Denk an das Gute.«

Doch Monica wusste genau, dass Jessie schon beim Fortfahren wieder die Tränen kommen würden, weil sie an Jack dachte.

Monica stieg in ihr eigenes Auto und fuhr direkt zum Morrison Hotel. Dort parkte sie auf der Straße, damit sie nicht den Parkservice in Anspruch nehmen und Trinkgeld zahlen musste. Sie ging an den Marmorsäulen vorbei und trat durch die beeindruckende Glastür, als ob sie genau wusste, wohin sie ging.

Drinnen entdeckte sie ein Schild, das den Weg zur Lounge wies. Nur wenige Leute befanden sich in der Bar und keiner davon war Jack. Monica ging zur Lobby zurück und suchte das Restaurant. Es war fast dreizehn Uhr. Viele Menschen waren jetzt zum Mittagessen da. Die Hostess am Empfang fragte sie, ob sie einen Tisch wolle.

»Nein, entschuldigen Sie bitte. Ich suche nach einem Freund, der hier arbeitet.«

»Nach wem suchen Sie denn?«

»Sein Name ist Jack Moore.«

Die Hostess setzte eine merkwürdige Miene auf. »Bitte warten Sie einen Moment.«

»Gerne.«

Vielleicht hatte Jack seinen Freunden, mit denen er arbeitete, von Jessie erzählt und sie passten auf ihn auf. Monica dachte daran, was ihre Kommilitonen machen würden, um zu helfen, wenn sie an Jacks Stelle wäre.

Aber sie hatte nicht viel Zeit, darüber nachzudenken, denn schon kam eine ältere Frau auf sie zu. »Guten Tag. Wie kann ich Ihnen helfen?«, fragte sie freundlich.

»Ich suche nach Jack. Es ist wichtig, sonst würde ich ihn nicht bei der Arbeit stören.« Monica kam in den Sinn, dass es vielleicht für Jack schlecht war, ihn am Arbeitsplatz aufzusuchen, und deshalb versuchte sie, sich herauszureden. »Er weiß nicht, dass ich hier bin.«

»Schon gut. Wir sind nicht so spießig, wie es scheint. Wie heißen Sie?«

»Monica. Er kennt mich als Jessies Schwester.«

Die Frau notierte sich den Namen. »Jack arbeitet heute leider nicht. Sie können mir gerne ihre Nummer geben und ich lasse ihm die Nachricht zukommen.«

»Wirklich? Das ist nett von Ihnen.«

»Sie sagten doch, es sei wichtig.«

»Genau. Richtig. Sehr wichtig.« Monica nannte ihre Handynummer. »Arbeitet Jack morgen wieder«?

Die Frage schien die Dame zu verwirren. »Ich bin mir nicht sicher. Wir erlauben unseren Angestellten, ihren Dienst während der Weihnachtszeit zu tauschen. Und ehrlich gesagt darf ich die persönlichen Dienstpläne nicht bekannt geben.«

»Natürlich. Das verstehe ich.« Monica gab ihr die Hand. »Vielen Dank.«

»Keine Ursache, Monica. Frohe Weihnachten.«

»Ihnen auch.«

Als Monica ging, war sie sich sicher, dass die Frau ihr nachsah. Es war schon das zweite Mal an diesem Tag, dachte sie, dass die Weihnachtsstimmung die Menschen von Ontario so hilfsbereit machte.

Kapitel Vierzehn

Jack galoppierte auf seinem Pferd und genoss die kalte Luft auf seinem Gesicht. Zum ersten Mal seit Tagen war sein Kopf wieder klar. Zu dieser Klarheit gesellten sich Vernunft und Bedauern.

Er hatte es sich mit Jessie verscherzt. Er hätte einfach die Klappe halten und nichts über Heiraten sagen sollen und er hätte ihr mehr Zeit geben müssen, ihr ans Herz zu wachsen.

Jetzt musste er überlegen, wie er wieder in ihr Leben zurückkehren konnte, ohne dass sie gleich davonlief. Mehr als je zuvor musste er wissen, ob sie ihn liebte. Katie schien davon auszugehen, obwohl sie Jessie noch gar nicht kannte.

»Was hat sie gesagt, dass du gleich abgehauen bist?«, hatte Katie im Flugzeug auf dem Weg nach Texas gefragt.

»Sie hat gesagt, es war nur Sex«, vertraute Jack seiner Schwester an.

»Und du hast ihr geglaubt?«

»Was hätte ich denn denken sollen? Sie hat mich abgewiesen und mir gesagt, dass ich gehen soll. Dass ich meine Träume mit einer anderen verwirklichen soll. Mit einer Frau, die kein Kind hat, das mich bremst.«

Katie schüttelte den Kopf und rollte die Augen.

»Mann, Jack, du bist wirklich ein Dummkopf. Verstehst du denn nicht, was sie gemacht hat?«

»Ich habe es deutlich genug verstanden. Sie hat Nein gesagt.«

Seine kleine Schwester beugte sich über den Gang des Learjets zu ihm hinüber und blickte ihm in die Augen. »Wenn du auf Dancer reitest, dann denke mal lange und gründlich über das nach, was du mir gerade erzählt hast. Gründlich.«

Beim Reiten auf der Ranch seines Vaters in Texas hatte er genügend Zeit und Ruhe, genau das zu tun.

Jessie hatte gelitten, als sie ihm sagte, er solle gehen. Ihre Augen hatten sich vor Angst verdunkelt, aber dann hatte sich Entschlossenheit in ihrem Gesicht breit gemacht. Ihr Mutterinstinkt hatte eingesetzt und sie hatte eine Grenze gezogen. Ihm gesagt, dass er zu weit gegangen, zu schnell gewesen war.

Und trotzdem – als sie ihm ihre Gründe nannte, war keiner dabei gewesen, der mit der Person zu tun hatte, für die sie ihn hielt . Sie hatte nicht Nein gesagt, weil er vorübergehend als Kellner arbeitete, in einem Job, der ihn nicht weiterbrachte. Nein, sie hatte ihm gesagt, dass er es eines Tages bereuen würde, sie gefragt zu haben.

Also war Jessie wieder die Erwachsene, die Nein sagte.

Aber das hätte sie nicht tun müssen. Außerdem war sie nicht die einzige Erwachsene in der Beziehung.

Jack ritt auf Dancers Rücken zur westlichen Grenze des Anwesens von seinem Vater und beobachtete den Sonnenuntergang.

Er stellte sich Jessie vor, wie sie in einem Sommerkleid lachend über die Felder lief ... mit einem Cowboyhut auf dem Kopf. Er und Danny würden am Fluss zum Angeln gehen. Ging Danny überhaupt gerne zum Angeln? Wahrscheinlich hatte das Kind noch keine Gelegenheit gehabt, es herauszufinden.

Jacks Hals schnürte sich zusammen.

Er musste es wiedergutmachen. Damit das Bild, das er im Kopf hatte, Wirklichkeit wurde.

★★★

»Spreche ich mit Monica?«, fragte Katie, als eine Frau abhob.

»Ja, wer ist da?«

»Monica, hier ist Jacks Schwester, Katelyn. Ich hoffe, es macht Ihnen nichts aus, dass ich Ihre Nummer heimlich aufgeschrieben habe und Sie anrufe.«

Monica zögerte kurz. »Ich wusste nicht, dass Jack eine Schwester hat.«

»Doch, und zwar eine, die sich einmischt, und er würde ausflippen, wenn er wüsste, dass ich dich anrufe. Ich darf doch »du« sagen, nicht wahr?«

Monica musste lachen. Katelyn klang warmherzig und aufrichtig.

»Klar. Sieht so aus, als ob wir beide ähnlich ticken. Ich habe gestern versucht, Jack zu finden, aber seine Kollegen meinten, er sei nicht da.«

»Er musste seinen Kopf erst freibekommen ... du weißt schon, nachdem ...«

»Nachdem meine törichte Schwester ihn abgewiesen hat.«

Katie lächelte. »Es klingt nicht gerade so, als ob mein Bruder bei seinem Antrag sehr einfühlsam gewesen wäre.«

»Ich war nicht dabei. Aber laut Jessie ist er mit der Tür ins Haus gefallen. Versteh mich nicht falsch, sie hatten vorher wochenlang herumgeflirtet. Es war eigentlich richtig süß. Meine Schwester hat versucht, ihn zu ignorieren, und er hat, na ja, fast mit den Armen gewedelt, um ihre Aufmerksamkeit zu erlangen.«

Bei der Vorstellung, dass ihr Bruder sich wie ein balzender Pfau benommen hatte, musste Katie kichern. »Herrje, das war sicher lustig anzusehen.«

»Es ist nur traurig, dass Jessie um alles in der Welt versucht, sich nicht auf ihn einzulassen.«

Jetzt kamen sie auf den Punkt. »Warum meinst du, dass das so ist?«

»Sie hat Angst. Ganz einfach. Danny ist ihre ganze Welt. Das ist mein Neffe. Sicher hat dir Jack von ihm erzählt.«

Katie schluckte schwer. Ihr Lächeln verschwand und sie spürte einen Kloß im Hals. »Ja. Er hat etwas über ihren Sohn erzählt.«

»Wenn man Kinder hat, ist alles nicht mehr so einfach. Sie hat sich schon immer viele Sorgen gemacht. Unsere Mom ist schließlich auch nicht gerade ein Paradebeispiel für Beständigkeit«, erzählte Monica.

»Unsere auch nicht.«

»Na ja, Jessie möchte jedenfalls nicht so sein wie unsere Mutter. Ich glaube, Jack hätte es einfach nur etwas langsamer angehen müssen.«

Katie mochte Monica. »Ich glaube, wir zwei werden uns prächtig verstehen.«

»Ich glaube auch. Vielleicht können wir die beiden dazu bringen, vernünftig zu sein.«

Nicht mit einem Haufen Lügen. »Monica, es gibt da einiges in Bezug auf Jack, das du wissen solltest, aber ich darf seine Geheimnisse nicht ausplaudern. Das steht mir nicht zu.«

»Oh Gott, bitte sag jetzt nicht, dass Jack in Schwierigkeiten steckt. Es sind nicht etwa die Texas Mounties, oder wie ihr eure Polizisten nennt, hinter ihm her?«

»Nein! Texas Mounties. Das ist lustig, Monica. Nein, Jack hat keine Vorstrafen oder eine schlechte Seite, die er verheimlicht.« *Ganz im Gegenteil.*

»Oh, gut.«

»Sag mir nur eines.« Katie zögerte.

»Was?«

»*Liebt* deine Schwester meinen Bruder?«

Monica grinste. »Sie weint jeden Tag und hat kaum etwas gegessen, seit er weg ist. Sie sagt, sie darf ihn nicht lieben, aber es ist ganz offensichtlich. Dein Bruder und meine Schwester sind füreinander geschaffen.«

Katies Herz ging auf. »Dann versuch mal, deine Schwester abzulenken, bis ich meinem Bruder den Kopf geradegerückt habe.«

»Sie hat Danny, Weihnachten, ihre Arbeit ... und mich. Das ist Ablenkung genug.«

»Erinnere sie nur daran, dass Jack einer von den Guten ist. Das ist er übrigens wirklich.«

»Das wissen wir alle. Na ja, wie gesagt, sie hat einfach Angst.«

»Ja, und ich habe eher Angst, was sein könnte, wenn sie nicht zusammenkommen. Jack war ein Häuflein Elend.«

»Jessie auch.«

Katie lächelte. »Also, wir werden beide zusammen daran arbeiten, dass es klappt. Nun ja, zumindest so weit es in unserer Macht steht.«

»Klingt gut«, sagte Monica, bevor sie auflegte.

Katie hielt das Telefon noch in der Hand. *Jetzt muss ich Jack dazu bringen, dass er endlich versteht, wie sehr sie ihn liebt.*

★★★

Selbst die Weihnachtsmusik und Danny, der ungeduldig die verpackten Geschenke betrachtete, konnten nichts daran ändern, dass Jessies Laune im Keller war. Das Wetter zeigte sich auch von seiner schlechten Seite, Regentropfen rannen am Fenster herunter. Es waren erst wenige Tage vergangen, seit Jack aus ihrem Leben verschwunden war, aber sie fühlte sich, als hätte sie schon seit Monaten nichts mehr zu lachen.

Verdammt, sie vermisste ihn.

Danny vermisste ihn auch. Als sie Danny das neue Auto gezeigt hatte, wollte er sogar gleich Jack anrufen.

Auch jetzt sprach Danny ständig von Jack und dem Auto. »Wir könnten doch Jack abholen und eine kleine Spritztour mit ihm machen«, schlug Danny vor.

»Jack hat keine Zeit.« Ihr Magen krampfte sich zusammen, wenn sie daran dachte, er würde Jack vielleicht niemals wiedersehen. Sie konnte nicht noch mehr aushalten. Danny würde über den Verlust von Jack genauso trauern wie sie. Noch mehr wahrscheinlich, denn er konnte ja nicht verstehen, warum er fort war.

»Kommt er Weihnachten zu uns? Er soll kommen. Weil seine Familie in Texas doch so weit weg ist.«

»Er fährt Weihnachten wahrscheinlich nach Hause, Danny.«

»Aber er kann doch herkommen. Er muss ja auch keine Geschenke kaufen oder so. Er kann mit mir und meinen neuen Spielsachen spielen. Er spielt gerne mit Lastwagen.«

Jessie biss sich auf die Zunge und versuchte zu lächeln. »Ich spiele Lastwagen mit dir.«

»Ja, ja, ich weiß schon. Aber Jack hat mir erzählt, dass er als kleiner Junge auch ganz viel mit Lastern gespielt hat.«

Danny holte ein Päckchen unter dem Baum hervor.

Es war Unterwäsche darin. Nicht wirklich etwas zu spielen, aber immerhin war es ein Geschenk zum Auspacken. Sie hätte mehr einkaufen sollen, aber der Weihnachtsmann, beziehungsweise in ihrem Fall die Weihnachtsfrau, war einfach ziemlich pleite. Jessie hatte Monica das Versprechen abgerungen, ihr nichts zu schenken, sondern lieber mehr Geld für Danny auszugeben.

»Ich bin mir sicher, dass er das gemacht hat.«

»Hast du auch mit Lastern gespielt, als du klein warst, Mami?«

Jessie stand vom Fenster auf und ging zu ihrem Sohn hinüber. »Tante Monica und ich haben mit Puppen gespielt.«

»Puppen?« Danny machte einen angeekelten Gesichtsausdruck. »Warum?«

Sie setzte sich auf das Sofa und zog ein Kissen auf ihren Schoß. »Wahrscheinlich, weil wir keinen Bruder hatten, der uns gezeigt hat, wie cool Lastwagen sind.«

Danny gefiel die Antwort. »Also, wenn ich mal eine kleine Schwester habe, dann zeig ich ihr, dass Lastwagen voll mega sind.« *Mega* war das neue Adjektiv der Wahl in seiner Vorschule. Das erste Mal, als sie ihn das hatte sagen hören, hatte sie sich kugelig gelacht. Nicht, weil das Wort so lustig war, sondern weil es aus seinem Mund so ungewohnt klang.

Aber diesmal nahm sie das *Mega* kaum wahr. »Möchtest du eine kleine Schwester?«

Danny legte das Päckchen mit der Unterwäsche zurück und begann die anderen Päckchen zu schütteln, um zu erraten, was darin sein könnte. »Ja ... klar. Oder einen Bruder. Erwachsene spielen nicht so gerne wie wir Kinder. Und du bist oft zu müde. Also ... deshalb wäre es schon gut, eine Schwester oder einen Bruder zu haben. Dann können wir zusammenziehen, wenn wir groß sind, so wie du und Auntie Monica.«

Er hatte noch nie gesagt, dass er ein Geschwisterchen wollte. Ihn darüber sprechen zu hören, erinnerte sie nur wieder daran, wie sehr sie die Sache mit Jack versiebt hatte.

»Ich habe gedacht, dass du immer und ewig mit mir zusammenwohnen willst«, scherzte sie.

Er hörte auf, die Geschenke zu schütteln, und dachte darüber nach. »Aber wer wohnt dann mit meinem Bruder oder meiner Schwester zusammen?«

Die Gedanken eines Fünfjährigen. »Stimmt, da ist was dran«, antwortete sie.

Danny kam wieder auf das ursprüngliche Thema zurück. »Jack wird das Auto lieben. Er kann mit mir auf dem Rücksitz SpongeBob anschauen. Jack mag auch Zeichentrickfilme.«

»Ja, das wird ihm gefallen.«

Was hatte sie nur getan? Vielleicht sollte sie ihn anrufen und sehen, ob er mit ihr sprechen wollte. Aber vielleicht war er schon weg, schon heimgefahren, nach Texas. Bedauern, Reue und Was-wäre-wenn-Fragen plagten sie Tag und Nacht.

Die Weihnachtszeit war dieses Jahr ganz offiziell beschissen.

★★★

Jack stieg vom Pferd und sattelte Dancer ab. Der feuchte Geruch nach Pferd und Heu hing in den Wänden des großen Stalls. Es roch nach Heimat. Danny würde es hier gefallen. Draußen sein, reiten, Neues entdecken.

Das Haus auf der Ranch war ein guter Ort zum Aufwachsen gewesen.

Und Jessie ... ihre Augen würden leuchten wie die Weihnachtslichter, mit denen das Haus geschmückt war. Wenn sie nicht mehr so hart arbeiten müsste, würde die Müdigkeit von den langen Nachtschichten innerhalb kürzester Zeit aus ihrem Gesicht verschwunden sein.

Mist, er war genauso schlau wie vor drei Stunden und wusste immer noch nicht, was er tun sollte. Jessie hatte ihn abgewiesen.

Vielleicht sollte er wirklich aus ihrem Leben verschwinden. Ihr geben, was sie wollte.

Als Dancer gestriegelt war, führte er ihn in die Box zurück und gab ihm nach der Anstrengung Hafer zu fressen. Das Pferd stupste ihn zum Dank an der Schulter an.

Während er zum Haus lief, klingelte sein Handy. Er hatte schlechten Empfang, deshalb blieb er stehen.

»Ja, hier spricht Jack«, sagte er. Es war eine unbekannte Nummer.

»Mr Morrison, hier ist Phil Gravis von Toyota.«

Das Auto ... das hatte er schon fast vergessen.

»Hallo, Mr Gravis.«

»Ich wollte Ihnen nur mitteilen, dass alles reibungslos verlaufen ist. Ms Mann hat sich ein schönes Fahrzeug ausgesucht, mit dem sie die nächsten Jahre viel Freude haben wird.«

»Schön.« Immerhin würde sie von ihren nächsten Dates nicht zu Fuß nach Hause laufen müssen. Die Vorstellung, dass Jessie mit einem anderen Mann zusammen sein könnte, ließ seine Augen brennen.

»Hat sie keine Fragen gestellt?«

»Nein, sie schien insgesamt nicht ganz bei der Sache zu sein. Ihre Schwester war da etwas misstrauischer.«

»Monica ist clever.«

»Ja, das stimmt. Sie musste Ms Mann davon abbringen, sich einen Pritschenwagen auszusuchen. Ein Pick-up wäre für eine Lady eine merkwürdige Wahl.«

Jack hob den Kopf. Es lief ihm kalt den Rücken hinunter. »Ein Pick-up?«

»Ja, sie hat immer wieder nach den großen Pritschenwagen geschielt.«

»Nach den großen?« *Warum würde Jessie einen Pick-up wollen*?

»Was will denn so eine Frau mit einem Pick-up? Sie wohnt doch in einem Apartment.«

»In einem Apartment.« Jacks Gedanken waren vernebelt. Jessie würde selber keinen Pritschenwagen brauchen. Aber der mittellose Jack hatte einen alten, heruntergekommenen Pick-up.

»Sind Sie noch dran, Mr Morrison?«, fragte Mr Gravis.

»Ja, ich bin noch dran.«

»Aber sie wollte wissen, ob die Möglichkeit besteht, innerhalb der nächsten Wochen oder fünfhundert Meilen das Auto doch noch gegen einen Pick-up umzutauschen. Ich wusste nicht, was ich antworten sollte. Sie haben mir gesagt, sie könne sich aussuchen, was sie wolle, aber ich war mir nicht sicher, ob Sie auch den Wertrückgang zahlen würden, wenn sie den SUV zurückbringt.«

Ganz langsam fing Jack an zu lächeln.

»Mr Morrison?«

»'Tschuldigung, Mr Gravis. Jessie hat mich wohl angesteckt. Ich bin auch nicht ganz bei der Sache. Machen Sie sich keine Sorgen, dass sie den Wagen zurückbringen könnte. Ich glaube, sie wird ihn behalten wollen.«

Jessie war bereit, ein neues Auto herzugeben, das sie dringend brauchte, um ihm einen neuen Pick-up zu schenken. Oder vielleicht dachte sie an sie *beide*, dass sie beide einen Pick-up gebrauchen konnten. »Vielen Dank noch mal, Mr Gravis.«

»Gern geschehen. Es hat Spaß gemacht. Ich habe mich wie der Weihnachtsmann gefühlt, der einer Frau aus heiterem Himmel einen Neuwagen schenkt.«

Jack legte auf und ging einen Schritt schneller zum Haus.

Beth, die Haushälterin und Köchin, ermahnte ihn, dass er doch die Stiefel ausziehen solle, bevor er durch ihr sauberes Haus lief. Das altbekannte Gezeter machte ihn noch etwas fröhlicher.

»Du warst vielleicht lange weg, aber die Regeln haben sich nicht geändert«, fuhr Beth mit erhobenem Zeigefinger fort. Jack war das Geld der Familie wahrscheinlich auch deshalb nicht zu Kopf gestiegen, weil sein Vater so bodenständige Leute wie Beth angestellt hatte.

Er zog kräftig an den Stiefeln und stellte sie im Schmutzfangraum unter die Bank. »Du bist so temperamentvoll wie eh und je«, zog er sie auf.

Beth, die Ende sechzig sein musste, erwiderte schmunzelnd: »Ich merke, der Ritt hat dir gut getan. Schön, dich wieder lachen zu sehen.«

Jack ging auf sie zu und küsste sie auf die Stirn.

»Wofür in aller Welt ist das denn?«

»Für alles, was du machst. Ich glaube, ich habe nicht oft genug Danke gesagt.«

Beth verschränkte die Arme vor der Brust. Ihre Augen verengten sich. »Hast du getrunken?«

Jack lachte auf. »Heute nicht. Weißt du, wo Katie ist?«

»Ich glaube, sie ist in der Scheune und bastelt am Weihnachtsbaum herum.«

Er gab Beth noch einen Kuss, zwinkerte ihr zu und ging seine Schwester suchen. Sie war tatsächlich gerade dabei, den Baumschmuck anzuhängen. Sie trug Jeans und Pulli und sah ganz nach der Schwester aus, mit der er aufgewachsen war. Die sonst so modisch aufgetakelte Katie fand er immer noch gewöhnungsbedürftig.

»Jessie hat sich einen Pick-up ausgesucht«, platzte er heraus und erschreckte dabei seine Schwester.

»Was?«

»Einen Pick-up. Also, am Ende hat sie einen normalen Wagen genommen, aber vorher wollte sie lieber einen Pick-up.«

Katie legte die Christbaumkugel wieder ab. »Soll mir das etwas sagen? Denn ich habe keine Ahnung, was das bedeuten soll.«

Jack schüttelte Katies Schultern. »Warum würde sich eine Frau, die in einem Apartment wohnt und als Kellnerin arbeitet, einen Pritschenwagen aussuchen?«

»Das würde eine Frau nur machen, wenn ihr Mann sie dazu überredet. Ihr Männer braucht anscheinend eure großen Wagen.«

»Genau.« Jack zog seine Schwester an sich und umarmte sie stürmisch. »Ich muss los.«

Katie lachte. »Ach ja? Wohin?«

»Du weißt genau wohin. Doch erst muss ich einkaufen gehen. Kannst du Dad beschwichtigen? Er wird ausflippen, wenn er ankommt und ich nicht mehr da bin.«

Mit sicherem Griff drehte Katie ihn um und stieß ihn sachte Richtung Tür. »Mach dir keine Sorgen um Dad. Geh und mach alles wieder gut. Und vermassle es diesmal nicht.«

★★★

Der Schmerz in ihrer Brust kam von ihrem gebrochenen Herzen und war unbeschreiblich. Jeder Tag war eine Qual. Jessie schimpfte zum zigsten Mal mit sich selbst: »Ich hätte ihn nicht fortschicken dürfen.«

»Du führst wieder Selbstgespräche«, rief Monica vom Wohnzimmer aus.

»Das macht sie in letzter Zeit öfters«, sagte Danny.

Monica und Danny bastelten Weihnachtskarten. Danny malte ein Bild und Monica schrieb ihre Namen in die Karte. Es war eine Tradition, die die Drei pflegten, seit Danny einen Stift halten konnte.

»Ich führe überhaupt keine Selbstgespräche.«

»Echt? Ist noch jemand in der Küche, den wir von hier nicht sehen können?«, kicherte Monica.

»Wenn du so weitermachst, hast du am Ende Kohle in deinem Weihnachtsstrumpf, Tante Mo«, lachte Danny.

Jessie rührte den Eintopf auf dem Herd um und stellte die Platte aus.

Ein lautes Klopfen an der Tür ließ alle innehalten. Monica blickte auf die Uhr. »Erwartest du jemanden?«

»Nicht, dass ich wüsste.«

Jessie ging zur Tür und wischte sich dabei die Hände an der Schürze ab. Durch den Türspion sah sie eine rote Kiste.

»Wer ist da?«

»Paketdienst.«

Jessie zuckte die Schultern und öffnete die Tür.

Vor ihr erschienen viele hübsch verpackte Geschenke, darunter Jeanshosenbeine und Cowboystiefel.

Ihre Lippen begannen zu zittern.

»Ho, ho, ho.« Jack kam in die Wohnung spaziert, als ob er nur ein paar Stunden weg gewesen wäre.

»Jack!« Danny sprang auf und rannte zu Jack. Er umarmte seine Beine so stürmisch, dass die Geschenke fast herunterfielen.

»Wie geht's, Kumpel?«

Monica stand auch auf und nahm Jack die Pakete ab. »Warte, lass mich helfen.«

»Danke.« Jack umarmte Danny mit der freien Hand.

Jessie blieb wie angewurzelt stehen.

»Wo warst du?«, wollte Danny wissen. »Wir haben dich vermisst.«

Nachdem er das letzte Paket abgestellt hatte, ging Jack zu Danny in die Hocke. »Ich habe dich auch vermisst.«

»Mami hat geweint.« Na super, Kindermund tut Wahrheit kund.

»Hat sie das?« Jack wandte sich schließlich zu ihr und grinste schief. »Das tut mir leid. Vielleicht kann ich es wiedergutmachen?«

»Was ist das alles?« Danny setzte sich auf den Boden und las die Namen vor, die auf den Geschenken standen. »Das hier ist für mich?« Silbernes Papier mit einer riesigen grünen Schleife. Danny schüttelte das Päckchen, so fest er konnte.

Der Anblick brachte Tränen in Jessies Augen.

Alle sahen Danny zu. »Und das hier ist für dich, Tante Monica. Und hier ist noch eines für mich.« Er strahlte. »Schau, Mom, eins für dich.«

Jessie kaute auf der Unterlippe. »Das hättest du aber nicht tun müssen«, sagte sie.

Jack erhob sich und wuschelte durch Dannys Haar. »Ich wollte aber.«

Monica ging zu Jessie und flüsterte: »Alles okay?«

Jessie nickte. Nach der ersten Freude, Jack wiederzusehen, kamen die Bedenken, was nun geschehen würde. Wollte er, dass sie wieder Freunde waren? Konnten sie wieder nur Freunde sein?

»Hey, Danny, sollen wir auf den Spielplatz gehen und deinen Freunden Zuckerstangen bringen?«

Danny blickte unsicher zwischen Jack und Monica hin und her.

»Bist du noch da, wenn ich zurückkomme?«, erkundigte er sich bei Jack.

Jack blickte zu Jessie. »Ich wäre gerne noch da.«

Was sollte das bedeuten?

»Komm, kleiner Mann. Lassen wir deine Mom und Jack in Ruhe, damit sie sich unterhalten können.« Monica holte seine Jacke von der Garderobe.

Bevor sie zur Tür hinausgingen, fragte Monica: »Bist du sicher, dass es dir gut geht?«

Jessie winkte ihre Sorgen fort.

Als die Tür sich geschlossen hatte, war es plötzlich still im Zimmer.

»Danny sieht viel besser aus als letztes Mal«, meinte Jack, während er den Cowboyhut absetzte. Er sah gut aus. Vielleicht ein bisschen müde, aber gut.

»Er war noch ein paar Tage krank, aber es war nicht mehr so schlimm wie in der Nacht im Krankenhaus.«

»Gut. Da bin ich froh.« *Und nervös, so wie er von einem Fuß auf den anderen trat.*

»Das hättest du aber wirklich nicht machen müssen.« Jessie deutete auf die Geschenke, welche nun die früheren Lücken unter dem Baum füllten.

»Ich wollte aber«, antwortete er zum zweiten Mal.

Sie blickten zum Baum. Ein unangenehmes Schweigen entstand.

»Jack.«

»Jessie«, fingen beide gleichzeitig an und mussten lachen.

»Warum setzen wir uns nicht«, schlug sie vor. »Möchtest du etwas trinken?«

Er schüttelte den Kopf und wartete, dass sie sich zuerst setzte, bevor er ihr gegenüber Platz nahm.

»Ich habe Mist gebaut, Jessie.« Jack beugte sich vor, stützte die Ellbogen auf die Knie.

»Nicht du allein.«

Sein Blick wanderte zum Boden. »Stimmt das, was Danny gesagt hat? Hast du geweint?«

»Frauen sind emotionale Geschöpfe.«

»Der Gedanke, dass du wegen mir geweint hast, ist schrecklich.«

Jessie richtete sich auf. »Ich hatte Angst, dass ich dich für immer vertrieben habe. Wir hatten uns irgendwie daran gewöhnt, dass du hier bist. Danny hat gar nicht mehr aufgehört, nach dir zu fragen.«

»Hast du mich vermisst?«

Sie schluckte und entschied sich für die Wahrheit. »Mehr als du dir vorstellen kannst.«

Jack lächelte. »Ich kann mir vieles vorstellen. Zum Beispiel kann ich mir vorstellen, dass du Ja gesagt hättest, wenn ich mit meinem Heiratsantrag gewartet hätte. Aber nein, ich habe dich völlig überrumpelt und du hast mich abgewiesen.«

»Du hast mir Angst eingejagt, Jack.«

»Warum?«

Warum? Gute Frage. Eine Frage, die ihr seither Tag und Nacht keine Ruhe mehr gelassen hatte. »Ich hatte Angst, dich zu lieben. Angst vor dem, was aus uns werden würde, wenn ich mich zu sehr auf dich verlasse. Ich bin schon seit vielen Jahren allein und ich würde nichts lieber tun als die Verantwortung mit jemandem zu teilen, aber ich fand, dass es dir gegenüber nicht fair wäre.«

Jack wollte etwas sagen, aber sie hielt ihn mit einer Handbewegung auf.

»Warte, ich bin noch nicht fertig. Manchmal, wenn man jemanden liebt, muss man tun, was für den anderen das Beste ist. Und das Beste ist nicht immer das Leichteste. Ich dachte, du hättest bessere Chancen, das zu bekommen, was du dir für dein Leben wünschst, wenn du nicht mich und Danny wie einen Klotz am Bein hättest.«

Als Jessie den Kopf hob, sah sie, wie Jack sie mit offenem Mund anstarrte. »Du hast Nein gesagt, weil du mich liebst?«

Eine Träne rann ihre Wangen herab. »Ich habe Nein gesagt, weil wir dich lieben, Danny und ich. Es würde mehr wehtun, wenn du eines Tages abhaust, um deinen Träumen zu folgen, als uns jetzt von dir zu verabschieden. Zumindest habe ich das letzte Woche gedacht.«

Jack stand auf, kniete vor ihr nieder und nahm ihre Hände. »Und fühlst du heute auch so?«

»Nein. Die letzte Woche war schrecklich, ich habe mir verzweifelt gewünscht, dass du meine Abweisung nicht ernstnimmst und zurückkommst.«

Jack nahm ihr Gesicht in seine Hände und wischte mit den Daumen die Tränen fort. Dann küsste er sie.

Sie weinte mit seinen Lippen auf ihren und zog ihn an sich. Jack war hier, er küsste sie und linderte den Schmerz in ihrer Brust, der wie ein Stein dort festgesessen hatte. Er lehnte sie zurück, sie spürte sein Gewicht. Er bedeckte sie mit Küssen, knetete ihr Haar. Als er aufhörte, war Jessies Atem flach und unregelmäßig.

»Ich bin zurückgekommen, Jessie. Und ich gehe nirgendwohin.«

Jessie zog ihn noch fester an sich und küsste ihn stürmisch.

Seine Hände ließen ihre Haare los und wanderten zu ihren Hüften. Sie wollte ihn, liebte ihn mehr, als sie sagen konnte. Wenn er sie noch mal fragte, ob sie ihn heiraten wolle, dann würde sie diesmal die Chance, Mrs Jack Moore zu werden, ergreifen. Es gab Wichtigeres im Leben als Geld. Der liebevolle, aufmerksame und ehrliche Mann in ihren Armen bedeutete mehr als alles Geld der Welt.

»Schlaf mit mir, Jack«, sagte sie zwischen den Küssen.

Sein Blick hatte Feuer, unter seiner Jeans zeigte sich sein Verlangen. »Was ist mit deiner Schwester und Danny?«

Monica würde nicht so schnell nach Hause kommen. »Sie bleiben lange genug weg für Versöhnungssex.«

»Versöhnungsliebe«, korrigierte Jack sie.

Jessie lachte zum ersten Mal seit einer Woche wieder.

Jack hob sie hoch, trug sie ins Schlafzimmer und stieß mit dem Fuß die Tür zu. Jessie begann sofort, an den Knöpfe seines Hemdes herumzuzupfen, als sie auf dem Bett lag.

Sie sah auf seine unverhüllte Brust. Stark, muskulös. »Du bist schön«, sagte sie.

»Sag das lieber nicht meinen Freunden. Texanische Cowboys sehen gut aus, rau und verwegen, aber niemals schön.«

Jessie entfernte sein Hemd vollständig und warf es auf den Boden. Jack arbeitete an ihrer Schürze. Dann an ihrer Jeans. »Du siehst auch gut aus und verwegen, aber dabei bist du so schön.« Sie ließ ihre Hände zu seinen Hüften wandern und zog an seiner offenen Hose.

Als sie es schaffte, seine Erektion ans Tageslicht zu befördern, meinte er: »Sag lieber nicht, dass er schön ist.«

Sie strich über seinen Schaft und genoss Jacks offensichtliche Erregung. »Er ist verwegen und heiß.«

»Du Luder«, sagte er mit rauer Stimme.

Jack streifte seine restliche Kleidung ab und Jessie zog ihren Pullover aus. Innerhalb weniger Sekunden waren beide nackt. Er legte sich auf sie, bedeckte sie mit seiner Wärme. Sie würde nie genug davon haben, wie er ihren Körper mit seinen Lippen liebkoste und streichelte.

Jack knabberte an ihrem Kinn und Hals und folgte mit Küssen und Lecken einer glühenden Spur, bis er über ihren Brüsten war. »Das ist schön«, sagte er, bevor er sie zu harten Knospen werden ließ und an einer zu saugen begann. Jack knabberte, dann biss er liebevoll, aber fest genug, dass das Feuer zwischen ihren Beinen ankam. Anschließend widmete er sich der anderen Brust. »Und das hier ist schön.« Er wiederholte das Spiel auf der anderen Seite.

Dann kehrte er zu ihrem Mund zurück und überfiel sie mit seiner Zunge.

Sie bäumte sich auf, wollte ihn in sich spüren. Sie balgten sich, kämpften darum, wer die Zügel in der Hand hielt. Ihr lautes Atmen war das Einzige, was zu hören war.

Jessie schlang ein Bein um ihn, neckte ihn an ihrem Einlass. Er beugte sich vor, gab ihr eine Kostprobe von sich in ihrem Inneren.

»Bitte«, flehte sie. »Jetzt schnell, später langsam. Ich brauche dich.«

Er rollte sie beide auf die Seite, hob ihr Bein auf seine Hüfte. Ohne Vorwarnung drang er in sie ein und nahm ihr den Atem. »Ja«, stöhnte sie auf.

»Gewöhn dich an mich, Jessie. Uns Texaner bekommt man nicht mehr los.«

Nein, stattdessen bekam sie ihn zu spüren. Er glitt an ihrer empfindlichsten Stelle entlang. Glatt und gleichzeitig rau waren seine Stöße und fanden genau das richtige Tempo.

Sie klammerte sich an seine Hüften, beschleunigte ihren Galopp.

Dieses Mal gab es kein langsames Verschmelzen. Sie waren wie ein Vulkan, der sich kurz vor dem Ausbruch befand. Erdbebenstöße und Zittern kündigten an, dass Jessie kurz davor war.

Gleichzeitig explodierten Gefühl und Nerven. Sie krallte sich an ihn, ihre Augen verdrehten sich, während sie bebte und ihre Erlösung spürte. Er folgte ihr nach, sie spürte, wie die Hitze seines Orgasmus sie erfüllte.

Jessie vergrub ihren Kopf in seinem Arm, glücklicher als eine Frau es je sein konnte.

Jack spürte, wie Jessies Atem langsamer wurde. Er wollte für immer so bleiben.

Für immer.

Aber er würde kein zweites Mal den gleichen Fehler begehen. Er würde erst um ihre Hand anhalten, wenn er einen Ring hatte und sich die passende Gelegenheit fand. Sie liebte ihn. Er hatte sie es sagen hören und mehr noch, er hatte es gefühlt. Es musste einen Weg geben, wie er ihr die Wahrheit über seinen Reichtum erzählen konnte, ohne sie zu verärgern. Und dafür brauchte er den Rat einer Frau. Bei der nächsten Gelegenheit würde er Katie anrufen und sie danach fragen.

Aber jetzt wollte Jack einfach nur in Jessies Armen liegen und die vergangenen Probleme vergessen.

Aus diesem Plan wurde allerdings nichts, denn schon hörten sie die Wohnungstür aufgehen und Danny rufen.

Erschrocken zog Jack die Decke hoch und Jessie lachte. »Die Realität holt uns ein«, seufzte sie.

Jack küsste ihre Nase und löste sich nur widerwillig von ihr. Erst jetzt stellte er fest, dass er gar kein Kondom verwendet hatte.

Er blickte zu Jessie, um zu sehen, ob sie es bemerkt hatte. Falls ja, sagte sie zumindest nichts.

Egal, ich heirate diese Frau, und wenn es das Letzte ist, was ich tun werde. Er streifte sich hastig die Boxershorts über und warf Jessie mit einem Augenzwinkern ihre Kleider zu.

»Jessie?«, rief Monica.

»Moment«, lachte Jessie. »Ich, äh, komme gleich.«

Monica lachte.

Schwestern.

Kapitel Fünfzehn

Sie aßen den Eintopf, den Jessie gekocht hatte, und lachten darüber, wie Danny die Geschenke unter dem Baum schüttelte.

»In dem sind sicher Klamotten drin«, sagte er abfällig.

»Warum glaubst du das?«, wollte Jack wissen.

»Weil nichts klappert und weil es so leicht ist.« Danny warf das Geschenk unter den Baum zurück und nahm eins, das Jack gebracht hatte.

»Klappert nicht und wiegt nichts, dann ist es wohl Kleidung«, stimmte Jack zu.

»Das hier«, quietschte er und hob ein Päckchen über seinen Kopf, »ist ein Spielzeug. Es ist nicht schwer, aber man hört Plastikteile scheppern.«

Jessie griff über den Tisch nach Jacks Hand und lächelte Monica zu.

»Woher weißt du denn, dass es Plastik ist?«

Danny schloss die Augen und schüttelte intensiver. »Ich bin fünf. Alle meine Spielsachen sind aus Plastik.«

Jack drückte ihre Hand, während er Danny fragte: »Also, Danny, was wünschst du dir am allermeisten zu Weihnachten?«

»Ich will ein Fahrrad.«

Jessie hätte ahnen können, dass er das sagen würde. Er hatte von nichts anderem geredet. Das Rad, das sie in einer Kiste in ihrem Zimmer versteckt hielt, brauchte noch ein wenig Zuwendung vom Weihnachtsmann, während Danny schlief.

»Aber weißt du, was noch besser wäre als ein Fahrrad?«, fragte er.

Oh nein. Sie wusste nicht, dass er noch etwas wollte. Auf seiner Wunschliste, die er nach Thanksgiving geschrieben hatte, stand nur das Fahrrad. Ein rotes Rad, das doppelt so groß war wie sein altes.

»Was denn, mein Schatz?«, erkundigte sich Jessie.

»Ich will ein Haus mit einer großen Einfahrt, wo ich mit dem Rad fahren kann. Dann kann Tante Monica ihr eigenes Zimmer haben und muss nicht mehr im Wohnzimmer schlafen. Und Mom kann ihr neues Auto in der Garage parken.« Danny sprang auf. »Hast du schon das neue Auto gesehen?«, fragte er Jack.

»Nein.« Jack schenkte Jessie ein Lächeln.

»Oh Mann, in der Aufregung habe ich ganz vergessen, dir zu erzählen, was passiert ist.«

Jacks Daumen streichelte ihren, während er geduldig auf ihre Schilderung wartete.

»Als du weg warst, hat das Autohaus angerufen. In der Werkstatt hat es gebrannt, mein Auto hatte einen Totalschaden.«

»Wirklich?«, sagte Jack weiterhin lächelnd.

»Das haben sie gesagt. Das Autohaus hat mir ein neues Auto als Schadenersatz angeboten. Kannst du dir das vorstellen?« Jack legte den Kopf schief. Irgendetwas an der Art, wie er sie ansah, ließ sie innehalten.

Monica stand auf und räumte den Tisch ab. »Ich warte ja noch darauf, dass er anruft und sagt, sie haben einen Fehler gemacht.«

»Ich weiß nicht, Monica. Autohändler lassen sich nicht gerne verklagen«, erklärte Jack und blickte Monica an.

»Das habe ich ihr auch gesagt.«

»Ich glaube es trotzdem nicht.«

»Was für eines hast du dir ausgesucht?«, wechselte Jack das Thema.

»Mom hat das coolste Auto überhaupt. Mit Fernseher auf der Rückbank und dann ist da immer so eine Frauenstimme, die uns sagt, wohin wir fahren müssen, wenn wir es nicht wissen. Echt mega.« Danny nahm Jacks Hand. »Komm, das musst du dir anschauen.«

Jessie warf Jack einen mitleidigen Blick zu, als Danny ihn hochzog.

»Sehr gerne.«

»Ich hole den Schlüssel.« Jessie suchte in ihrer Tasche den Autoschlüssel.

»Ich habe eine Idee. Lasst uns zur Eisdiele fahren«, schlug Jack vor, »und deine Mom kann mich in ihrem neuen Auto mitnehmen.«

»Können wir, Mom?«

»Meinetwegen, warum nicht. Kommst du mit, Monica?« Jessie wandte sich an ihre Schwester, die mit Abspülen beschäftigt war.

»Fahrt ihr nur. Ich mache hier in der Zwischenzeit etwas Ordnung.«

Mittlerweile war die Sonne untergegangen. Es wehte ein kühler Wind. Vor dem Wohnhaus befanden sich überdachte Stellplätze, für jede Wohnung einen. Früher hatte Monica immer ihren Wagen dort abgestellt.

Jessie sperrte per Fernbedienung das Auto auf. »Ich kann immer noch nicht glauben, dass es jetzt mir gehört. Ich fühle mich, als ob ich im Lotto gewonnen hätte, obwohl ich gar nicht gespielt habe.«

Jack legte im Gehen den Arm um ihre Schulter. »Manchmal geschieht einem eben etwas Gutes, wenn man es verdient hat.«

Danny öffnete die Hintertür und hüpfte ins Auto.

»Schau, Jack. Fernsehen.«

»Man kann DVDs ansehen«, erklärte Jessie, während Jack anerkennend mit der Hand über den Türrand strich.

Jack kitzelte Danny, als er sich über ihn beugte, um das Wageninnere zu inspizieren.

»Perfekt für lange Fahrten.«

»Das hat der Autohändler auch gesagt. Ich hätte nie gedacht, dass ich mal so ein Auto haben würde.«

»Ist es sicher?«, fragte Jack.

»Es hat eine gute Statistik. Und der Verbrauch ist niedrig.«

Jack ging um das Auto herum. Er öffnete die Motorhaube. »Vier Zylinder?«

»Ja, für den niedrigen Spritverbrauch.«

Unter der Haube sagte Jack: »Ich glaube, das war eine gute Wahl.«

Zum ersten Mal, seit sie es hatte, konnte sich Jessie auch darüber freuen. Ohne Jack war alles grau gewesen.

Jack schloss die Motorhaube. »Machen wir eine kleine Spritztour?«

Danny saß schon angeschnallt auf seinem Sitz.

Nach dem Eisessen fuhren sie durch die Gegend, um die Weihnachtsbeleuchtung zu betrachten, bis Danny schließlich eingeschlafen war.

Jack blickte zu Jessie herüber, als sie gerade wieder in die Einfahrt einbogen.

»Es ist schön, dich mit neuen Sachen zu sehen«, meinte er. »Du strahlst.«

Mann, er sollte nicht denken, dass sie ihn brauchte, um für sie zu sorgen. Zusammen würden sie es schon schaffen, die Rechnungen zu zahlen. »Es ist nur ein Auto, Jack. Ich strahle, weil wir gemeinsam damit fahren.«

»Danny wünscht sich vom Weihnachtsmann auch noch eine Garage.«

»Danny weiß ja gar nicht, was er sich da wünscht – ein Haus zu Weihnachten. Ich glaube, er hat das *›Wunder von Manhattan‹* gesehen.«

»Kinder haben größere Träume als Erwachsene. Sie sind so unschuldig.«

Sie stimmte zu. »Erwachsene wissen, dass es harte Arbeit kostet, diese Träume wahr werden zu lassen. Kinder meinen dagegen, sie brauchen sich bei einer Sternschnuppe einfach nur etwas zu wünschen.«

Jessie fuhr auf ihren Parkplatz und stellte den Motor ab. »Also, was denkst du?«, fragte sie und strich über das Lenkrad.

»Ich finde es perfekt.« Er beugte sich zu ihr und küsste sie. Nur ein kleiner Kuss, aber so gut. »Ich glaube, auch du musst dir weiterhin einfach etwas wünschen, wenn du eine Sternschnuppe siehst«, flüsterte er grinsend.

Jessie sah seine grauen Augen funkeln und fand, dass sie wie Sterne aussahen.

»Komm«, sagte er. »Lass uns Danny ins Bett bringen. Und anschließend bringe ich dich ins Bett.«

Sie hopste aus dem Fahrersitz. *Na, das war doch ein guter Plan.*

★★★

Jack und Jessie verbrachten die Nacht damit, sich zu lieben. Sie holten nach, was sie an Zeit verloren hatten. Am Morgen war Jack bereit, sich für ein paar Stunden von ihr loszureißen. Er brauchte einen handfesten Plan, um Jessie seine Schwindelei zu beichten. Er überlegte, wie er es formulieren könnte, damit sie sich nicht hintergangen fühlte.

Je mehr er darüber nachdachte, desto sicherer war er, dass sie wütend werden würde. Na ja, an ihrer Stelle wäre er das auch.

Er brauchte weiblichen Rat.

Jack brauchte seine kleine Schwester.

Er stellte sich hinter Jessie, während sie gerade die Zutaten für Plätzchen herrichtete. Jack küsste ihren Hals. »Butterplätzchen?«, fragte er. Eine Hand legte er um ihre Taille, mit der anderen fischte er in der Schüssel, um von der süßen, klebrigen Masse zu probieren. Er leckte den Finger ab. Der rohe Teig schmeckte köstlich.

»Das sind die allerbesten.«

»Na ja, ich mag Schokokekse lieber.«

Jessie lachte und gab ihm einen Klaps auf die Hand, als er ein zweites Mal eintauchen wollte. »Für die Kekse kann man aber keine Ausstechförmchen verwenden und man kann sie nicht mit Zuckerguss verzieren.«

»Hm, lecker, Schokokekse mit Zuckerguss. Eine neue Erfindung.«

Sie kicherte und nahm den Löffel, um den Teig zu rühren.

»Ich sage es nur ungern.« Jack drehte Jessie um, sie standen nah voreinander.

»Aber ich muss los, ein paar Dinge erledigen und zum Hotel gehen.«

»Musst du heute arbeiten?« Sie wischte sich die Hände am Handtuch ab und legte es zur Seite.

»So in der Art.«

»Was bedeutet das?«, fragte sie lächelnd.

»Das erkläre ich dir später.« Er vermied es, zu lügen. Zum Hotel zu fahren und zu arbeiten stand auf dem Plan, aber anders, als Jessie dachte.

»Wir heben dir was von dem Zuckerguss auf, damit du nachher deine eigenen Plätzchen verzieren kannst.«

Jack sah zu Danny, der mit Monica im Wohnzimmer ein Gesellschaftsspiel spielte, dann küsste er Jessie.

Ihre Lippen fuhren sanft über seine. So warm. Er konnte es kaum erwarten, ihr einen Ring an den Finger zu stecken.

Er beendete den Kuss und drückte sie, bevor er sich auf den Weg machte.

»Ich komme bald wieder«, versprach er.

»Das lass dir raten«, ermahnte sie ihn fröhlich.

Er winkte den anderen zu. »Bis später, Danny.«

»Gehst du?« Sein Kopf fuhr hoch.

»Hab was zu erledigen.«

Danny sprang auf, rannte zu ihm und umarmte ihn. Es war herzergreifend, wie sich ihr Kleiner in Jacks Arme warf. Das machte es die Sache allemal wert. Jack gab ihm einen Kuss auf den Kopf.

»Adios, Sportsfreund.«

»Adios, Onkel Jack«, ahmte Danny ihn nach.

An der Tür schaute Jack noch mal zu Jessie. Die Haare hatte sie zu einem Pferdeschwanz zurückgebunden, ihre Schürze war reichlich mit Mehl gepudert. Ein Lächeln umspielte ihre Lippen, dann sah sie auf und bemerkte seinen Blick.

Er durfte das nicht kaputt machen.

Draußen stellte er sein Handy an. Er hatte eine Nachricht.

»Jack, verdammt noch mal, wo bist du?« Es war Katie. »Egal. Hör zu, Dad ist total sauer, weil er dich verpasst hat. Ich habe kein Sterbenswörtchen verloren, aber er und Beth vermuten, dass eine Frau im Spiel sein muss. Eine, mit der du es ernst meinst. Ich schwöre, ich habe keine Silbe gesagt. Er ist auf dem Weg zu dir. Ich komme auch. Ich versuche, ihn so lange zurückzuhalten, bis du dein Geheimnis vor Jessie gelüftet hast. Das machst du doch, oder? Ach, und er meinte, er würde sich auch mit deinem Bauunternehmer wegen des neuen Projektes treffen, wenn er da ist. Seit einer halben Stunde erteilt er Befehle über das Telefon. Also, du bist vorgewarnt.«

Jack stellte das Handy aus und sprang in seinen Wagen. Mit etwas Glück würde er es gerade noch bis zum Hotel schaffen und sich umziehen können, bevor sein Vater angestürmt kam.

Gaylord Morrison machte alles auf texanische Art und Weise, und zwar im großen Stil.

Eilig schritt Jack durch die Lobby zu den Aufzügen. Sam sah ihn vom Empfangstresen aus und beeilte sich, Jack einzuholen.

»Mr Morrison ...«

»Jetzt nicht Sam, ich bin in Eile.« Jack holte den Aufzug.

»Ihr Vater ist auf dem Weg zu Ihnen.«

»Ich weiß.« Er drückte ein weiteres Mal ungeduldig auf den Knopf.

»Die andere Suite ist von einem Hotelgast belegt. Wird Ihr Vater bei Ihnen wohnen?«

Das Aufzuglicht ging an.

Jack stieg ein. »Ich kümmere mich darum, Sam. Kein Problem.«

Das Reinigungspersonal hatte alle Spuren von dem Chaos beseitigt, das Jack vor dem Kurztrip nach Texas hinterlassen hatte. Noch im Gehen begann er sich zu entkleiden und stopfte nach Junggesellenart hastig alle Klamotten in den Schrank. Innerhalb von zwanzig Minuten trug er Armani. Er setzte aber seinen guten alten Stetson auf den Kopf. Seine Füße steckten in den altbekannten, frisch geputzten Cowboystiefeln. Keinen sehr großen Unterschied zu Jack Moore, hatte er beschlossen.

Als er gerade seine Armbanduhr anlegte, klingelte das Telefon: »Hallo?«

»Mr Morrison, Ihr Vater und Ihre Schwester sind eingetroffen.«

Jack holte tief Luft.

Jetzt war ein Ausweichmanöver angesagt.

»Welchen Besprechungsraum können wir nehmen?«, wollte er wissen.

»Den neben meinem Büro«, schlug Sam vor.

»Ich bin auf dem Weg.«

Es war nicht so, dass er seinen Dad nicht mochte. Er liebte den Mann, aber sein Vater konnte manchmal sehr extrem und äußerst dominant sein.

Jack kam in die Lobby. Dort traf er auf eine kleine Menschenansammlung und organisiertes Chaos. Sein Vater stand vor Sam, der schnell und eifrig gestikulierend mit ihm sprach. Aus der Ferne wirkte Gaylord Morrison wie ein Schrank. Er zog sofort alle Aufmerksamkeit auf sich. Mit einer Größe von eins dreiundneunzig und einem Gewicht von hundert Kilo hätte er auch ein ehemaliger Footballspieler sein können. Sein Haar war grau meliert, aber seine Augen waren klar und wach und nichts entging ihnen. Katie, die neben ihm stand, trug einen ihrer ultrakurzen Miniröcke. Wahrscheinlich, um den alten Herren zu ärgern. Sie liebte es, ihn zu reizen und ließ keine Gelegenheit dazu aus.

Gaylord erblickte Jack und brach seine Unterhaltung mit dem Hotelmanager ab.

»Jack«, rief er.

Jack streckte ihm seine Hand entgegen, sein Vater schüttelte sie und dann umarmte er seinen Sohn. »Was zum Teufel hast du dir dabei gedacht? Erst heimkommen und dann gleich wieder abhauen, bevor ich da bin?«

»Schön dich zu sehen, Dad.« Das war es wirklich, trotz des schlechten Timings.

Kofferträger wimmelten um sie herum, um ihnen mit dem Gepäck behilflich zu sein, und Sam stand bereit, jede Aufgabe zu erfüllen, die man ihm auftrug. Das Gefolge des Seniorchefs bestand aus einem halben Dutzend Männern in Anzügen.

»Erst Thanksgiving, jetzt auch noch Weihnachten«, bellte Gaylord, als er die Umarmung löste. Er wies Sam an, dem Fahrer und den anderen Angestellten ein Hotelzimmer zu beschaffen.

Katie beugte sich zu Jack vor und raunte ihm zu: »Ich schwöre, ich habe nichts gesagt.«

Jack legte beruhigend die Hand auf ihren Arm. »Seine Antennen hatten schon immer einen besseren Empfang als jede Satellitenschüssel.«

Katie lachte auf.

Blitzlichter erhellten die Lobby. Jack blickte sich um und bemerkte einen Reporter mit einem Fotografen. »Was machen die hier?«, fragte er seine Schwester.

»Die sind wegen dir hier.« Gaylord richtete die Aufmerksamkeit wieder auf seine Kinder.

»Wegen mir?«

»Ich habe gehört, es gibt eine besondere Frau in deinem Leben, eine, die vielleicht zur Familie gehören soll, und zwar bald?« Gaylord dehnte das letzte Wort und ließ es wie eine Frage klingen.

Jacks freundliche Miene veränderte sich. Es missfiel ihm, dass sich die Presse in sein Privatleben einmischen wollte. Außerdem musste er noch um Jessies Hand anhalten ... zum zweiten Mal.

»Es sollte aber meine Sache sein, die Presse zu informieren«, sagte er zu seinem Vater.

»Das heißt, es gibt eine zukünftige Mrs Morrison?« Dass Jack heiraten könnte, schien dem Mann zu gefallen. Dafür konnte man einfach nicht sauer auf ihn sein.

»Es gibt jemanden«, gab Jack zu. »Aber ich würde es gerne woanders besprechen, wenn es dir nichts ausmacht.«

Gaylord hob stolz die Brust, als ob er gerade wieder Vater geworden wäre. »Verdammt gute Nachrichten«, sagte er. »Wann lernen wir sie kennen?«

»Daddy, du hältst mir immer vor, dass ich vor der Presse posiere«, schimpfte Katie. »Können wir das nicht privat regeln? Ich glaube, Jack möchte es nicht öffentlich besprechen.«

Jack deutete mit einem Kopfnicken auf die Aufzüge. »Ich habe Mittagessen auf meine Suite bestellt. Lasst uns oben weiterreden.

Es dauerte noch einige Minuten, bis er seinen Vater zum Gehen bewegen konnte. Als Gaylord aber schließlich zum Lift lief, blieb Jack kurz zurück und winkte Sam herbei. »Mittagessen für drei, bitte. Das Spezialmenü, egal, was es ist. Dazu eine Flasche Crown Royal und für Miss Morrison einen Chardonnay.«

»Was ist mit der Besprechung? Ihr Vater wollte –«

»Sagen Sie dem Küchenpersonal, es soll sich beeilen. Wir kommen in einer Stunde«, unterbrach ihn Jack, bevor er sich wieder seiner Familie zuwandte. »Na dann.«

★★★

Danny ließ die Beine vom Stuhl baumeln, während er kleine, essbare Silberkugeln auf die Plätzchen streute. Wenn er in dem Tempo weitermachte, würden sie bis Ostern noch hier sitzen.

Monica kam mit einem Korb sauberer Wäsche zur Tür herein. Im Wohnkomplex gab es Waschmaschinen und Trockner, aber sie waren draußen, hinter den Stellplätzen.

Jessie nahm ihrer Schwester den Korb ab, damit sie die Tür schließen konnte.

»Es wird langsam kalt da draußen«, beschwerte sich Monica.

»Lieber kalt als zu warm. 25 Grad fühlen sich nicht wie Weihnachten an.«

Monica deutete auf Danny. »Macht Monet da gerade sein Meisterwerk oder was?

»Von mir hat er das nicht. Ich würde den Guss draufschmieren, ein paar Streusel darüberschütten und fertig.«

Monica schüttelte den Kopf. »Wie viele hat er schon verziert?«

»Zwei.«

»Er wird noch die nächsten drei Tage bis Weihnachten dafür brauchen.«

Die beiden Schwestern begannen die Wäsche zu falten.

Monica schaltete den laufenden Fernseher zu den Nachmittagsnachrichten. »Weißt du schon, wann Jack zurückkommt?«

»Nicht genau.« Jessie legte einen von Dannys Socken zur Seite, bis der zweite davon auftauchen würde. »Er hat gesagt, er müsse zum Hotel.«

»Hat er keinen festen Arbeitsplan?«

»Keine Ahnung. Wenn er über seinen Job spricht, benimmt er sich immer so komisch.«

»Komisch? Inwiefern?«

»Ich habe ihn gefragt, ob er heute arbeiten muss, und er hat geantwortet: ›So in der Art‹. Was zum Henker soll das denn heißen? Entweder muss man arbeiten oder nicht.« Die nächste Socke, die sie aufnahm, gehörte zur vorherigen. Sie machte ein Knäuel.

»Vielleicht muss er arbeiten, aber er wollte fragen, ob sie ihn heute wirklich brauchen. Damit er wieder herkommen kann.«

»Vielleicht. Und noch etwas. Er hat noch nie erzählt, wo er wohnt.« Jessie hatte sich darüber Gedanken gemacht, als er fort gewesen war. Sie wusste nicht, wo sie ihn suchen könnte, außer bei seiner Arbeit.

Monica nahm ein Shirt, klemmte es unter das Kinn und faltete es. »Jetzt, da ihr zwei ein Paar seid, wird er dir alles erzählen. Ich bin mir sicher, dass ihr auch Zeit bei ihm zu Hause verbringen werdet. Es ist bestimmt nicht so wahnsinnig entspannend mit Danny in der Nähe des Schlafzimmers.«

Jessie lachte. »Ganz zu schweigen von meiner kleinen Schwester, die genau vor meiner Tür schläft.«

Monica ließ das Shirt auf den Stapel fallen und hob unschuldig die Hände. »Ich habe nichts gehört ... die ganze Nacht. Nicht um zwei und nicht um sechs Uhr morgens.«

Jessie prustete vor Lachen und wurde rot. Sie warf das Sockenknäuel auf ihre Schwester und traf. »Du bist blöd.«

»Ich bin nicht diejenige, die die *ganze* Nacht wach war«, lachte Monica.

Es tat gut, zu lachen und es auch so zu meinen.

»Mami?«

»Ja, Mäuschen.«

»Ist das nicht Onkel Jack?« Danny deutete auf den Fernseher. »Er schaut ulkig aus, so wie er angezogen ist.«

Jessie blickte zum Fernseher. Das Grinsen auf ihrem Gesicht war so breit, dass ihr die Backen wehtaten. Sie erwartete einen attraktiven Mann mit Cowboyhut, der Jack ähnlich sah. Was sie stattdessen zu sehen bekam, verschlug ihr den Atem.

»Um Gottes willen«, Monica löste sich aus der Schockstarre und drehte die Lautstärke hoch.

»... Morrison, der milliardenschwere Großunternehmer, und sein Sohn, Jack Morrison, sind heute angekommen. Nicht nur, um den Bau von Jack Morrisons neuer, familienfreundlicher Hotelkette zu feiern. Gerüchten zufolge heißt es, dass Jack seine Verlobung bekannt geben wird. Tut mir leid, meine Damen, aber es sieht ganz so aus, als ob der begehrte Junggeselle bald nicht mehr zur Verfügung stünde. Wer seine Herzensdame allerdings ist, weiß man noch nicht.«

Jessie fiel die Wäsche aus den Händen, die plötzlich stark zitterten.

Jack stand in der Lobby des Morrison Hotels, eine schlanke, blonde Frau, hatte sich bei ihm eingehängt. Man konnte das Gesicht der Frau nicht erkennen, aber egal, wer sie war, Jack hielt ihren Arm und lächelte sie voller Zuneigung an.

Ein Milliardär?

Jack?

Der Sprecher listete die Namen von Frauen auf, manche bekannt, manche nicht, die den Medien zufolge als zukünftige Mrs Morrison in Frage kämen.

Jessies Name war nicht darunter.

Ihr Kinn zitterte, das Blut war ihr aus dem Kopf gewichen.

»Jessie?«

Jack Moore war noch nicht einmal sein richtiger Name. Gott, wie hatte sie nur so blind sein können? Wie hatte sie sich nur so beschwindeln lassen können, dass sie nicht wusste, wer Jack wirklich war?

»Jessie?«

Der Reporter wechselte das Thema. Doch das Bild von Jack, wie er in der Lobby seines Hotels stand, eine andere Frau im Arm hielt und sich im Ruhmesglanz seines milliardenschweren Vaters sonnte, war für immer in ihr Gedächtnis eingebrannt.

Er hat mich belogen.

»Mami, was ist?«

»Jessie, setz dich, bevor du in Ohnmacht fällst.« Monica zog an ihrem Arm und führte sie zum Sofa.

»Er hat mich belogen«, flüsterte sie. Jessie sah ihre eigene Verwirrung im Gesicht der Schwester widergespiegelt. »Mich belogen, Monica. Warum würde er so etwas tun?«

»Ich weiß es nicht. Es gibt sicher eine Erklärung –«

»Nein. Du hast das Bild gesehen. Wer war die Frau an seiner Seite?« Seine zukünftige Braut? Jack wusste, dass Jessie einer Hochzeit mit einem Träumer nicht zustimmen würde. Hatte er sie deshalb gezielt gefragt, damit er später sagen konnte, sie hätte schließlich nicht Ja gesagt? Und wofür? Wollte er die Affäre mit ihr weiterführen, nachdem er jemanden aus seiner Liga geheiratet hatte? Die Frau an seiner Seite hatte ziemlich teure Klamotten angehabt.

»Keine Ahnung. Wir wissen vielleicht nur die halbe Wahrheit.«

Jessies Atem ging schnell. Die Muskeln in ihrer Brust krampften sich zusammen und ihr Kopf schmerzte plötzlich.

»Ich muss gehen«, sagte Jessie. Sie stand auf und suchte in der Wohnung nach ihrer Tasche.

Sie hatte nur einen einzigen Gedanken: Jack zur Rede zu stellen. Ihn genauso zu überraschen, wie er es bei ihr getan hatte.

»Jessie, überstürz jetzt nichts. Du bist Jack wichtig.«

Jessie lachte humorlos. »Klar!« Sie fand ihre Tasche und fischte nach dem Autoschlüssel.

»Mami, was ist los?«, rief Danny.

Jack verletzte nicht nur sie. Danny hatte ihn auch lieb gewonnen. »Nichts, Liebling. Bleib hier bei Tante Monica. Ich bin gleich wieder zurück.« Wie konnte Jack es wagen, ihnen das anzutun!

»Jessie, warte und denk erst nach, was du tun willst.«

»Warten und nachdenken? Monica, hast du gerade das Gleiche gesehen wie ich? Jack hat uns belogen. Uns alle. Vom ersten Tag an.« Wie hatte sie nur so dumm sein können? »Bleib hier bei Danny.«

Jessie floh aus der Wohnung, während Monica ihr noch hinterherrief: »Vielleicht gibt es einen Grund!«

Kein Grund würde gut genug sein.

Sie spürte die Wut als Hitze in den Adern. Jessie bemühte sich, ruhig zu bleiben, damit sie fahren konnte. Sie zwang sich, den Fuß vom Gas zu nehmen und innerhalb des Tempolimits zu bleiben.

»Jack Morrison.« Sie wollte schreien und mit der Faust auf seine Brust schlagen. Morrison. Warum hatte er vorgetäuscht, ein Kellner zu sein – um ihr Vertrauen zu gewinnen? Das Vertrauen einer Frau, die er jeden Tag aufs Neue belog?

Wie konnte er sie in den Armen halten, mit ihr schlafen ... ihr eine gemeinsame Zukunft versprechen, wenn er vorhatte, mit einer anderen zusammen zu sein?

Er hatte in der letzten Nacht den Heiratsantrag nicht wiederholt. Jetzt wusste Jessie auch warum. Er wollte gar nichts mehr von ihr. Sie war nur eine kleine Ablenkung. Ein Ausflug in die niederen Schichten.

»Der begehrteste Junggeselle«, murmelte sie, als sie am Hotel ankam.

Jessie fuhr zum Parkservice und sprang aus dem Auto.

Der Bedienstete hielt die Hand für den Autoschlüssel auf.

»Ich bleibe nicht lange«, sagte sie und rauschte an ihm vorbei.

»Sie können hier aber nicht parken«, rief er ihr hinterher.

Jessie ignorierte ihn und marschierte zur Lobby. Zur Lobby, die Jacks Eigentum war. Sie biss die Zähne aufeinander. Ihre Hände waren so fest zu Fäusten geballt, dass sich ihre Fingernägel in die Haut gruben.

»Ma'am, Sie können Ihr Auto nicht im Wendekreis abstellen.«

Der Parkdiener lief ihr nach. An der Rezeption schubste Jessie die anderen Hotelgäste, die vor ihr standen, zur Seite. »Wo ist Jack Morrison?«

»Entschuldigung, aber ...«, sagte ein Gast vor ihr.

»Sie sind noch nicht an der Reihe –«

»Wo ist er?« Jessie hob die Stimme. »Es ist sehr dringend.« Sie versuchte, ruhig zu bleiben, aber sie zitterte am ganzen Leib. Jetzt wusste sie, wie sich ein Drachen fühlen musste, kurz bevor er Feuer spie.

»Er ist in einer Besprechung, Miss. Wenn Sie mir Ihren Namen verraten –«

»Wo?«

Der Mann an der Rezeption blickte über Jessies Schulter und verriet dadurch die grobe Richtung, wo Jack in seiner *Besprechung* sitzen musste.

Am Ende der Lobby ließ ein Torbogen vermuten, dass sich dort der Besprechungsraum befand.

Jessie machte auf der Stelle kehrt und marschierte los zu dem Mann, den sie als Jack Moore kannte.

Zu dem gemeinen Lügner.

»Sie können da nicht hinein!«

Oh doch.

Kapitel Sechzehn

»Die Marktanalyse zeigt eine äußerst positive Reaktion auf die Namensänderung, Jack.« Eric reichte Unterlagen mit den Ergebnissen der Untersuchung herum, die Jack in Auftrag gegeben hatte, um die Benennung der Hotelkette endlich unter Dach und Fach zu bringen.

Jack saß am Kopf des Besprechungstisches, sein Vater am anderen Ende bei der Tür. Entlang des Tisches saßen die Mitarbeiter vom Marketing und der Finanzabteilung sowie die hauseigenen Rechtsanwälte und ein Stellvertreter von Deans Bauunternehmen.

»Dann haben wir also alles geklärt, um …« Jack unterbrach sich selbst, weil vor dem Besprechungsraum Stimmen zu hören waren. Anscheinend war da jemand, der nicht dort sein durfte.

»Sie dürfen hier nicht rein«, hörte man draußen eine aufgebrachte Frauenstimme.

Alle im Raum blickten Richtung Tür, auch Gaylord hatte sich umgedreht.

»Ich brauche nur einen kurzen Moment.« Jack erkannte die Stimme. Schon ging schwungvoll die edle Mahagonitür auf.

Die Leute im Raum hielten überrascht die Luft an.

Jack sprang auf. »Jessie?«

Sie durchbohrte ihn mit ihrem Blick. Die verschiedenen Emotionen in ihrem Gesicht waren für Jack wie ein Schlag in die Magengrube. Wie hatte sie es herausgefunden?

»Was ist los, Jack? Fällt dir jetzt spontan keine Lüge ein, um dich herauszureden?«

Er ging auf sie zu. »Jessie, ich –«

Sie hob die Hand, stoppte ihn. »Verschwende nicht deinen Atem. Ich bin nicht wegen einer Erklärung gekommen. Ich wollte nur mit eigenen Augen sehen, ob das, was ich aus den Nachrichten erfahren habe, auch wirklich wahr ist.«

Nachrichten? Was zum Teufel meinte sie?

»Anscheinend nimmt es die Presse mit der Wahrheit ein bisschen genauer als du.«

»Ich kann alles erklären.«

»Lass mich raten, du bist Mitarbeiter des Jahres und dafür haben sie dir das Hotel geschenkt?«

»Jessie, bitte.«

»Komm mir bloß nicht so.«

»Jack« Er hörte seinen Vater, aber er konnte die Augen nicht von ihr nehmen. Sie schäumte vor Wut.

»Bemühen Sie sich nicht, Mr Morrison. Sie sind doch Mr Morrison, oder?«, fragte Jessie seinen Vater.

»Richtig.«

Sie wandte sich wieder an Jack. »Wenigstens einer hier, der seinen eigenen Namen kennt.«

Sie ließ den Blick durch das Zimmer schweifen, als ob sie jetzt erst bemerkte, wo sie war. »Du hast mir erzählt, dass du Kellner bist. Kellner! Gott, ich bin so gutgläubig.« Sie schüttelte ihren Kopf und zeigte auf ihn. »Halt dich bloß von mir fern, von mir und meinem Sohn. Hast du mich verstanden, *Jack Morrison*? Lass uns in Ruhe!«

Es dauerte eine Sekunde, bis Jack gewahr wurde, dass Jessie sich umgedreht hatte und fortrannte.

Er wollte ihr hinterherlaufen, aber sein Vater hielt ihn an der Tür auf. »Ist sie das?«

Jack schüttelte die Hand des Vaters ab. »Ja.«

Gaylord lachte laut auf. »Ha! Ich mag sie jetzt schon.« Jack hatte ihm während des Mittagessens alles erzählt. Gott sei Dank hatte er die Stunde dafür Zeit gehabt, sonst wäre diese Szene noch schwerer zu erklären gewesen. »Was stehst du hier noch, mein Sohn? Los!«

Jack rannte hinaus, aber Jessie war nicht mehr in der Lobby.

Eine verdutzte Rezeptionistin versuchte, sich stotternd zu entschuldigen. »Das tut mir sehr leid, Mr Morrison. Sie ist einfach reingerannt.«

»Wo ist sie hin?«, rief er.

Die junge Frau zeigte Richtung Ausgang.

Als Jack hinauslief, war Jessie schon in ihrem neuen Auto und fuhr los.

Jack klopfte seine Hose ab, dann erinnerte er sich aber, dass der Autoschlüssel noch in der Aktentasche im Besprechungsraum lag. Er rannte wieder zurück, um ihn zu holen.

Er hastete in den Raum, ignorierte alle Fragen und neugierigen Blicke der Versammlung und rannte mit dem Schlüssel zum Wagen zurück.

Jack hatte den Schmerz in Jessies Augen gesehen und konnte an nichts anderes mehr denken. Er hätte ihr die Wahrheit sagen sollen, erklären, wer er war und warum er seine wahre Identität vor ihr geheim gehalten hatte.

Als die Ampel kurz vor ihrer Wohnung auf Rot sprang, schlug er auf das Lenkrad ein.

Obwohl Jessie nur eine Viertelstunde Vorsprung hatte, war sie bereits nicht mehr in der Wohnung, als er ankam.

★★★

An ihrer Arbeitsstelle sagten sie, sie käme erst nach Weihnachten wieder. Jack konnte es nicht ertragen, sie so lange nicht zu sehen. Es gab keine Möglichkeit herauszufinden, wohin sie gefahren war. Jack hinterließ Nachrichten auf ihrem Handy, aber sie rief nicht zurück. Das verdammte Ding lag wahrscheinlich in ihrer Handtasche und sie hatte es absichtlich ausgestellt.

Zurück im Hotel wurde ihm ausgerichtet, sein Vater habe die Besprechung beendet und seinen Mitarbeitern frohe Weihnachten gewünscht. Zum Glück war Gaylord nicht in der Suite, als Jack ankam. Allerdings war Katie da.

»Irgendwelche Anrufe?«, erkundigte er sich, obwohl er nur zu gut wusste, dass Jessie nicht angerufen hatte.

Seine Schwester schüttelte den Kopf. »Keine. Lass ihr Zeit, Jack. Sie wird zur Vernunft kommen.«

Es gab keine Garantie dafür, aber es war nett von Katie, dass sie ihn zu beruhigen versuchte. »Ich hätte es ihr sagen sollen.«

»Stimmt.«

Jack hatte nicht genügend Energie übrig, auf seine Schwester sauer zu sein, weil sie auf Jessies Seite war.

»Ich glaube, ich weiß, warum Jessie so ausgeflippt ist«, meinte Katie.

Jack warf die Schlüssel auf den Sofatisch. »Warum?«

»Die Presse in der Lobby muss etwas über dein Privatleben gehört haben. Du, großer Bruder, bist die Neuigkeit des Tages hier im lokalen Sender. Es gibt ein Bild von dir und mir in den Schlagzeilen.«

»Was für Schlagzeilen?«

»Schlagzeilen über die bevorstehende Ankündigung deiner Verlobung. Mit einer Frau, über die noch niemand etwas weiß.«

Jack wusste nicht, was das Problem war. Er hatte Jessie einen Antrag gemacht und so gut wie versprochen, sie in naher Zukunft noch einmal zu fragen. »Jessie weiß, was ich für sie empfinde.«

»Weiß sie das wirklich? Hast du sie ein zweites Mal gefragt?«

»Nein, ich habe dir doch gesagt, dass ich ihr erst alles erzählen wollte.«

Katie legte den Kopf zur Seite und grinste schief. »Hast du gesagt, dass du sie liebst? Männer haben oft Schwierigkeiten mit dem Wörtchen ›Liebe‹.«

»Ich habe ihr gesagt, dass sie mir viel bedeutet –«

»Bla, bla. Du hast das L-Wort nicht gesagt. Jetzt glaubt sie, du führst eine andere zum Altar.«

»Es gibt keine andere.«

»Das weiß sie aber nicht«, entgegnete Katie. »Sie hat nur ein Bild von dir und mir gesehen, wie wir uns unterhalten. Mit Sicherheit glaubt sie, dass ich die andere Frau bin.«

»Das ist lächerlich«, rief Jack. »Du bist doch meine Schwester.«

»Ach so, sicher hast du das alte Familienalbum geholt und ihr ein Bild von mir gezeigt.«

Nein, das hatte er nicht. Trotzdem, Katie stand doch so oft im Rampenlicht. Zum Kuckuck noch mal, sie war öfter auf den Titelseiten abgebildet als so manches Topmodel. Mit Sicherheit hatte Jessie sie schon mal gesehen. Jetzt, da Jessie wusste, dass Jack Moore eigentlich Jack Morrison hieß, würde sie die Puzzleteile schon zusammensetzen können. Jessie musste doch wissen, dass die Frau auf dem Bild Katie war.

»Jack, glaub mir, Jessie denkt gerade das Schlimmste über dich. Es wird eine Weile dauern, bis du mit ihr reden kannst.«

Nicht das, was er hören wollte. Er spürte einen körperlichen Schmerz in der Brust, wenn er daran dachte, was Jessie von ihm halten musste.

»Ich fahre«, sagte Jack, während er nach dem Schlüssel griff, der auf dem Tisch lag.

»Wohin?«

»Irgendwohin. Ich kann hier nicht tatenlos herumsitzen und warten, dass sie anruft.« Er würde sehr lange warten müssen. »Ich muss sie finden.«

Katie hielt ihn auf. »Fahr nach dem Abendessen. Überleg erst in Ruhe, wo sie stecken könnte.«

Ans Essen konnte er gerade überhaupt nicht denken.

Jack räumte Katie sanft aus dem Weg. »Wenn sie anruft ...«

»Ja, ja ... fahr. Ich rufe dich an.«

Jack gab ihr einen Kuss auf die Wange und verließ die Penthouse-Suite.

★★★

Jessie hatte nicht vorgehabt, nach Hause zu ihrer Mutter zu fahren, aber sie wusste nicht, wohin sie sonst sollte. Und obwohl sie sich im Alltag nicht so glänzend verstanden, war auf Renee immer Verlass, wenn es darauf ankam. Vor allem, wenn es um Männer und ihre Machenschaften ging. Dann stand sie sowieso hinter Jessie.

Und noch etwas sprach für Renee: Sie verurteilte niemanden. Nicht einmal, als Jessie im Teenageralter schwanger geworden war, hatte Renee ihr Vorwürfe gemacht.

Sie war nicht glücklich darüber gewesen, aber sie hatte es ihr nicht vorgehalten.

Danny war auf der Couch eingeschlafen, enttäuscht, dass sie nicht wieder nach Hause fuhren.

Jessie saß in eine Decke gehüllt draußen auf der Hollywoodschaukel. Die kühle Luft betäubte sie und Taubheitsgefühle waren gut. Gar nichts zu fühlen wäre noch besser gewesen.

Wie hatte sie nur so blind sein können?

Was für eine Idiotin sie doch war!

Jessie hatte sich nicht einmal an seinem verdatterten Gesichtsausdruck erfreuen können, als sie in die Besprechung geplatzt war. Beide waren regelrecht sprachlos gewesen. Sie deshalb, weil sie ihn in Klamotten gesehen hatte, für die sie mindestens einen Monatslohn hätte hinblättern müssen. Er hatte am Kopf des Tisches gesessen, was bedeutete, dass er der große Boss war, der Anführer, der Milliardär, dem alle am Tisch unterstanden.

Wenn sie wenigstens heulen könnte, dann würde sie sich vielleicht besser fühlen. Die Verandatür ging auf und Jessies Mutter kam heraus. »Schläft Danny noch?«

Renee nahm eine Zigarette aus der Packung und zündete sie an. Diese Angewohnheit hatte ihre Mutter vorzeitig altern lassen, stellte Jessie fest. »Wie ein Baby«, antwortete Renee.

»Gut. Es war ein anstrengender Tag für ihn.«

Renee setzte sich neben Jessie auf die Schaukel und hielt die Zigarette so, dass der Rauch nicht in Jessies Gesicht blies. Renee war dünner, als es Jessie lieb war, und ihre Haut hatte für ihre zweiundsechzig Jahre schon sehr viele Falten. Jessies Mom sah müde aus.

»Für dich auch.«

Jessie hatte gehört, wie Monica ihrer Mutter berichtet hatte, was passiert war, bevor sie zu einer Freundin gefahren war. Monica hatte Jessie versprechen müssen, Jack nicht zu verraten, wo sie war. Auf den Kleinen-Finger-Schwur und das schwesterliche Ehrenwort war in einer Situation wie dieser Verlass. Jessie hoffte, dass sie nie wieder in eine Situation wie diese kommen würde.

»Er hat mich belogen, Mom.«

Renee stieß die Schaukel an, bis sie leicht vor und zurück schwang. »Monica hat es mir erzählt, aber eines geht mir nicht aus dem Kopf …«

»Was denn?«

»Wie du reagiert hättest, wenn du von Anfang an die Wahrheit gewusst hättest – seinen echten Namen und dass er reich ist.«

Jessie hatte auch schon darüber nachgedacht. Hätte sie sich genauso verhalten, wenn sie gewusst hätte, dass er stinkreich war? Sie wäre früher mit ihm zusammengekommen, wie er es seit ihrem ersten Treffen gewollt hatte.

»Aber dass es eine andere Frau in seinem Leben gibt, von der ich nichts wusste, ist durch nichts zu rechtfertigen.«

Renee zog an der Zigarette und blies den Rauch aus. Sie ließ sich Zeit, bevor sie wieder etwas sagte. »Vielleicht. Aber vielleicht hat die Presse etwas falsch verstanden. Das wäre nicht das erste Mal.«

»Du hast die Frau an seinem Arm nicht gesehen. Es wäre albern zu glauben, ich könnte mit ihr konkurrieren.«

»Hör sofort auf. Du sprichst hier über meine Tochter. Die Tochter, die ich kenne und liebe, braucht weder teure Klamotten noch Make-up, um mithalten zu können. Sie hat von Natur aus alles, was sie braucht.« Renee zeigte mit dem Finger auf sie. »Dieser Jack müsste sich glücklich schätzen, wenn er mit dir seine Zukunft verbringen dürfte.«

Jessie war verblüfft über die Lobesrede ihrer Mutter. Es war lange her, seit ihre Mutter so etwas gesagt hatte. »Ich bringe Ballast mit, Mom. Ich bin nicht die beste Wahl.«

»Und genau da denkst du falsch. Als Dannys Dad abgehauen ist und dich mit deinem kleinen Süßen im Stich gelassen hat, wäre ich ihm am liebsten hinterhergerannt und hätte ihn gezwungen, zu dir zu stehen. Aber dann habe ich gemerkt, dass du ohne ihn viel besser dran bist. Du hast ohne diesen Kerl an deiner Seite bessere Chancen, dich wieder zu verlieben.

»Verlieben wird überschätzt.«

»Hüte deine Zunge. Sich zu verlieben ist das, was dieses beschissene Leben überhaupt erst lebenswert macht. Ich weiß, wovon ich spreche, ich habe es schließlich schon mehr als hundert Mal getan.«

Jessie lächelte und dann begann sie zu kichern.

Auch Renee fing an zu lachen. Sie drückte die Zigarette mit dem Schuh aus und klopfte auf Jessies Knie. »Ich weiß, dass du mit meinem Lebensstil nicht einverstanden bist –«

»Es geht nicht um den Lebensstil, Mom. Ich möchte einfach, dass du deinen Platz findest und glücklich bist.«

»Ich habe meinen Platz gefunden, meine Kleine. Ich bin in das Haus gezogen, kurz nachdem du auf die Welt kamst. Und glücklich ... Meistens bin ich glücklich.«

»Und unglücklich, wenn wieder eine Beziehung kaputtgeht.« Jessie legte eine Hand auf die ihrer Mutter.

»Das kann ich nicht abstreiten. Ich glaube, ich liebe es einfach, mich zu verlieben. Es ist aufregend, wenn man einen Mann sieht, dessen Augen funkeln, das Kribbeln beim ersten Kuss, die Aufregung bei jeder Berührung«, sagte Renee in Erinnerungen schwelgend.

»Bei all diesem Kribbeln und Knistern wundert es mich, dass du deine Ehemänner nicht unter die Erde gebracht hast«, scherzte Jessie.

Ihre Mutter lachte auf. »Das Leben ist zu kurz, um es alleine zu verbringen.«

»Tja, sieht wohl so aus, dass Danny und ich noch länger allein sein werden.« Mehr als eine ganze Weile. Jessie würde sicher nicht mehr so schnell versuchen, jemanden kennenzulernen. Ihre Mutter liebte vielleicht die Aufregung, aber die Talfahrt danach wollte Jessie nicht so schnell wieder erleben.

»Ich habe dir gesagt, man kann sich in einen reichen Mann genauso leicht verlieben wie in einen armen.«

Als ob Jessie das vergessen hätte. »Und was habe ich jetzt davon?«

»Scheint, dass du dich gleichzeitig in einen armen und einen reichen verliebt hast.«

Da war Jessie anderer Meinung. »Ich habe mich in Jack Moore verliebt. Den Cowboy-Kellner, der einen schrottreifen Pick-up fährt.«

Renee stand auf. »Du wirst das überstehen, Jessie. Ich habe mir nie Sorgen um dich gemacht. Selbst, als du schwanger wurdest, wusste ich, dass du immer wieder auf die Füße fällst.«

Jessie hatte einen Kloß im Hals. »Danke, Mom.«

Renee nickte und ging ins Haus. Sie ließ Jessie ihren eigenen Gedanken nachhängen.

Und endlich liefen die Tränen.

★★★

Es war ein Tag vor Weihnachten und Jack hatte keine Ahnung, wo Jessie stecken könnte. Er konnte sich beim besten Willen nicht an den Nachnamen erinnern, den Jessie in Bezug auf ihre Mutter erwähnt hatte. Es hatte sich als Reinfall erwiesen, durch Fontana zu fahren und nach einem Haus zu suchen, vor dem Jessies neuer Wagen stand.

Die paar Stunden Schlaf, die er bekommen hatte, konnte man an einer Hand abzählen und gegessen hatte er noch weniger.

Der Ring, den er beim Juwelier bestellt hatte, war gekommen und Jack saß nun auf dem Bett und starrte ihn an. Er gehörte an Jessies Finger. Jack musste ihn nur dorthin bekommen.

Seine Schwester und sein Vater unterhielten sich im Wohnzimmer. Sie hatten sich zusammengetan und machten Jack die Hölle heiß, weil er Jessie so getäuscht hatte. Es war aber schön zu sehen, dass Jack seinen herrischen Vater auf einen gemeinsamen Nenner mit seiner störrischen Schwester bringen konnte.

Einer der beiden musste doch auf eine zündende Idee kommen, wie er Jessie finden konnte.

Seine Schwester hatte sich als Kind immer ungefragt aufgedrängt, was hielt sie also jetzt auf?

Schwester.

Jack dachte wieder an Monica.

Gaylord war gerade dabei, Katie wegen ihrer hautengen Jeans zu rüffeln, als Jack hereinkam.

»Ich trage sie, um dich in Rage zu bringen, Daddy.«

»Glaub nicht, dass ich das nicht wüsste«, tadelte Gaylord.

»Da bist du ja«, rief Katie, als Jack auf dem Weg zu seinem Computer an ihnen vorbeilief. »Magst du jetzt etwas essen?«

»Nein, jetzt nicht, Katie.«

»Ist dir eingefallen, wie du sie finden kannst?«, wollte sein Vater wissen.

»Jessies Schwester, Monica. Ich muss ihre Nummer herausfinden.« Jack setzte sich an den Schreibtisch und stellte den Computer an.

Katie rief einige Zahlen, aber Jack schenkte ihr keine Beachtung.

Plötzlich hob er den Kopf und drehte sich langsam zu ihr. »Monicas Nummer?«

Seine freche Schwester zwinkerte ihm zu. »Ich bezweifle allerdings, dass sie dir verraten wird, wo Jessie steckt. Ich hatte zumindest keinen Erfolg.«

»Du hast mit Monica gesprochen?«

Immerhin hatte Katie so viel Einfühlungsvermögen, dass sie mit dem hämischen Grinsen aufhörte. »Schau nicht so schockiert. Schwestern müssen aufeinander aufpassen.«

»Du hast keine Schwester.« Jack hoffte, dass Katie die Strenge in seiner Stimme bemerkte.

»Es macht mir unheimlich Spaß, auf dich aufzupassen.«

»Wann hast du mit Monica gesprochen?«

»Bevor wir zurückgeflogen sind. Und jetzt habe ich ihr eine Nachricht hinterlassen, aber sie hat noch nicht zurückgerufen.«

Die ganze Zeit hatte Katie gehabt, was er brauchte, um Jessie zu finden, und hatte es ihm nicht gesagt. Warum?

Jack griff nach dem Hörer. »Wie lautet die Nummer?«

Katie sagte sie und Jack wählte. Während es klingelte, ging Jack auf die Veranda, um alleine sprechen zu können.

Er wollte schon wieder auflegen, als plötzlich Monicas Stimme zu hören war. »Also, wenn das mal nicht die miese Ratte ist. Welches Lügenmärchen willst du uns jetzt auftischen?« Es klang nicht gerade so, als ob Monica das im Spaß sagte.

»Ich kann alles erklären.«

»Spar es dir. Ich bin nicht interessiert.«

Jack wusste, dass sie gleich wieder auflegen würde. Er musste schnell sein.

»Es gibt keine andere Frau. Die im Fernsehen war meine Schwester. Die, mit der du letzte Woche telefoniert hast.«

Man hörte Monica atmen, aber sie sagte nichts.

»Ich muss mit Jessie sprechen. Bitte, Monica.«

»Und als Nächstes behauptest du noch, dass du gar kein Millionär bist. Oder war es Milliardär?«

Dass er sich wegen seines Geldes entschuldigen musste, war Ironie des Schicksals.

»Ich hatte meine Gründe dafür. Gründe, die ich Jessie darlegen muss, nicht dir. Wo ist sie, Monica?«

Jack drehte sich, um den kühlen Wind, der um diese Jahreszeit am späten Nachmittag oft aufkam, im Gesicht zu spüren.

»Ich weiß nicht.«

»Ich kann es nicht wiedergutmachen, wenn ich nicht mit Jessie reden darf. Bitte.« *Bitte, verdammt noch mal, sag mir die Adresse.*

»Die Frau im Fernsehen war Katie?«

Er kam weiter ... wusste er es doch. »Ich schwöre es bei allem, was mir heilig ist. Sie ist hier, sie kann es dir selbst sagen.«

»Wenn du mich anlügst –«

»Tu ich nicht.«

Nach einer langen Pause sagte Monica schließlich: »Sie ist bei Mom.«

»Ich brauche die Adresse.«

»Ich schwöre, wenn du Scheiß erzählst, *Jack Morrison*, dann trete ich in deinen Cowboyhintern, dass du bis nach Texas fliegst.«

»Die Adresse, Monica. Bitte.«

»Na gut. Aber ich sage sie dir nur, weil es Jessie so hundeelend geht und weil deine Schwester nett war, als wir telefonierten.« Sie gab ihm die Adresse, während Jack nach drinnen eilte, um sie zu notieren.

»Danke«, sagte Jack und lernte schon die Adresse auswendig.

»Du kannst dich bedanken, indem du meine Schwester wieder glücklich machst«, ermahnte sie ihn.

»Das habe ich vor.«

Jack legte auf. Sein Dad und seine Schwester starrten ihn erwartungsvoll an.

»Und?«, fragte Gaylord nach.

An der Wand tickte eine große Uhr. »Ich habe sie gefunden.« Mit etwas Glück würde er Jessie und Danny noch vor dem Abendessen zurückgeholt haben.

Hoffentlich.

Kapitel Siebzehn

Jessies Mom hatte Danny mitgenommen, um in der allgemeinen Weihnachtshektik der Stadt noch letzte Einkäufe zu erledigen. Erst war Jessie froh, ein bisschen Zeit für sich zu haben. In Ruhe zu überlegen, was sie Jack sagen würde, wenn er wieder in ihrem Leben aufkreuzte. Das würde er irgendwann, da war sie sich sicher. Ihr Boss hatte ihr erzählt, dass Jack im Diner angerufen hatte, um sich nach ihrem Dienstplan zu erkundigen. Ganz zu schweigen von den vielen Nachrichten, die er auf ihrem Handy hinterlassen hatte. Jessie hatte sie alle gelöscht, ohne sie abzuhören. Aber jetzt, da das Haus leer war, gab es nichts, womit sie sich beschäftigen konnte, außer an Jack zu denken. Jessie bereute es, dass sie nicht mit ihrem Sohn und ihrer Mutter mitgefahren war.

Auf der gekiesten Einfahrt war ein Fahrzeug zu hören. Dann erkannte Jessie das Quietschen von Bremsen. Sie warf die Zeitschrift aus der Hand und schob den Vorhang zur Seite.

Ihr Herz setzte einen Schlag aus, als sie Jacks Pick-up in der Einfahrt erkannte.

Er blieb sitzen, hielt immer noch das Lenkrad fest und starrte auf das Auto, das vor ihm geparkt war. Dann bewegte sich Jack und Jessie ließ erschrocken den Vorhang fallen.

»Oh Gott.« *Und jetzt?*

Die schweren Stiefel stampften über die Stufen am Eingang und schließlich klopfte es an der Tür.

Wenn sie ganz still war, würde er vielleicht wieder gehen.

»Ich weiß, dass du da drin bist, Jessie. Ich habe dich am Fenster gesehen.«

So viel also zu diesem Plan.

»Ich gehe nicht, bis du mich alles erklären lässt«, flehte er von der anderen Seite der Tür.

Jessie setzte sich in einen Sessel. Sie schloss die Augen, hielt sich verkrampft an der Armlehne fest. Sie brachte es besser gleich hinter sich, dann konnte wenigstens der Heilungsprozess beginnen. So sicher, wie auch dieses Jahr wieder Weihnachten werden würde, so sicher war es auch, dass Jack nicht fuhr, ehe er mit ihr gesprochen hatte ... und wenn auch nur, um sein schlechtes Gewissen zu erleichtern.

»Die Tür ist offen«, sagte sie schließlich.

Der Türknauf machte ein lautes Klickgeräusch. Jack öffnete die Tür nur zögerlich.

Seine zerknitterte Kleidung und die Bartstoppeln verrieten, dass er wahrscheinlich ein paar schlaflose Nächte zugebracht hatte. Gut, dachte sie. Er verdiente es nicht zu schlafen, nach all dem Schmerz, den er ihr zugefügt hatte.

Langsam schloss er die Tür und trat ein. Er sah sich erst in dem kleinen Wohncontainer um, dann richtete er seinen Blick auf sie. Was sah er? Jessie blickte sich auch um, für sie war alles voller Erinnerungen an ihre Kindheit. Manche waren gut, andere vergaß sie lieber. Aber egal ob gut oder schlecht, das war ihr Zuhause. Das war der Ort, an den sie kam, wenn sie eine schwierige Entscheidung treffen musste.

Jack war alles, gut und schlecht und eine schwierige Entscheidung, das gesamte Paket. Hemd und Anzughose, worin sie ihn im Hotel gesehen hatte, waren durch Flanellhemd und Jeans ersetzt worden. Sie fragte sich, ob diese Kleidung auch zu seiner Rolle als »Jack Moore« gehörte. Was trug er lieber? Armani oder Levi's?

Jessie schüttelte den Kopf, um diese Frage schnell wieder zu vertreiben.

Es ist mir schnurzegal, was du anhast. Sag, was du zu sagen hast, und dann verschwinde aus meinem Leben.

Es klang so leicht, aber sie wusste, dass sie über Jack nicht so leicht hinwegkommen würde, und es mehr als Worte bedurfte.

»Darf ich mich setzen?«, fragte er und trat dabei unbehaglich von einem Fuß auf den anderen.

»Setz dich. Aber mach es dir nicht zu gemütlich. Du bleibst nicht lange.«

Ein Anflug von Angst flackerte in seinem Gesicht auf.

Jack setzte sich auf den Rand des Sofas und stützte sich auf die Knie. Er öffnete den Mund, aber es kam nichts heraus.

»Du hattest zwei Tage, um dir neue Lügen einfallen zu lassen, Jack. Was ist los? Lässt du nach?« Die schroffen Worte halfen ihm, sich aufzurichten.

»Ich wollte dich nicht anlügen.« Jack sog hörbar die Luft ein.

»Ich habe niemanden gesehen, der dir eine Pistole an den Kopf gehalten hätte.«

Er blickte auf seine Hände, dann wieder zu ihr. »Stimmt.«

»Dann hast du also freiwillig gelogen. Nicht nur einmal, sondern immer und immer wieder hast du gelogen. Du hast wahrscheinlich eine Liste geführt, damit du dich nicht verstrickst. Das erfordert schon einiges Talent, wenn man genau darüber nachdenkt.« Wenn sie an sein dicht gewebtes Lügennetz dachte, stieg die Wut in ihr wieder hoch.

»Lass es mich erklären.«

»Du sitzt vor mir, Jack. Erzähl mir deine beste Lügengeschichte, aber beeil dich. Ich will nicht, dass Danny hereinkommt und sich Hoffnungen macht, weil sein *Onkel Jack* hier ist, der ihm Aufmerksamkeit und Spielzeug schenkt.« Danny war der Unschuldige hier.

Jack sah ihr in die Augen. »Als ich nach dem Las-Vegas-Trip mit meinen Jungs in den Diner kam, da bin ich zum ersten Mal der Frau begegnet, mit der ich meine Zukunft verbringen möchte.« Er sprach langsam, voller Emotion.

»Ich hatte dich nicht erwartet, Jessie. Aber du warst plötzlich da. Fröhlich und voller Lachen. Du hast mich umgeworfen.«

Achtung, Jessie, fall nicht darauf herein.

»Mike, Dean und Tom sind meine Freunde, wahre Freunde schon seit Kindheitstagen. Sie sind nicht mit mir befreundet, weil sie durch mich einen Vorteil haben oder weil ich ihrer Karriere dienlich sein könnte. Es sind Freunde, die mich nie wegen des finanziellen Mekkas hinter meinem Namen ausgenützt haben und es nie tun werden. Ich hatte schon eine Weile das Gefühl, dass etwas in meinem Leben fehlte. Aber nach dem Wochenende mit ihnen wusste ich, was es ist. Ich bin schon mit einigen Frauen zusammen gewesen. Aber mein Name hat einen dunklen Schatten auf jede Beziehung geworfen, die ich bisher hatte.«

Jack war aufgestanden und lief durch das Zimmer. »Als du grinsend eine Bemerkung über meinen Geldbeutel und mein Ego gemacht hast, fand ich das lustig und war auf der Stelle hin und weg von dir.«

Bilder von dem Abend tauchten in ihrem Kopf auf. Auch wenn sie noch so sehr versuchte, es zu leugnen, Jack hatte sie auf die gleiche Weise angezogen.

Jack blieb vor dem künstlichen Weihnachtsbaum ihrer Mutter stehen und berührte gedankenverloren einen Stern, den entweder sie oder ihre Schwester in Dannys Alter gebastelt hatte. »Also habe ich dich angelogen. Oder vielmehr, die Wahrheit verschwiegen. Und die gesamte große Lüge streite ich auch nicht ab.«

Ein Krampf in Jessies Nacken machte ihr bewusst, wie stark sie die Zähne zusammenbiss. »Worüber noch?«

»Wie bitte?« Er ließ den Stern los und drehte sich zu ihr.

»Worüber hast du noch gelogen?«

Jack blickte zur Decke, als ob dort die Antworten stünden. »Es gibt kein großes Fundbüro im Hotel. Ich habe das Kleid gekauft und die Schuhe ...«

»Ohrringe?«

»Ich habe doch schon zugegeben, dass ich sie gekauft habe.«

Stimmt. Wegen der Ohrringe traf ihn keine Schuld. Modeschmuck war relativ günstig. »Oh Gott. Die Ohrringe ... die waren nicht echt. Oder?«

Jack hob die Augenbrauen und zuckte mit einer Schulter.

»Heiliges Kanonenrohr, Jack. Was hast du dir dabei gedacht? Man schenkt einer Frau nicht Diamantschmuck und tut so, als ob es ein Imitat sei. Ich hätte sie achtlos auf die Kommode legen und verlieren können.« Hatte sie zwar nicht, aber es war ihr schon mit anderem billigen Modeschmuck passiert.

»Ich hatte an dem Abend der Weihnachtsfeier Dienst im Hotel«, fuhr er fort.

»Wie bitte?« Jessie war immer noch aufgelöst wegen der Ohrringe.

»Du willst doch, dass ich alles erzähle. Also, ich habe an dem Partyabend die Gäste bedient. Wir hatten einen Abend der vertauschten Rollen. Das Management bediente die Kellner. Sam, das war der Mann, der das Tablett nicht gerade halten konnte.«

Sie erinnerte sich an ihn und an ihre Kommentare. Nichts hatte verraten, dass Jack jemand anderes war als nur ein gewöhnlicher Kellner. »Ich erinnere mich.«

»Er ist der Manager des Morrison Hotels in Ontario.«

»Hast du mich auf die Party eingeladen, weil du mir wirklich helfen wolltest, jemanden kennenzulernen, oder war das auch eine Lüge?« Schon als sie die Frage stellte, wusste Jessie die Antwort. Jacks halbherzige Versuche, ihr die anderen Männer im Raum zu zeigen, waren gelinde gesagt äußerst lahm gewesen.

Jack setzte sich auf die Lehne der Couch und fuhr sich durch das dunkle Haar.

»Ich würde mir selbst etwas vormachen, wenn ich behauptete, ich wollte, dass du jemanden kennenlernst, der dich umwirft.«

Das hatte er schon gemacht, dachte sie.

»Ich wollte mehr Zeit mit dir verbringen und dich kennenlernen. Ich wollte dir zeigen, dass Geld allein nicht glücklich macht. Alle Männer auf der Party hatten vielleicht Geld, aber keiner hätte dich glücklich gemacht. Ich hatte mein ganzes Leben lang viel Geld, aber ich war nie so glücklich wie mit dir.«

»Jack, hör auf –«

»Nein, Jessie, ich meine es ernst. Ich will mit dir im Reinen sein. In der Nacht, als wir das erste Mal miteinander schliefen, bin ich in dein Zimmer gekommen, um dir alles zu erzählen. Alles über mich, das Hotel und dass ich keinen Job als Kellner habe.«

»Und warum hast du es dann nicht?«

Er sah ihr direkt in die Augen, fing ihren Blick ein.

»Weil es mir den Atem verschlagen hat, als du dein lustiges Nachthemd ausgezogen und mit mir geschlafen hast. Am nächsten Morgen habe ich dir Hals über Kopf den Heiratsantrag gemacht.«

»Einen Heiratsantrag, von dem du genau wusstest, dass ich ihn nicht annehmen würde.« Jetzt erinnerte sich Jessie wieder an die Frau auf dem Bild.

»Außerdem, hätte die andere Frau aus dem Hotel nicht etwas gegen eine zweite Frau in deinem Leben?«

Jack öffnete überrascht den Mund. »Wovon sprichst du? Es gibt keine andere Frau!«

»Ich habe das Bild in den Nachrichten gesehen, Jack, und die Schlagzeilen über dich und die bevorstehende Hochzeit gehört.« Das Foto war wie ein Schlag in die Magengrube gewesen.

Jack schüttelte den Kopf. »Die einzige Frau in meinem Leben bist du.«

»Hast du die Blonde im Hotel schon vergessen?«

Seine Augen wurden groß. »Katie? Du meinst sicher meine Schwester. Eine Blondine, die lächerlich kurze Miniröcke trägt?«

Jessie meinte, sehr viel Bein gesehen zu haben und nur wenig von ihrem Gesicht. »Das war deine Schwester?«

»Ja«, sagte er ausatmend und grinste schief. »Bei den Gerüchten um eine bevorstehende Hochzeit handelt es sich um niemand anderen als dich.«

»Ich habe dich aber abgewiesen.«

Jetzt grinste er über das ganze Gesicht. »Meinst du, ich würde nach einem einzigen Antrag schon aufgeben?«

Nein, natürlich nicht. Jack war keiner, der schnell aufgab.

Er erhob sich, ging zu ihr hinüber und kniete vor ihr nieder. Je näher er kam, desto schwieriger war es, ihr Herz aus der Unterhaltung rauszuhalten.

Er legte eine Hand auf ihr Knie.

Jessie zuckte zusammen, wich aber nicht zurück.

»Mein Vater hat von meiner Schwester über dich erfahren. Katie ist nicht die Beste, wenn es darum geht, sich aus dem Leben anderer herauszuhalten.«

Wie Monica.

»Wo Dad ist, ist auch die Presse.«

Jack umfasste ihre linke Hand mit beiden Händen. Seine grauen Augen sahen sie durchdringend an und machten es ihr schwer, sich weiter daran zu erinnern, wie wütend sie auf ihn war, weil er sie belogen hatte. »Du bist die einzige Frau in meinem Leben, Jessie. Du bist diejenige, die ich der Welt als meine Ehefrau vorstellen möchte. Ich habe dich wegen meines Reichtums angelogen, aus egoistischen Gründen.« Er holte tief Luft und fuhr fort: »Ich musste herausfinden, ob du mich um meinetwegen lieben würdest. Deine fixe Idee, einen reichen Mann zu finden, warf die Frage auf, ob du je deine Gefühle für mich und die für mein Geld trennen könntest. Wenn du von Anfang an gewusst hättest, dass ich reich bin, wie hätte ich dann sicher sein können, dass du mich wirklich liebst?«

Ihre Brust begann wieder zu schmerzen. »Wie soll ich wissen, ob ich Jack Morrison liebe? Ich weiß nicht mal, wer dieser Mann ist.«

»Doch, Jessie.« Jack stand auf und zog sie hoch. Er ließ ihre Hände fallen und streckte seine Arme zu beiden Seiten aus. »Das bin ich, Jeans und Stiefel. Im Büro trage ich manchmal einen Anzug, aber nicht immer. Auf der Ranch kannst du mich kaum von den anderen Leuten dort unterscheiden.«

»Auf der Ranch?«

»Mein Vater hat doch eine Ranch. Ich bin in der Scheune genauso zu Hause wie im Besprechungsraum. Wenn ich nicht gerade verzweifelt versuche, die Frau, die ich liebe, davon zu überzeugen, dass ich perfekt für sie bin, dann bin ich ein sehr ehrlicher Kerl.«

Jessie biss sich auf die Lippen und merkte, dass das Eis um sie herum zu schmelzen begann. »Du liebst mich?«

Er sog hörbar die Luft ein. »Mann, Jessie hörst du mir denn gar nicht zu? Ich liebe dich mehr als Kakerlaken klebrige Krapfen.«

Sie musste lachen. So viel zu dem Dichter, der vor einer halben Stunde zur Tür hereingekommen war.

»Hätte man vielleicht schöner sagen können, was?«, fragte er mit frechem Grinsen.

»Ist zumindest originell. Ich werde es aber wahrscheinlich nie vergessen, dass du unsere Liebe mit Kakerlaken verglichen hast.«

Jack legte beide Hände auf ihre Schultern. »Gib mir eine Chance, Jessie. Gib uns eine Chance.«

Plötzlich fühlte sich ihr Mund trocken an und ihre Lippen begannen zu zittern. »Vertrauen ist wichtig in einer Beziehung, Jack. Wie kann ich darauf vertrauen, dass du mir die Wahrheit sagst?«

»Frag mich irgendetwas. Ich werde nie wieder etwas Unwahres erzählen.«

Jetzt war sie an der Reihe. »Monica meint, dass du das Auto für mich gekauft hast.«

»Sie hat recht, das habe ich. Mir war klar, dass du es von mir nicht annehmen würdest, deshalb habe ich die Geschichte mit dem Feuer erfunden.«

Es war recht unwahrscheinlich, dass sie ein neues Auto von einem Mann angenommen hätte, der als Kellner arbeitete. Und ebenso wenig von dem reichen Mann, der vor ihr stand.

»Hast du mein altes Auto sabotiert?« Während eines dunklen Moments war ihr dieser Gedanke gekommen.

»Nein. Ich würde dich oder Danny niemals gefährden.«

Natürlich war es dumm zu glauben, er würde etwas so Niederes machen.

»Definiere reich.«

Mit grübchenreichem Grinsen strich er ihr über die Arme. »Verrückte, blödsinnige Mengen an Geld. Wir haben über zweihundert Hotels unter dem Namen Morrison. Mein Vater hat darauf bestanden, das Vermögen zwischen Katie und mir aufzuteilen, als wir volljährig wurden. Er hat uns je ein Viertel überschrieben. Glaub mir, Frauen, die große Träume haben und auf Schickimicki stehen, würden alles tun, um das zu bekommen, was ich habe.«

Jessie legte eine Hand auf seinen Arm und merkte, wie der letzte Rest vom Eis um ihr Herz herum wegschmolz. »Ich verstehe es jetzt, Jack. Es gefällt mir nicht, dass du gelogen hast, aber ich verstehe, warum du es getan hast.«

»Ich werde es nie wieder tun.« Er kam näher, bis sie die Wärme seiner Haut spürte. »Ich liebe dich, Jessie. Die letzten Tage, als ich dich verloren geglaubt hatte, waren die Hölle.«

Sie lächelte und eine einzelne Träne tropfte aus ihrem Auge. »Lass dir raten, mich nie wieder anzulügen.«

Jack schloss sie in seine Arme und seine Lippen fanden ihre. Es war ein kurzer Kuss, voller Emotionen. »Nie wieder.« Er beugte sich zu ihr und küsste sie wieder. Diesmal legte er den Kopf zur Seite, damit sie das Zusammentreffen ihrer Lippen richtig auskosten konnten. Die gefühlsmäßige Achterbahnfahrt der letzten Minuten ließ Jessie schwindelig werden. Vielleicht lag es auch daran, dass Jacks Arme sie so fest hielten, dass sie kaum Luft bekam.

Ihr kurzes Lachen übertrug sich von ihren Lippen auf seine.

»Was?«, fragte er, den Kuss unterbrechend.

»Keine. Luft«, stammelte sie atemlos.

Jack lockerte die Umarmung. »Tut mir leid.«

»Mir nicht.«

»Mir auch nicht.«

Jessie verlor sich in seinen Augen und spürte seine Liebe auf unbeschreibliche Weise. Vielleicht war sein Test, um herauszufinden, ob sie ihn wirklich liebte, am Ende doch eine gute Sache gewesen. Aber auch nur, weil er jetzt schließlich vorüber war.

»Ich liebe dich«, sagte er.

»Ich liebe dich auch. Du machst mich verrückt, aber ich liebe dich.«

Plötzlich ließ Jack sie los und blickte sich im Zimmer um. Er entdeckte, was er suchte, und führte sie zu einem Stuhl.

»Was machst du?«

Er lächelte. »Was ich von Anfang an hätte tun sollen.«

Jack beugte ein Knie.

Jessie Herz klopfte bis zum Hals.

Jack holte ein kleines, schwarzes Samtkästchen aus der Hosentasche.

Neue Tränen schossen Jessie in die Augen und Jacks Gesicht verschwamm vor ihr.

»Jessica Mann«, begann er. »Möchtest du meine Frau werden?« Jack blickte ihr tief in die Augen und hielt die Luft an.

Ihr Kopf fing wie von alleine an zu nicken, bevor sie flüsternd antwortete: »Ja, Jack, ich möchte deine Frau werden.«

Jack zog ihren Kopf an sich und besiegelte die Verlobung mit einem überschwänglichen Kuss. Lippen, Zunge, ein bisschen Zähne – und beide lachten, als sie den Kuss beendeten.

Jack machte sich an dem Kästchen zu schaffen und nahm ihre linke Hand in seine.

Er streifte ihr den Ring über und blickte ihr in die Augen.

Jessie sah auf ihre Hand. »Das glaub ich jetzt nicht!«

»Gefällt er dir?«

Die Luft war aus Jessies Lungen gewichen und der Schwindel von vorhin kam zurück. Diesmal sah sie im wahrsten Sinne des Wortes Sterne. Sie fing fast an zu hyperventilieren.

Sie wusste wenig über Karat und Farbe und konnte nur erahnen, was der Stein gekostet haben mochte.

Ein beeindruckender Solitär in der Mitte, nur ein bisschen kleiner als ihr Daumennagel, war umgeben von kleineren Diamanten, die sich an beiden Seiten verjüngten und ihren Finger umrahmten. Der Ring, auf dem der Solitär saß, war vermutlich aus Platin. Er war umwerfend. »Er ist wunderschön«, flüsterte sie heiser.

»Es gibt einen passenden Ehering«, verkündete er.

Mehr? Da gehörte noch mehr dazu?

»Ich weiß nicht, was ich sagen soll.« Sie hob die Hand und fühlte das Gewicht des Ringes.

»Sag einfach: ›Ja, ich will‹. Das reicht schon.«

Jessie nahm Jacks Gesicht in beide Hände. Die Bartstoppeln kratzten an ihrer Hand. Sie liebte das Gefühl. »Ja, ich will. Aber …«

»Aber?« Jack wurde ernst.

Was konnte besser sein, als ihn ein ganzes Leben lang zu necken?

Kann mich mal jemand zwicken?

»Es gibt noch jemanden, den du fragen musst.« Sie lehnte sich zurück.

Jack begann zu schmunzeln, dann lachte er. »Danny.«

»Richtig.«

Jack stand auf und half ihr hoch. »Ich habe den perfekten Plan für ihn.«

★★★

Helle Lichter und Weihnachtslieder verstärkten Jessies Freude im Herzen.

Jack saß vor einem riesigen Weihnachtsbaum neben Danny auf dem Boden. Den Tag hatten sie in Jessies Wohnung begonnen, wo Danny mit Geschenken überhäuft worden war. Jetzt waren sie in Jacks Penthouse-Suite im Morrison Hotel. Jessie und Jack wollten Danny nun über die bevorstehenden Änderungen in seinem Leben aufklären.

»Was ist in diesem Päckchen?« Danny hob ein Geschenk hoch und schüttelte es.

Jacks Blick wanderte von Jessie zu Danny. »Das ist ein Geschenk für dich, deine Mom und mich.«

»Du hast dir selbst ein Geschenk gekauft, Onkel Jack?«

»So ähnlich.«

»Mach es auf, Danny«, ermunterte ihn Jessie und setzte sich zu den beiden auf den Boden.

Danny riss ohne Umstände die Verpackung auf. In der Schachtel lag ein Magazin mit der Überschrift ›Texas‹ auf der Titelseite. Jessie versuchte zu erkennen, um welche Zeitschrift es sich handelte.

»*Häuser und Ranches*?« Jessie legte den Kopf schief und sah Jack an.

Er zwinkerte ihr zu, aber richtete seine Aufmerksamkeit auf Danny.

»Wofür ist das?« Danny reichte Jessie die Zeitschrift. In dem Magazin waren Häuser und Ranches abgebildet, die in Texas zum Verkauf standen.

»Oh, Jack!«

Jack umarmte sie und zog sie an sich. »Ich liebe die Ranch meines Vaters. Er wäre auch mehr als bereit, sie mit uns zu teilen, aber ich habe mir gedacht, das hier wäre besser.«

»Was wäre besser?« Danny wusste immer noch nicht, was Jack meinte.

»Unser eigenes Zuhause«, erklärte ihm Jack. »Ich möchte, dass wir uns gemeinsam ein neues Zuhause aussuchen.«

Danny fiel die Kinnlade herunter. »Meinst du ein echtes Haus mit Garten?«

»Mit einem Garten, der so groß ist, dass darauf ein Stall mit Pferden passt.«

»Und auch ein Hund? Kann ich einen Hund haben?« Danny fing an, auf dem Po herumzuhüpfen, und strahlte über beide Ohren.

Jack wuschelte Danny durch die Haare. »Jedes Tier, das du dir wünschst.«

»Jippie!« Danny sprang auf die Füße und kletterte stürmisch auf Jacks Schoß, sodass er ihn fast umwarf. »Danke, Onkel Jack.«

Unser eigenes Haus. Jessie konnte es sich kaum vorstellen. Innerhalb so kurzer Zeit hatte sich ihr gesamtes Leben verändert. Es war größer geworden.

»Danny, da ist noch die Sache mit *Onkel Jack* ...«

Danny ließ Jack kurz los, um ihn anblicken zu können. »Was?«

»Wenn deine Mom und ich heiraten, kann ich nicht mehr dein Onkel Jack sein.«

Dannys Grinsen verschwand. Es wurde plötzlich kalt.

»Weil nämlich Jack dann dein Dad sein wird«, sagte Jessie schnell.

»Mein Dad?« Dannys Lippen begannen zu zittern. Er sah Jessie und Jack verwirrt an.

»Ich bin noch nicht geübt darin, ein Dad zu sein, Danny. Kannst du mir zeigen, wie das geht?« Jessie griff nach Jacks Hand, während er sprach. Die Unsicherheit in Dannys Gesicht bekümmerte sie.

»Mein echter Dad wollte mich nicht«, sagte er mit überraschender Angst in der Stimme. »Er hat uns verlassen.«

Jessies Herz wollte zerspringen, als sie hörte, was ihr kleiner Junge sagte.

Jack nahm ihren Sohn auf den Schoß. »Ich werde dich nie verlassen, Danny. Ich liebe dich und deine Mom mehr als alles andere auf der Welt.«

»Wirklich?«

»Wirklich!«

»Jack will dich adoptieren und dann werden wir beide einen neuen Nachnamen haben«, erzählte Jessie ihrem Sohn. »Würde dir das gefallen?«

Danny nickte.

Alle drei umarmten sich gleichzeitig und Jack wischte Dannys Tränen fort.

»Darf ich dich dann Daddy nennen?«

Jack strahlte so sehr, dass es hell wurde im Zimmer. »Es würde mir sehr gefallen, wenn du mich Daddy nennst.«

»Okay.« Danny schniefte noch ein paarmal, dann sprang er auf. Er schnappte sich die Zeitschrift und blätterte darin.

»Das ist gut gelaufen«, sagte Jessie zu Jack, als Danny gerade außer Hörweite war.

»Kurz habe ich mir Sorgen gemacht«, gestand Jack. »Er hat so ängstlich ausgesehen, als ich ihm sagte, ich würde sein Dad sein.«

Jessie fand das auch. »Er fragt so gut wie nie nach seinem echten Dad. Ich hatte keine Ahnung, wie sehr ihn das alles belastet.«

»Von heute an ist Schluss damit.«

Jessies Herz wollte zerspringen. »Ich liebe dich, Jack.«

Jack nahm sie in die Arme und küsste sie. Er schien nicht genug von ihr bekommen zu können. Wenn sie nicht gerade schliefen, dann küsste Jack sie oder hielt ihre Hand oder berührte ihr Knie. Es war wundervoll.

Es klopfte an der Tür der Penthousewohnung.

»Soll ich aufmachen, Daddy?«

Jessie kamen die Tränen.

»Das wäre schön, Danny.« Jessie sah, dass auch Jack feuchte Augen hatte.

»Wer kommt denn?«, fragte Jessie. Jack wischte ihre Tränen fort, half ihr auf die Beine und schmunzelte geheimnisvoll. »Es wird Zeit, dass du deine neuen Familienmitglieder kennenlernst.«

Danny öffnete die Tür und blickte erstaunt auf Jacks Vater. Der Mann war sogar noch größer und stattlicher, als Jessie es in Erinnerung hatte. Nun ja, beim letzten Mal hatte er auf einem Stuhl gesessen. Gaylord hielt einen Cowboyhut in der Hand, der fast genauso aussah, wie der auf seinem Kopf. Nur kleiner.

»Hallo, kleiner Mann. Du musst Danny sein.« Gaylord streckte ihm die Hand entgegen. Danny sah die Hand an, dann legte er seine kleine Hand in die große vor ihm.

»Und du musst mein neuer Opa sein?«

Gaylord bekam große Augen. Und Jessie sah, von wem Jack seine Grübchen geerbt hatte.

»Da hast du wohl recht.«

»Ist der für mich?« Danny deutete auf den Hut.

»Wenn er dir passt.«

Danny trat näher und wartete, dass Gaylord ihm den Stetson aufsetzte.

Danny schielte nach oben, versuchte den Hut zu sehen. »Passt er, Grandpa?«

»Jetzt siehst du aus wie ein echter Morrison«, tönte Gaylord. Er hob Danny hoch und warf ihn in die Luft.

Danny kicherte, als Gaylord ihn absetzte, und streckte gleich wieder die Arme hoch: »Noch mal.«

Alle lachten.

Von draußen hörte man das Klingeln des Aufzugs.

Jessie blickte über Gaylords Schulter, um zu sehen, wer noch im Flur war.

Monica kam mit einer hübschen Blondine an ihrer Seite herein. Beide hatten die Köpfe zusammengesteckt und Monica lachte über etwas. Jessies Mom stand neben einer älteren Dame, die Jessie nicht kannte.

Jack nahm Jessie an der Hand und begleitete sie zu der kleinen Gruppe, die sich in der Suite versammelte.

»Jessie, das ist mein Vater.«

Gaylord setzte Danny ab und umarmte Jessie ungestüm. »Du weißt ja gar nicht, wie glücklich ich bin, dich wiederzusehen!«

Jessie war überwältigt von seiner Herzlichkeit. Ihr war es peinlich, dass sie zu Jacks Vater so schroff gewesen war. »Es tut mir leid, wie wir uns kennengelernt haben«, entschuldigte sie sich, als Gaylord die Umarmung löste und sie musterte.

»Mir nicht«, meinte Gaylord. »Jack braucht eine Frau wie dich, eine, die ihm den Kopf geraderückt.«

Jack schnitt seinem Vater eine Grimasse und führte die Vorstellrunde fort. »Das ist Katie, meine Schwester.«

Katie lächelte zur Begrüßung. »Du bist tatsächlich so, wie deine Schwester dich beschrieben hat.«

»Meine Schwester? Ihr kennt euch schon?«, wandte sich Jessie an Monica.

»Auf gewisse Weise.« Hinter dieser kryptischen Antwort musste eine längere Geschichte stecken.

»Was meinst du mit *auf gewisse Weise*?«

Monica biss sich auf die Unterlippe. Ein schlechtes Zeichen. Jessie wusste, dass ihre Schwester etwas verschwieg.

»Ich hatte Monica angerufen, nachdem sie im Hotel nach Jack gesucht hatte«, plauderte Katie freimütig aus.

»Du hast nach Jack gesucht?«, fragte Jessie.

Jetzt kaute Monica auf der Unterlippe. »Er war verschwunden und du warst ein Häuflein Elend.«

»Ich habe den Managern gesagt, sie sollen mich anrufen, falls jemand im Hotel nach Jack Moore fragt«, schaltete sich Katie ins Gespräch ein.

»Hast du wirklich?« Jack blickte auf seine Schwester mit einem Gesichtsausdruck, der zu Jessies Gefühlen passte.

»Manometer, ihr zwei, jetzt schaut nicht so schockiert. Wir haben halt auf euch beide aufgepasst.« Katie legte dabei ihren Arm um Monica. »Wenn man sich nicht darauf verlassen kann, dass sich die Familie ins Privatleben einmischt, worauf kann man sich dann sonst verlassen?«

Jack ergriff Jessies Hand. »Da steht dir noch einiges an Arbeit bevor, Liebling.«

»Was meinst du denn damit?«, wollte Jessie wissen.

»Eine Hochzeit mit diesen beiden zu planen wird kein Zuckerschlecken sein.«

»Willst du etwa damit sagen, dass ich eine Nervensäge bin?« Katie rempelte Jack im Spaß mit der Schulter an.

»Wenn du dich angesprochen fühlst ...« Beide lachten.

»Passt auf, was ihr sagt«, schimpfte die ältere Dame neben Jessies Mutter. »Hier ist ein Kind anwesend.«

Danny war vertieft in ein Spiel, das er neben Gaylord aufgebaut hatte, und hatte ohnehin nicht zugehört.

»Jawohl, Ma'am.« Katie zog an Monicas Arm. »Komm, Schwesterherz, wir müssen über die Kleider der Brautjungfern sprechen und abmachen, was wir auf gar keinen Fall akzeptieren.«

»Türkis und lila«, sagte Monica im Gehen.

Jack ließ Jessies Hand los und umarmte die Frau, die gerade Katie ermahnt hatte. »Du siehst so gut aus wie eh und je, Tante Bea.«

»Und du leuchtest förmlich.« Die Frau tätschelte sein Gesicht. »Anscheinend ist eine Familie genau das, was du brauchst.«

»Jessie, das ist Tante Bea.«

»Es freut mich sehr, Sie kennenzulernen.«

»Ganz meinerseits«, antwortete Tante Bea warmherzig. Der freundliche, texanische Akzent passte gut zu ihrem sympathischen

Gesicht. Jessie erinnerte sich an die Unterhaltung über die Nusstorte und wie sehr Jack davon geschwärmt hatte. »Jack hat von Ihrer köstlichen Nusstorte erzählt und gesagt, sie sei die beste auf der ganzen Welt.«

Tante Bea strahlte. »Sie ist nicht schlecht.«

Jack hatte Jessies Mutter schon am Vortag kennengelernt, als sie mit Danny nach Hause gekommen war. Sie begrüßten sich herzlich.

Jessies Mutter wandte sich an Jacks Tante. »Ich war nie eine großartige Köchin«, erklärte Renee. »Jessie fühlt sich in der Küche wohler als ich.«

Bea nickte in Gaylords Richtung. »Mir hat die Küche immer besser gefallen als das Geschäftsleben. Mein Bruder kümmert sich um die finanziellen Angelegenheiten. Und ich koche.«

Renee blickte über ihre Schulter zu Gaylord. »Schade, dass ich keinen Bruder habe. Es wäre nett gewesen, jemanden zu haben, der sich um meine chaotische Finanzlage kümmert.«

»Es scheint ihm sehr leicht zu fallen«, sagte Bea, während die beiden Frauen weiter ins Wohnzimmer gingen, weg von Jack und Jessie.

Mittlerweile waren alle hereingekommen und bevölkerten die Suite. Gaylord und Danny würfelten eifrig für ihr Brettspiel und lachten. Jessie hielt Jack einen Augenblick zurück, um ihm etwas zu sagen.

»Danke, Jack.«

»Wofür dankst du mir?«

»Dafür, dass du mich nicht aufgegeben hast.« Sie schaute zu den vielen glücklichen Gesichtern. »Das hier zählt für mich mehr als jeder Ring und jedes Haus. Wir können jeden Feiertag mit Menschen feiern, die wir lieben. Ich weiß, es klingt kitschig, aber es ist das beste Geschenk, das ich je bekommen habe.«

Jack legte seine Hände um ihre Taille und blickte ihr tief in die Augen. »Ich habe mein ganzes Leben auf dich gewartet.«

Sein warmer Kuss schickte ihr wohlige Schauer den Rücken hinunter.

»Langsam wirst du besser in Sachen Poesie«, neckte sie ihn lachend. »Nichts mehr von wegen Kakerlaken und Krapfen?«, fragte sie mit ihren Lippen auf seinen.

»Ich könnte auch sagen, lass mich der Weihnachtsmann für dein kleines Englein sein«, meinte er schelmisch.

Jessie fischte den Hut von seinem Kopf und setzte ihn sich auf. »Oder möchtest du vielleicht lieber der Cowboy für mein kleines Cowgirl sein?«

Er hob vielsagend die Augenbrauen. »Das klingt gut. Vorher müssen wir der zukünftigen Mrs Morrison noch ein paar Cowgirlstiefel besorgen.«

Jessie würde nicht lange brauchen, um sich an diese Anrede zu gewöhnen. »Aber warum? Du willst sie mir doch nur wieder ausziehen.«

»Genau.«

Jack rückte den Hut auf ihrem Kopf zurecht und lehnte sich mit einem breiten Grinsen auf dem Gesicht zurück. »Ich liebe dich.«

Jessie stellte sich auf Zehenspitzen und küsste ihn.

»Eieiei, wir brauchen noch mehr Mistelzweige«, rief Monica von der anderen Seite des Zimmers.

Jack ignorierte sie und nahm einfach den Hut von Jessies Kopf, um ihren Kuss dahinter zu verstecken.

Jessie lachte unter seinen Lippen und drückte sich an ihn, liebte ihn aus tiefsten Herzen. Eine Familie.

Danksagung

Ich möchte meiner Agentin, Jane Dystel, wie auch allen anderen von Dystel & Goderich Literary Management, meinen größten Dank aussprechen, denn niemand glaubt so sehr an mich und meine Bücher wie sie. Ohne Janes Unterstützung und Einsatz wäre diese Serie nicht so gut gelungen.

Ebenso möchte ich meiner Lektorin von Montlake, Kelli Martin, Danke sagen. Kelli hat mit ihrer Aufmerksamkeit und Detailliebe zum Gelingen dieses Buches beigetragen. Danke, dass du an mich glaubst.

Dank gilt auch dem Autorenteam von Montlake, das Überstunden gemacht hat, um das Buch rechtzeitig vor Weihnachten fertigzustellen. Ich weiß, dass es nicht leicht war, deshalb danke ich euch umso mehr.

Ich möchte meiner Familie danken, die kurz vor einer Abgabe stets schmutzige Wäscheberge und aufgewärmtes Essen tolerieren muss.

Zu guter Letzt möchte ich meine tiefe Verbundenheit gegenüber der Person ausdrücken, der ich das Buch gewidmet habe: meiner Oma.

Ich bin davon ausgegangen, dass sie uns alle überleben wird, weil sie so lebhaft war. Aber wenn der Körper nicht mehr mitmacht, dann ist die Zeit gekommen, und so ist sie dieses Jahr von uns gegangen. Sie führte ein erfülltes Leben. Sie hat ihren Vornamen auf Shamrock geändert und hatte mehr Ehemänner als ein Hollywoodstar.

Irgendwann, als ich dreizehn wurde, sagte sie mir einmal: »Catherine ... man kann sich ebenso leicht in einen reichen Mann verlieben wie in einen armen. Gehe lieber mit reichen Männern aus.«

Bei allen Männern in ihrem Leben hatte sie nie ihren eigenen Rat befolgt.

Ich liebe dich, Oma.

Bis wir uns wiedersehen!

Deine Catherine

4064624R00151

Printed in Germany
by Amazon Distribution
GmbH, Leipzig